선비를 찾아서

컷　이께레

강준희 소설집

선비를 찾아서

국학자료원

차례

우 정友情

　　고향 친구 우 재호가 전화를 걸어온 것은 밤도 꽤 이슥한
열한 시 경이었다. 계절이 봄이나 여름 같다면 밤 열한 시가
그닥 깊은 밤이라 할 수 없지만 추야장의 가을밤이나 동야
장의 겨울밤은 열한 시가 을야乙夜의 이경二更이어서 깊은 밤
이라 할 수 있다. 그래 웬만한 사람은 이 시각 쯤 잠자리에
들고 잠자리에 들지 않은 사람이라 할지라도 잠잘 준비를
할 시각이다. 낙목한천의 깊은 가을부터 엄동설한의 겨울
한 철은 오후 다섯 시면 벌써 박모가 시작돼 어슴막이 내리
고 다섯 시 반이면 검은 장막이 점령군처럼 쳐들어와 건곤
을 에워싼 채 내전보살한다. 그러니 이 시각부터 열한 시까
지의 대여섯 시간은 역사처럼 긴 시간이다. 한데다 지금은
기러기 울어예는 깊은 가을이고 보니 밤 열한 시는 구중처
럼 깊디깊다.

　　"여보게 정 작가, 나 재홀세"

　　재호는 한 잔 걸친 듯한 어조로 말문을 열더니

"미안하이. 밤늦은 시각에. 하지만 어쩌나. 자네가 못 견디게 그리우니. 정작가, 내 노래 한 마디 부를까? 가수 뺨치는 자네한텐 족탈불급이지만…"

재호는 목소리를 가다듬는지 어흠 어흠 기침을 했다. 하는 품으로 봐 술이 꽤 취한 모양이었다.

"자, 그럼 부르네. 오늘은 내 진주라 천릿길을 부르지. 몇 잔 했더니 목청이 제대로 나오기나 할지 모르겠네"

재호는 다시 어흠 어흠 헛기침을 하며 목소리를 가다듬었다. 그래봐야 목구성이 천구성이긴 애당초 틀렸는데도 재호는 목청을 돋워

"진주라 천릿길을 내 어이 왔던가"를 비감어린 목소리로 부르기 시작했다. 그런데 어찌 된 영문인지 재호는 한 소절을 부르고 노래를 중동무이했다. 알 수 없는 일이었다. 여느 때 같으면 "이 풍진 세상을 만났으니 너의 희망이 무엇이냐"의 '희망가'가 아니면 "피리를 불어주마 울지마라 아가야"의 '아주까리 등불'을 불렀고 그것도 아니면 "연분홍 치마가 봄바람에 휘날리더라"의 '봄날은 간다'나 "운다고 옛사랑이 오리요마는 눈물로 달래보는 구슬픈 이밤"의 '애수의 소야곡'을 불렀다. 그리고 또 "아아 으악새 슬피우니 가을인가요"의 '짝사랑'이나 "헤어지면 그리웁고 만나보면 시들하고"의 '청춘고백'을 불렀다.

아니다. "타향살이 몇 해던가, 손꼽아 헤어보니"의 '타향

살이'와 "두만강 푸른물에 노젓는 뱃사공"의 '눈물 젖은 두
만강'도 단골 레퍼토리였다. "찔레꽃 붉게 피는 남쪽나라
내 고향"이며 "사랑을 팔고 사는 꽃바람 속에" 어쩌고 하는
'홍도야 울지마라'도 빠지지 않는 애창곡이었다.

뿐만이 아니었다.

"가도 가도 아득한 인생길 눈보랏길에 정들면 타향도 좋
더라 친구도 사귈탓이지"의 '인생수첩'과 "쓰러진 빗돌에
다 말고삐를 동이고 초립끈 졸라매면 장원꿈도 새로워"의
'삼각산 손님'도 즐겨 부르던 애창곡이었다. 한데 오늘은 평
소 잘 부르지 않던 진주라 천릿길을 소난 장에 말난 듯 생뚱
스레 부르다 중동무이하고 만 것이다.

"여보게 재호, 왜 노랠 부르다 마나. 자, 마저 부르게. 자
네가 일절을 부르면 내가 이절을 부르지. 중간에 대사를 넣
어서 말일세"

나는 응원이라도 하듯, 아니 추임새로 조흥사助興詞를 넣
듯 신소리를 했다. 재호는 그제서야

"불러야지. 암 불러야지"

하고는 다시 또 어흠 어흠 헛기침을 했다. 가사가 잘 생각
안 나는 모양이었다. 재호는 이러고도 얼마를 더 미틈거리다

"촉석루의 달빛만 나무기둥을 얼싸안고, 아 타향살이 심
사를 외로울 줄 모르누나"

하고 일절을 마쳤다.

“자, 그럼 이제 내가 대사를 읊고 이절을 부르네. 들게나?”

나는 비감해지려는 심사를 눙치고 냅뜰성 있게 황소숨을 쉬었다. 이때

“아, 잠깐! 자네 지금 빨리 술 한 잔 따르게. 우리가 도연명처럼 강을 사이하고 대작하진 못할망정 전화상으로나마 한 잔씩 나누며 노랠 해야지”

재호가 손사래치듯 말하고 술을 따르는지 잠잠해졌다.

“좋아! 그렇게 하지”

나는 진동한동 소주 한 병을 따 잔에 술을 쳤다. 술은 잘 못해도 소주 한 두병은 두름성 있게 늘 준비해 놓고 있었다.

“자, 됐네. 마시세. 하나 둘 셋하면 동시에 마시길세?”

나는 소줏잔을 높이 쳐들었다.

“알았네!”

“하나 두울 세엣!”

우리는 동시에 술을 마셨다.

“자 그럼 이제 대사를 읊네?”

내가 술잔을 비우고 도연히 말하자 재호가

“조오치. 읊게나”

하고 고기가 물만난 듯 좋아했다.

“진주라 천릿길을 어이 왔던가

연자방아 돌고 돌아 세월은 흘러가고

인생은 오락가락 청춘도 늙었어라

늙어가는 이 청춘에 젊어가는 옛 추억

아, 손을 잡고 헤어지던 그 사람, 그 사람은 간 곳이 없구나"

내가 구성진 가락으로 신파극의 변사처럼 대사를 읊자 재호가

"오, 좋도다. 진주의 촉석루와 남강이 보이는도다. 의기義妓 논개論介가 왜장 로쿠스케毛谷村六助를 끌어안고 남강에 투신한 의암義巖도 보이는도다!"

하며 비장한 목소리로 탄식하듯 말했다. 그러더니

"촉석루 밝은 달이 논낭자 넋이로다

향국한 일편단심 천만년에 비치오니

아마도 여중 충의는 이뿐인가 하노라"

하는 작자 미상의 고시조 한 수를 읊조렸다. 내가 이에 즉각 화답해

"맑고 맑은 남강수야 임진일 네 알리라

충신과 의사들이 몇몇이나 빠졌는고

아마도 여중 장부는 논낭잔가 하노라"

하고 역시 작자 미상의 고시조 한 수를 읊조렸다.

"이거 안 되겠네. 여보게 친구, 우리 갸륵한 논개 얘기는 본정신일 때 하고 오늘은 술 마시니 술 얘기나 하세"

재호가 큰일난 듯 말머리를 돌렸다.

"그렇게 하세나. 술에 대해서야 자네가 박사아닌가. 주호酒豪니까"

내가 좋다하자 재호가

"주호는 몰라도 호주好酒는 되지. 지훈이 자넨 그 풍류 그 호쾌에 신언서판까지 다 좋은데 술을 못하니 안타까워"

했다. 이는 그러나 재호만 안타까운 것이 아니어서 나도 마찬가지였다. 아니 내가 재호보다 더 안타까웠다.

"그래도 이 사람아 내 이렇게 자네와 대작을 하잖나. 내 자네처럼 술을 잘했다면 두주斗酒도 불사했겠지. 그러다 필 경 이백처럼 채석강의 달 아닌 호수의 달이라도 건지려다 수중고혼이 됐을 지도 몰라"

"아마도 그랬을 걸세. 자넨 경운조월耕雲釣月하는 풍류객 이니까"

재호가 맞다는 듯 껄껄웃었다.

"여보게 재호, 시선詩仙 주선酒仙인 이백 얘기가 나왔으니 내 이백의 '주송酒頌'이나 한번 읊지"

"주송? 조오치. 그럼 난 송강松江의 '장진주사將進酒辭'를 읊겠네"

"그렇게 하게나"

나는 잔에 다시 술을 따라 약 먹듯 눈을 질끈 감고 마셨 다. 본시 술을 못하는 나는 한 잔만 마셔도 얼굴이 화끈거리 고 온 몸이 말고기 자반처럼 벌겋게 달아올라 정신까지 흐 리마리해졌다. 나는 아까 마신 한 잔 술이 갑북 취해 아슴아 슴 기억을 되살려 이백의 주송을 읊조렸다.

"하늘이 만약 술을 사랑하지 않았다면

하늘에 주성이란 별이 있지 않았고

땅이 만약 술을 사랑하지 않았다면

땅에도 응당 주천이란 곳이 없었으리라

天若不愛酒 酒星不在天 地若不愛酒 地應無酒泉"

"좋구나. 자네가 술만 할 줄 알았다면 얼마나 좋겠나. 그야말로 금상에 첨화일텐데. 어허. 생각할수록 분한 씨름에 샅바가 끊어졌어!"

재호가 탄식하듯 말하고는 정철의 장진주사를 영탄조로 읊기 시작했다.

"한잔 먹세그려 또 한잔 먹세그려

꽃꺾어 산算놓고 무진무진 먹세그려

이몸 죽은 후면 지게 위에 거적 덮어

주리어 매어가나, 유소보장流蘇寶帳(술이 달린 비단 장막으로 꾸민 상여)에 만인이 울어예나…"

재호는 여기까지 단숨에 읊더니 갑자기

"안 되겠네. 잘 나가다가 이몸 죽은 후면 지게 위에 거적 덮어라니. 술 얘기하다 이 무슨 망발인고"

하더니 아닌 밤중에 홍두깨 같이

"노세노세 젊어서 놀아. 늙어지면 못노나니. 화무는 십일홍이요 달도 차면은 기우나니라…"

하고 '노랫가락 차차차'를 부르기 시작했다. 무겁던 분위기는 일순에 바뀌어졌다.

　이날 밤 우리는 자정도 훨씬 넘은 시각까지 전화교신으로 우정을 나누며 술잔을 기울였다. 이 바람에 나는 해닥사그리 취했고 정신도 비몽사몽을 헤매듯 어리마리해졌다. 못 마시는 술을 분위기 안 망치려고 꾀도 없이 떨끔떨끔 마신 게 사단이었다. 한데도 재호는 계속 술을 마시는지 연해 "카악 카악" 소리를 냈다. 나는 도무지 더는 견딜 수가 없어 오늘은 예서 이만 막설하자 했다. 숨차고 가슴 벌렁거리는데다 온 몸이 화끈거려 재호의 장단에 추임새를 넣을 수가 없어서였다. 추임새는 고사하고 부뚜막장단도 칠 수가 없었다. 부뚜막장단이 다 뭔가. 꼴난 부지깽이장단조차 칠 수가 없었다.

　"그래? 오늘은 그만하자고? 아, 천하의 정지훈도 별 수 없네그려. 그럼 장자처럼 '호접몽胡蝶夢'이라도 꾸며 잘 자게. 어차피 인생은 호접몽처럼 덧없음이니까"

　재호가 늠늠하게 말하며 선선히 나왔다. 그런 재호도 어지간히 취했는지 말소리가 또렷하지 않았다. 재호는 나보다는 적어도 대여섯 배는 더 마셨을 것이니 아무리 호주가라 해도 취하지 않을 수가 없었다.

　"그렇게 하겠네. 허면 자넨 순우분淳于棼처럼 '남가일몽南柯一夢'이나 꾸게. 어차피 인생이란 한때의 헛된 꿈이니까"

재호가 그 몹쓸 놈의 중풍에 걸려 한쪽 수족을 못 쓰게 된 것은 벌써 이십 수년이나 되었다. 재호는 그래도 언어장애가 없고 정신이 말짱해 여간 다행이 아니었다. 속담에 눈이 빠져도 그만한 게 다행이라고, 비록 한쪽 수족은 마비돼 보행이 부자유스러워도 언어 소통이 정상이고 정신도 또렷하니 불행 중 다행이었다. 멋을 알고 풍류를 아는데다 금도까지 넉넉한 재호가 뜻하지 않은 뇌졸중으로 쓰러지자 한동안 실의와 좌절에 빠져 세상과 단절한 채 두문불출했다. 아니다. 절망에 빠져 신세를 한탄하고 자신을 학대하며 운명을 저주했다. 그 때 재호는 J시에 살았고 나는 C시에 살았다. 나는 새로 작품집이 나오면 제일 먼저 재호에게 보냈고 문예지에 작품(소설)이 발표돼도 제일 먼저 재호에게 들고 달려갔다. 그러고도 나는 한 달에 한번씩 재호를 찾아가 하루 종일 동무해 놀다 돌아왔다. 이런 날이면 내 사무私務는 물론 집필을 완전 작파하고 애오라지 재호를 위해 온 하루를 보냈다.

이렇게 하기를 얼마쯤일까. 한 반년 나우 지나자 재호가 심경의 변화를 보이기 시작했다. 허구한날 신세 한탄을 하고 운명을 저주하며 빨리 죽어야 하는데 죽지도 않는다고 버럭버럭 뗏성을 내던 재호가 어느날 모든 것을 운명으로 받아들인다며 운명애運命愛의 자세로 나왔다. 그러며 앞으로는 반쪽 인생이나마 잘 추슬러 마음이 불구되지 않게 의건 모하겠노라 했다. 역시 재호다운 늘품성이어서 늠늠한 호연을 나타냈다. 나는 이런 재호를 붙잡고 "고맙네 고마워"만 연발했다. 언젠가는 이리 될 줄 알았으나 그 '언젠가'가 생각보다 빨리 와 여간 반갑지 않았던 것이다.

모두에서도 말했지만 재호와 나는 고향친구였다. 고향친구도 그냥 고향친구가 아니라 한 마을 앞뒷집에서 자란 동갑내기 죽마고우로 불알친구였다. 그런 우리는 또 마음도 맞고 취향도 같아 한 시 반 시 떨어지지 않는 메밀벌마냥 늘 붙어다녔다. 게다가 우리는 국민학교(요즘의 초등학교)도 같았다. 학년과 학급(반)도 같았다. 뿐만이 아니었다. 우리는 짝꿍으로 나란히 앉았고 공부도 내가 일등을 하면 재호가 이등을 했고 재호가 일등을 하면 내가 이등을 했다. 급장(반장)도 마찬가지여서 재호가 급장을 할 때면 내가 부급장을 했고 내가 급장을 할 때면 재호가 부급장을 했다. 이런 우리는 봄이면 산과 들을 휘지르고 다니며 들꽃을 꺾고 산딸기를 따 먹고 앵두와 오디를 따 먹느라 장대처럼 긴 봄해가 짧았다. 여름에는 앞 내에 나가 미역 감고 고기 잡고 땀을 바가지로 뒤발하며 높은 산에 올라 아랫 세상을 부감한 채 목이 터져라 소리쳤다. 감자서리 참외서리 수박 서리를 주인 물래하다 들켜 걸음아 날 살려라 삼십육계 줄행랑치며 간을 졸인 게 한두 번이 아니었다. 가을에는 콩서리부터 시작해 개암과 팥배를 따 먹고 동네 중 제일 빨리 영그는 올밤이 아람이 벌어 바람에 간당거리면 이놈을 목젖 떨어지게 쳐다보다 돌팔매질을 했고 그래도 안 되면 서너 뼘 남짓한 도낏자루 굵기의 생나무 물매를 만들어 물매질을 했다. 겨울에는 눈이 장설한 산에 가 토끼몰이를 하느라 정신이 없었고 덫을 만들어 참새 느릅지기를 잡느라 점심도 굶었다. 그리고 자치기 팽이치기 연날리기 비석치기를 하다가 누가 시키지도 않은 나무를 하러 산에 가 구르고 넘어지고 자빠지고 엎어지며 까치집만 한 나뭇짐을 볼썽사납게 지게에 얹어지고 오기도 했다.

이런 재호와 내가 헤어진 것은 초등학교를 졸업하자마자였다. 아버지가 일찍 돌아가신 우리 집은 (아버지는 내가 여섯 살 때 돌아가셨다) 어머니의 홀앗이 힘으로는 나를 중학교에 진학시키지 못해 읍내로 방 한 칸을 얻어 이사를 했다. 없는 사람 막 벌어 먹기는 촌 보다는 대처(대처랄 수 없는 소읍이지만)가 나을 것이라는 판단에서였다. 우리 집은 땅 한 평 없는 애옥살이여서 아버지가 소작농으로 남의 땅 몇 마지기를 얻어 부쳐 조반석죽도 간신히 하는 형편이었다. 그랬기 때문에 가난을 대물림하다시피 이어 받아 밥 한 번 마음 놓고 먹을 수가 없었다.

읍내로 이사를 온 어머니와 나는 생활전선으로 뛰어들어 어머니는 바늘, 실, 빗(참빗 얼레빗), 분(박가분), 비누, 동동구리무(크림) 등 주로 가정에서 아낙이나 처녀들에게 필요한 방물을 도매상에서 떼어가지고 촌으로 돌아다니는 보따리장사를 시작했고 나는 점심 저녁 두 끼 밥만 얻어먹는 조건으로 중국집 보이로 들어갔다. 처음 먹는 자장면과 우동은 그렇게 맛있을 수가 없어 나는 무척 행복(?)했다. 꿈에 그리던 자장면과 우동을 실컷 먹으니 마냥 좋았던 것이다. 그러나 좋고 행복한 것도 잠시였다. 달장근이 지나자 나는 자장면이 목에 걸리고 우동에 명치가 메어 잘 넘어가지를 않았다. 어머니 때문이었다. 어린 생각에도 어머니는 어디서 볼가심으로 초다짐이나 하는지 걱정이 되었던 것이다. 생각이 여기에 미치자 나는 어머니가 애젖하고 자닝스러워 한 시도 마음 편할 날이 없었다. 그래 어느 날 주인 눈치를 보다가 용기를 내 어머니에게 자장면이나 우동을 대접하고 싶은데 그래도 되겠느냐며 시르죽은 소리로 힘담없이 말했다. 그러자 주인이 첫 마디에 "그래 알았다. 모시고 와라" 하며 선선히 내 청을 들어주었다. 그러더니 내 머리를 쓰다듬으며 "허 그놈 참 신통하네" 했다. 나는 다음날 득달같이 어머니를 모시고 와 주인이 내는 자장면으로 어머니와 함께 점심을 먹었다. 그런데 왠지 자꾸 눈물이 났다. 어머니가 가엽고 측은해 견딜 수가 없었다. 어머니는 자장면 한 그릇을 맛있게 들고는 갈쌍한 눈으로 나를 담쑥 안더니 "어이구, 못난 부모 만나 어린 네가 이 무슨 고생이냐. 미안하다 지훈아. 하지만 누가 또 아냐? 초년고생은 금을 주고라도 사라했으니 이담에 옛말하며 살게 될지" 했다.

이렇게 삼사 년이 지나자 나는 소년티를 벗기 시작해 중국집에서 서점의 점원으로 자리를 옮겼고 어머니는 계속 방물장수를 하고 있었다. 서점은 문방구를 겸한 조그마한 책방이어서 웬만한 장서가의 개인 소장본 서재 정도 밖에 되지 않았다. 나는 월급이랍시고 쌀 서너 말 값을 받으면서도 내 일처럼 성실히 일했다. 그러면서도 나는 나날이 즐거웠다. 무엇보다 내가 읽고 싶은 책을 서점에서 마음대로 가져가 밤새워 읽을 수 있었기 때문이었다. 내가 주로 읽는 책은 소설을 위주로 한 문학과 교양에 대한 것들이었다.

이렇게 또 몇 년 지나는 사이 나는 청년이 되었고 책은 줄잡아 천여 권을 박람강기했다. 문학에 싹이 튼 것은 이 때였다. 나는 소설이 쓰고 싶었다. 아니 소설가가 되고 싶었다.

그래 소설을 쓰자. 소설가가 되자!

나는 결심을 굳히고 소설을 쓰기 시작했다. 그러나 소설은 어렵고도 힘이 들어 태산 같았다. 이때 재호도 약속이나 한 듯 소설 공부를 시작했다. 묘한 일이었다. 우리는 되잖은 글을 소설이랍시고 써가지고 서로 돌려 읽으며 작가의 꿈을 키웠다. 재호는 읍내의 중 고등학교를 졸업하자 소설공부에만 매달렸고 나는 소설공부에만 매달릴 형편이 못 되어서 낮에는 서점에 나가 일을 하고 밤에만 짬짬이 글을 썼다. 나는 내가 쓰는 소설이 소설로서의 요건을 갖춘 것이지 아닌지도 모르면서 하여간 쓰고 또 썼다. 답답한 노릇이었다. 재호는 고등학교를 나와 기초나 튼튼했지만 나는 책만 많이 읽었다 뿐이지 그 외에는 기초가 없어 작가의 길은 구만리 장천 같았다. 나는 안 되겠다 싶어 어휘와 한문, 그리고 영어 공부를 몇 년 열심히 한 다음 소설을 쓰기로 하고 국어사전을 첫 장부터 끝장까지 읽었고 한자는 '가'자부터 '히'자까지 몇 만 자를 몇 번이고 쓰고 또 썼다. 물론 영어도 알파벳부터 시작해 몇 천 단어장을 모조리 외우다시피 했다.

이렇게 몇 년을 공부하자 웬만큼 자신이 생겨 다시 소설에 매달렸다. 하지만 소설은 여전히 어렵고 힘들었다. 무엇보다 지도하고 벗바리해주는 사람이 없어 애면글면 혼자 싸우는 고군분투였다. 재호는 이런 나를 구메구메 찾아와 격려해주었고 그때마다 습작한 작품을 들고 와 보여주었다. 이때 우리는 수험생처럼 '노력은 쓰나 그 열매는 달다'는 잠언과 정신을 한 곳에 기울이면 어떤 일도 이루지 못할 일이 없다는 '정신 일도 하사 불성精神一到何事不成'의 고색창연한 경구를 무슨 좌우명이나 되듯 머리맡에 써 붙여 놓고 덤벼들었다. 그러고는 해마다 겨울이면 모집하는 중앙 일간지의 신춘문예에 응모를 했다. 그런 다음 일각이 여삼추로 당선 통지서가 올 때만을 황새목을 한 채 기다렸다. 그러나 신춘문예는 이런 내 학수고대에도 불구하고 번번이 떨어졌다. 어찌 어찌 최종심까지 오르는가 하면 주제가 약하다느니 구성이 느슨하다느니 하는 선자의 평과 함께 선외로 밀려났다. 문예지의 추천도 어렵기는 마찬가지여서 웬만큼 자신이 있어 작품을 보냈는데도 종내 감감소식이었다. 야속한 일이었다. 아니 피가 마를 노릇이었다. 나는 힘이 빠지고 맥이 풀렸다. 어머니는 이런 내가 안쓰러워 밥은 에미가 죽식간에 어떡하든 해결할 것이니 너는 아무 걱정 말고 서점 일을 접고 들어앉아 글이나 쓰라했다. 어머니는 내가 신춘문예와 월간 문예지에 자꾸자꾸 떨어지자 애처로워 더는 볼 수가 없는 모양이었다. 이런 어머니는 어느 날 결연한 제세로 "지훈아! 옛말에 서러워 못 오를 나무가 없다 했다. 한근량으로 열심히 하다보면 안 될 일이 없다. 에민 너를 믿는다.!"며 어떻게 구했는지 닭에 삼을 넣고 고은 삼계탕을 내 앞에 내놓았다. 나는 그러나 어머니의 이 말을 받아들일 수가 없어 당분간 소설 쓰기를 단념했다. 어머니가 방물 보따리를 이고 면면촌촌 가가호호 돌아다니며 구걸하듯 도부하는 게 보기 싫어 내가 본격적으로 돈벌이를 해야겠다 싶어서였다.

그래! 그렇게 하자. 글은 형편이 좀 나아진 다음에 쓰자. 아무리 글은 어렵고 곤궁할 때 나오는 문장 출어 곤궁文章出 於困窮이라지만 지금 형편에 글을 쓴다는 것은 무리다! 며칠을 숙고한 천사만려 끝에 나는 어머니를 설득해 서울로 이사를 가자했다. 서울은 워낙 큰 대처라 사람도 많고 일거리도 많아 가진 것 없는 사람이 벌어먹고 살기는 소읍보다 훨씬 낫다 싶었던 것이다. 그동안 서점 월급이 좀 올라 여투어 둔 돈이 서울 변두리의 허름한 싸구려 방 한 칸 얻을 돈은 될 것 같아 용기를 냈던 것이다. 어머니는 처음 내키지 않는지 확답을 하지 않다가 "알았다. 여자는 삼종지의三從之義라니 이제 자식 뜻을 따라야지. 넌 이 집안의 호주이자 가장아니냐!"며 내 뜻에 동의했다.

남부여대 서울로 올라온 어머니와 나는 변두리 산동네에 됫박만 한 방 한 칸을 얻어 놓고 닥치는 대로 일을 했다. 어머니는 가발공장과 봉제공장 등에 나가 일을 했고 나는 진일 마른일 가리지 않고 몸을 도끼삼아 일을 했다.

이렇게 또 한 삼사 년 뼈가 으스러지게 일을 하자 보증금 좀 있는 두 칸짜리 지하 방으로 옮길 수 있었다. 비록 지하 셋방일망정 두 칸짜리로 옮기고 보니 글을 쓰고 싶은 충동이 일어 다시 소설을 쓰기 시작했다. 하지만 불고가사 들어앉아 소설에만 매달리지 않고 낮에는 막노동 품을 팔고 밤으로만 글을 썼다. 우선 무엇보다 어머니와 각 방을 써서 마음 놓고 글을 쓸 수 있어 좋았다. 그런데 너무 고되고 힘들어 글이 씌어지지를 않았다. 몸이 천 근 만 근 무거운데다 코에서 단내가 확확 나 도무지 글을 쓸 수가 없었다. 그러나 이린 상황에서도 나는 미련퉁이처럼 소설을 쓰고 또 썼다. 이러는 사이 또 몇 년이 흘렀고 소설(단편)도 여남은 편 실히 습작을 했다. 그러나 이때 고향의 재호는 종당 소설 쓰기를 포기하고 면사무소 우체국 광산 등지를 전전하며 생활전선에

뛰어들었다. 소설은 꿈이요 생활은 현실이니 꿈보다 현실이
더 절박하다는 것이 재호의 변이었다. 안타까운 일이었다.

아, 작가되기가 이렇듯 어려운가.

나는 재호가 소설 쓰기를 작파하고 생활전선에 뛰어들었
다는 소리를 듣고 가슴이 아팠다.

아, 나도 재호처럼 그만 소설 쓰기를 포기하고 철두철미
생활인이 될까?

나는 자신에게 수없이 자문하며 갈등의 나날을 보냈다.

안돼! 해야 돼! 작가가 돼야해! 나는 히드라의 목처럼 잘
라도 잘라도 달라붙는 끈질김으로 반드시 작가가 되리라 결
심했다.

재호가 중풍으로 쓰러진 것은 고향을 떠난 십여 년 후 J시
에서였다. 그때 재호는 J시에서 조그마한 세탁소를 경영하
고 있었고 나는 그때 서울이 싫어 풍광 좋고 산수 명미한 조
용한 도시 C시로 살 자리를 옮겨와 전업작가로 글만 쓰고
있었다. 이런 나는 재호에게 한 달에 한 번씩 달려가 위로
격려하며 하루 종일 같이 놀다 돌아왔고 그런 날이면 완전
히 집필을 작파하고 온 하루를 재호와 같이 보냈다.

재호가 아들을 따라 서울로 간 것은 이 무렵이었다. 아들
이 서울 괜찮은 회사 공채에 뽑혀 발령이 났기 때문이었다.
나는 재호가 백여 리 상거한 곳에 살다가 먼 서울로 가는 것

이 몹시 서운했지만 아들이 잘 돼 따라가는 것이어서 눙쳐 참고 박수를 쳤다. 재호가 아들을 따라 서울로 갈 때 우리는 약속했었다. 어떤 일이 있어도 일 년에 두 번씩 춘추로 꼭 만나자고. 이 약속은 해마다 지켜져 우리는 춘추로 어김없이 만났다. 만남은 매번 내가 재호를 초청해 이루어졌는데 재호는 불편한 몸을 하고서도 지팡이에 의지한 채 어렵사리 나를 찾아왔다. 그러면 나는 사흘이고 나흘이고 재호가 머무는 동안 모든 일을 작파하고 지난날의 순수시대로 돌아가 웃고 떠들고 노래하며 티 없는 소년들이 되었다. 여기다 술이라도 몇 순배 돌아 가나해지면 재호는 한 쪽 팔다리로 으썩으썩 춤을 추었고 나는 얼씨구 좋다 지화자 좋구나 어쩌고 하는 추임새와 함께 덩실덩실 어깨춤을 추었다. 찾아갈 곳도 찾아올 사람도 없는 서울에서 유배생활 하듯 허구한날 적막하게 구석바지처럼 방안에만 갇혀 살다가 마음 놓고 웃고 떠들고 술 마시며 노래하자 재호는 어린애처럼 좋아했다. 이럴 때면 재호는

"친구야 고맙다. 고맙다 친구야!"

하며 동공에 물기가 그렁한 채로 내손을 덥석 잡았다.

"고맙긴 뭐가 말인가. 밑도 끝도 없이"

내가 재호의 말뜻을 알면서도 짐짓 모르쇠로 아닌보살 할라치면 재호는 추연한 자세가 돼

"우리의 우정 말일세. 자네가 나한테 베푸는 우정 말일

세. 그 우정이 하도 고마워 눈물이 나"

제 감정을 못 이겨 끝내 내 품에 안겨 엉엉 울음을 터뜨렸다.

"원 사람도 참. 아, 이 사람아 춤추고 노래하다 울긴 왜 우나. 새퉁스럽게"

나는 재호의 등을 쓸어내리며 농조로 말했지만 재호는

"여보게 지훈이. 나를, 이 병신을 한결같은 우정으로 반갑게 대해주는 사람은 자네뿐일세. 그러니 내 어찌…"

하며 내 품속을 곰실곰실 파고들었다.

"예끼사람. 무슨 말을 그렇게 하나. 병신이라니. 흘려버리는 말이라도 그런 자기 비하가 어디 있나"

나는 진지한 자세가 돼 나무라듯 말했다.

"그렇잖은가. 남들은 내가 쓰러지니까 한두 번씩 다녀가곤 그것으로 끝이야. 헌데 자넨 그 많은 세월 동안 해마다 두 번씩 나를 청해 이리 즐겁게 해주지 않나. 모든 걸 작파한 채"

"또 그 소리. 여보게 재호 자네와 난 친구야. 친구도 보통 친군가 아닌 죽마고우 불알친구야.

"아무리 그래도 그렇지. 누가 지금 세상에 자네처럼 그렇게 아름다운 우정을 가지고 있나. 혹여 내가 귀찮게 굴까봐 지레 멀리하고 내 쪽에서 먼저 놀러오라 해도 피하기 십상이지"

"그런 사람을 어찌 친구라 할 수 있나. 난 우리들이 건강이 허락하는 한 자네를 일 년에 두 번씩 춘추로 꼭 초청하네. 자, 우리 또 그 옛날 소년으로 돌아가 춤추고 노래하세"

나는 술잔을 재호에게 건네고 술을 따랐다.

"알았네. 술 드세. 자넨 술이 약하니까 삼대 일로 하세"

재호가 술을 비워 나에게 잔을 내밀었다.

"삼대 일이면 자네 석 잔에 나 한잔이란 말인가?"

"그렇지"

"이거 사내가 시시하게 술 한 잔을 제대로 못하니 원. 난 술 잘하는 자네가 부러우이"

내가 부러운 눈으로 재호를 볼라치면 재호는

"원, 부러울 것도 많다. 자네 성질에 술을 잘했다면 이만 건강을 지켰겠나?"

하며 당최 그런 소리 말라는 듯 손사래를 쳤다.

"그럴까?"

"그럼. 나도 따지고 보면 술을 너무 많이 마셔서 쓰러졌을 지도 몰라. 자넨 혈압이 높아 혈압 강하제를 먹는다지 않았나. 자네가 건강해야 내가 자주 오지"

재호가 이러며 내 어깨를 툭 쳤다.

"그렇군. 내가 건강해야 자넬 초청하지. 하지만 염려 말고 자네나 건강을 잘 챙기게. 난 매일 아침 삼십 분씩 스트레칭 하고 한 시간 이상 걷네"

"잘하는 일이야. 우리 서로의 건강을 위해 건배하세나"

"좋아! 우리의 우정, 우리의 건강을 위하여"

우리는 잔에 술을 따라 높이 쳐들었다.

내가 재호를 일 년에 두 번 춘추로 초청하는 것은 이제 연례행사처럼 돼 아주 당연한 일로 굳어졌다. 재호는 내 폐를 안 끼치기 위해 어떤 때는 칭병을 핑계로 불응할 때가 있었는데 그러면 나는 곧장 서울로 올라가 사실 여부를 확인했다. 그런 다음 재호가 정말 아프면 하룻밤 재호 곁에 자면서 재호를 고수련했고 아프지 않으면 재호를 겉부축해 우리 집으로 데리고 왔다. 처음에는 잘 안 따라오려 하다가도 일단 우리 집에만 오면 산 진 거북이요 돌 진 가재가 돼 희희낙락이었다. 재호는 꼭 내가 전화를 걸어 초청하는데 보통 대여섯 번은 걸어야 초청에 응했다. 되도록 내 폐를 안 끼치려고 이 구실 저 구실로 꽁무니를 빼는 것이다. 하지만 내가 이런 재호의 속내를 모를 리 있는가. 재호의 심중을 속속들이 다 아는 나는 이유 여하를 막론하고 당장 내려오라 소리치고 일방적으로 날짜를 정해버린다. 그러고도 마음이 안 놓여 얼렁수의 후림대수작과 갖은 능갈의 감언이설로 재호를 꼬드겨 며칠날 오겠다는 확답을 받아내고야 만다. 재호가 버스를 타고 올 때는 내가 터미널까지 마중을 나가 재호를 택시에 태워왔고 시간이 나서 아들이나 사위가 승용차로 태워다주면 우리는 서로가 편했다.

재호가 오면 나는 먼저 재호를 부액해 목욕탕으로 가 등을 밀어주었고 목욕이 끝나면 식당으로 가 재호가 좋아하는 얼큰한 조기매운탕을 시켜 소주 한 잔을 곁들여 식사를 했

다. 나는 성격만 호쾌하고 단순했다 뿐이지 꾀가 없고 꿍심
이 없는데다 애바르거나 재바르지 못해 이재에는 도대체가
바사기 손방이었다. 그래 갑남을녀 다 타는 그 흔한 승용차
한 대 없는 주변머리였다. 그랬으므로 재호의 팔을 잡고 목
욕탕과 식당을 다녀오자면 굼벵이 천장遷葬하듯 더디고 느
려 세월이 없었다. 그래 중국집 같은데서 중국 음식을 시켜
먹고 재호와 내가 다같이 좋아하는 칼국수를 시켜먹기도 했
다. 그러나 대개는 내가 마트에 가 반찬을 사오거나 아니면
찬거리를 사다 반찬은 만들어 밥을 지어먹었다. 그러면 재
호는 괜히 미안해 해 불편한 몸을 이끌고 절룩절룩 내 주위
를 맴돌았다. 내가 이런 재호를 번쩍 안아다 소파에 앉히며
"자넨 여기서 꼼짝 말고 노래나 부르고 있어" 할라치면 "노
래?"하고는 "다시 한 번 그 얼굴이 보고싶어라, 몸부림치며
울며 떠난 사람아…"의 '추억의 소야곡'이 아니면
　"하룻밤 풋사랑에 이 밤을 새우고, 사랑에 못이 박혀 흐
르는 눈물…"하고 '하룻밤 풋사랑'을 천연덕스럽게 불렀다.
그러면 이날 밤은 밤이 이슥토록 술잔을 주고받으며 웃고
떠들고 춤추고 노래하는데 재호가 머무는 삼사일은 어느 한
날 이러지 않는 날이 없었다.
　"여보게 정 작가, 고마우이. 나는 자네를 만나기 위해 세
상에 태어났나 봐"
　술이 거나해 기분이 도도해지면 재호는 꼭 이런 말로 분

위기를 숙연케 했다.

"어허, 또 그 소리. 자꾸 그 따위 소리하면 내 자네와 다신 안 만난다?"

내가 언성을 높여 휘갑이라도 치면 재호는

"아니야. 자네 같은 친구는 지금 세상엔 없어. 자넨 당당하고 어엿한 작가요 나는 몸도 불구인데다 보잘 것 없는 존재아닌가. 그런데도 자넨 한결같이 나를…"

하며 울먹이기 예사였다. 평소 마음속에 품고 있던 소회가 술이 거나하자 저도 몰래 토설되는 모양이었다.

"이 사람 참 못할 소리가 없네. 자네와 난 수어친水魚親의 수어지교 아닌가. 그래서 난 자네가 좋고 보고 싶고 그리워 자넬 초청하는 거야. 헌데 뭐가 고맙다는 겐가. 고맙기로 말하면 자네보다는 나지. 자네가 불편한 몸을 이끌고 친구 찾아 먼 곳까지 와주니 얼마나 고마운가. 그야말로 논어의 유붕자원방래有朋自遠方來하니 불역낙호不亦樂乎처럼 벗이 있어 먼 곳에서 찾아오니 또한 즐겁지 아니한가일세. 자네와 난 문경지교刎頸之交까진 몰라도 지음知音의 지기지우知己知友는 되지 않나. 자네 말대로 나 같은 친구가, 아니 우리 같은 우정이 지금 세상에 없다면 우리야말로 얼마나 행복한 사람들인가. 관포지교管鮑之交가 어디 따로 있나. 자네와 난 뜻이 같고 마음이 같아 자네가 내 마음 알고 내가 자네 마음 아니 지기요 지음이지. 그래서 주역의 '계사전繫辭傳'에도 마음과 말이 같으면 그 냄새가 난초와 같다하여 동심지언同心之言은 기취여란其臭如蘭이라 하지 않았나. 여보게 재호. 우리가 언제 하늘이 불러 영결종천할지 모르지만 그때까진 만나야 하네. 만나도 더 자주 일 년에 네 번 춘하추동 만났으면 좋겠어"

나는 말하고 재호의 손을 덥석 잡았다. 재호가 울먹이는 소리로 말했다.

"여보게 지훈이! 옛글에 상식相識이 만천하滿天下하되 지심능기인知心能幾人이라 했듯 서로 얼굴 아는 사람은 세상에 가득해도, 마음속을 아는 사람은 얼마나 되겠는가 했네. 또 술과 음식을 함께 먹을 형제는 천 명이나 되지만, 위급하고 어려울 때 도와줄 친구는 한 사람도 없다하여 주식 형제酒食兄弟는 천개유千個有로되 급난지붕急難之朋은 일개무一個無니라 했을 걸세. 서양 속담에도 순경順境일 때는 초대를 받았을 때만 찾아가고 역경逆境일 때는 초대를 받지 않아도 찾아가야 참된 친구라 했을 걸세. 지훈이! 나는 자네 같은 지란지교芝蘭之交의 훌륭한 벗을 가져 내 인생이 지란지화芝蘭之化했네. 이 세상에 왔다가 자네 같은 벗 만났으니 난 참 행복한 사람이야"

이날 밤 재호와 나는 어깨동무를 한 채 조 용필의 '친구여'를 합창하며 우정을 더욱 공고히 했다.

"꿈은 하늘에서 잠자고 추억은 구름 따라 흐르고
친구여 모습은 어딜 갔나 그리운 친구여

옛일 생각이 날 때마다 우린 잃어버린 정 찾아
친구여 꿈속에서 만날까 조용히 눈을 감네
슬픔도 기쁨도 외로움도 함께했지
부푼 꿈을 안고 내일을 다짐하던
우리 굳센 약속 어디에
꿈은 하늘에서 잠자고 추억은 구름 따라 흐르고
친구여 모습은 어딜 갔나 그리운 친구여"

고향 역
-그 애젖한 그리움-

내 어릴 적 고향 역 이름은 남춘 역南春驛이었다. 사람들은 그때 기차역을 기차 정거장이라 불렀다.

기차 정거장 남춘 역!

남춘 역을 글자대로 풀이하면 '남쪽 봄의 역' 또는 '봄의 남쪽 역'이 된다. 역 이름이 근사해 아주 낭만적이다. 그러고 보니 문득 생각나는 사람이 있다. 1960년대인가부터 시작해 1970년대, 아니 80년대 초반의 어간에 '남춘 역'이란 이름을 가진 영화배우가 있었다. 물론 이는 예명이겠지만 예명을 남춘 역으로 지은 데는 상당한 이유가 있었을 것이다. 가령 남쪽 역의 봄을 이상처럼 가슴에 담고 살며 어떤 인물이나 사물을 그린다던가 아니면 이렇게 되었으면 하고 바라는 이마고 같은 것 말이다. 그렇지 않고서야 왜 이름을 굳이 '남쪽 봄의 역'이니 '봄의 남쪽 역'이니 하는 남춘 역을 예명으로 가졌겠는가.

그럴 것이다. 어쩌면 그는 남쪽 어느 조그마한 산골 역의 봄을 이마고로 가슴에 안은 채 살았을지 모른다. 개나리 진달래 흐드러지게 피는 고즈넉한 남녘 봄의 산골 역에서 설명할 수 없는 무엇인가를 안타까이 그리며 살았을지 모른다.

남춘 역! 남쪽 봄의 역! 봄의 남쪽 역!

한없이 고즈넉해 적막하기까지 한 봄날의 조그마한 산골 역! 너무도 적요하고 단조로워 무료하기까지 한 산골 역 남춘 역!

이 남춘 역이 바로 내 어릴 적의 고향 역 이름이다. 이런 역엔 으레 새물내 나는 무명 치마저고리에 피마자가 아니면 동백기름을 머리에 발라 쪽찐 아낙이 있게 마련이었다. 시집간 딸자식 산바라지를 하기 위해 몇 십 리 산길을 허위허위 달려와 차표 끊어 손에 쥐고 대합실의 긴 일자 나무의자에 그림이듯 앉아 있는 풍경이 그것이었다. 뿐만이 아니다. 광목이나 옥양목에 물들여 입은 검정 치마 흰 저고리의 댕기머리 갑순이도 만날 수 있었고 꺼먹 고무신에 보퉁이를 가슴에 안고 서울 가발공장으로 고향 친구 옥란이를 찾아 취직하러 가는 갑순이도 만날 수 있었다. 촌닭 관청에 잡아다 놓은 듯 겁먹은 표정으로 의자 한쪽 구석에 오도카니 앉아 개찰구만 하염없이 바라보는 갑순이! 그런가 하면 또 이런 풍경도 있었다. 죽을힘을 다해 삼십 리 밖 읍내 장에 나무 져다 판돈으로 포마드를 사 그때 한창 유행하던 리젠트나 올백 머리에 파리 낙상하게 번질번질 쳐 바르고 구두 뒷굽에 징 박아 신은 채 무작정 상경하는 갑돌이며, 용케 미군 피엑스나 미 군수 물자 암매상을 통해 군복 사지serge를 구해 새카맣게 물들여 칼날처럼 줄 세워 입고 중국집 보이로 일하는 고향 친구 노마를 찾아 상경하는 금돌이도 볼 수 있는 풍경이었다. 그래 그때 한창 유행하던

'서울 가면 운이 터서 금송아지 생기는지
날마다 모여드는 종착의 서울 역
농사짓던 금돌이도 중절모 쓰고
백양 담배 피워 물고 서울로 간다네
아아, 희망의 서울 서울로 간다네'

어쩌고 하는 '종착의 서울 역'을 구성지게 부르며 서울로 서울로 올라갔다. 이는 그러나 총각만이 아니어서 처녀들도 크게 다르지 않았다.

'앵두나무 우물가에 동네 처녀 바람났네
물동이 호밋자루 나도 몰래 내던지고
말만 들은 서울로 누굴찾아서
이쁜이도 금순이도 단봇짐을 쌌다네'

라는 '앵두나무 처녀'를 가슴 조여 부르며 서울행 열차에 몸을 실었기 때문이었다. 그러면 이리지도 저러지도 못하는 처녀 총각들은 앙가슴을 치며

'연분홍 치마가 봄바람에 휘날리더라
오늘도 옷고름 씹어가며 산제비 넘나드는 성황당길에…'

하고 '봄날은 간다'를 애달피 불러 제쳤다.

우리 마을에서 기차 정거장까지는 삼십 리 길로, 요즘 이수里數로 쳐 12km의 험한 산길이었다. 하지만 실제 거리는 삼십 리가 훨씬 넘어 14~5km는 족히 됐다. 촌길은 더욱이 촌사람들은 이수 개념이 없어 어림짐작으로 몇 리 몇 리 하기 때문에 십 리는 시오리가 넘었고 시오리는 이십 리가 넘었다. 그래 초행길의 누가 초간한 이수에 진력이 나 길을 물을 때 담배 한 대 피울 거리요 하면 십 리였고 한 참 가야하오 하면 이십 리가 실했다. 그리고 한참 미끈하게 가야하오 하면 삼십 리 길이었다.

우리 마을에서 기차 정거장까지의 삼십 리 길은 산(재)을 넘고 물(개울)을 건너야 했고 중간 중간 지돌이와 안돌이가 있는데다 서덜의 돌넛길까지 있어 진둥한둥 걸어도 얼추 한나절 길이었다. 때문에 사람들은 읍내 장에 가거나 기차를 타기 위해 정거장에라도 갈라치면 아침 일찍 서둘러 길을 떠나야 했다. 읍내도 삼십 리가 실해 장을 보고 되짚어 가려면 진둥걸음질을 해야 됐다. 기차는 상 하행선이 아침 새참 때를 전후해 있었으므로 기차 시간을 맞추려면 해짐작으로 걸어야 했다. 시계가 귀하던 당시로서는 해와 배꼽시계가 시간을 재는 척도여서 사람들은 이 두 가지에 의지했다. 한데도 시간은 신통하게 맞아 큰 오차가 없었다. 나도 당연히 해와 배꼽시계로 시간을 점치며 삼십 리 밖 기차 정거장을 다녀오곤 했다. 나는 여남은 살 적부터 봄가을로 학교 안 가는 일요일이면 단짝 동무 길수나 동수와 함께 정거장엘 다녀왔고 어떤 때는 신랑 각시놀이하던 소꿉동무 순녀와 함께 가기도 했다. 그러다 이 아이들이 무슨 일이 있어 함께 못 가면 나 혼자 걸어 타박타박 다녀오곤 했다. 점심도 쫄쫄 굶은 채로.

내가 먼 삼십 리의 기차 정거장을 찾는 데는 상당한 이유가 있었다. 봄이면 정거장 앞산이 온통 꽃대궐을 이뤘고 가을이면 정거장 뒷산에 단풍이 불바다를 이뤄 산 전체가 활활 불탔다. 우리 마을은 우복동牛腹洞처럼 산 속에 파묻혀 있어 봄이면 기화요초가 다투어 피고 가을이면 오색 단풍이 요란스레 수를 놓았지만 정거장의 그것만은 못했다. 정거장 앞 계곡엔 천행 입석川行立石의 돌개울이 주야장천 흘렀고 계곡 위의 산엔 개나리, 진달래, 산목련, 연산홍, 조팝꽃, 산벚꽃, 산철쭉 등이 차례로 피어 산 전체를 울긋불긋 물들였다. 햇살이 찬란하게 내려 눈이 부시면 꽃들은 더 현란해 어질어질 꽃멀미가 났다. 이럴 때면 산자락에서 영락없이 '부우꾹 부꾹 부우꾹 부꾹'하고 구슬픈 산비둘기가 울어 마을을 심란케 했다.

"야아!"

나는 꽃에 취해 탄성을 발하며 구슬픈 산비둘기 소리에 괜히 슬퍼졌다.

산비둘기 소리는 정거장을 오가는 산길에서도 수없이 듣는데 이상한 것은 바로 코 앞 나무에 앉아 우는데도 아주 먼 곳에서 울 듯 아득히 들려왔다. 순녀도 이게 이상한지 "참 희한하다 그치? 부꾹새가 가까이서 우는데도 왜 멀리서 우는 것처럼 들리지"

지난 일요일 순녀는 정거장을 가는 산길에서 묏등 상수리나무에 앉아 우는 산비둘기를 쳐다보며 말했다. 순녀는 산비둘기를 꼭 부꾹새라 불렀다. 부우꾹 부꾹 하고 울어서 그런 모양이었다.

"그러게 말이여. 나도 그게 참 이상해. 순녀 너도 저 소릴 들으면 슬프니?"

나는 한숨을 포옥 쉬며 말했다.

"응. 무지 슬퍼. 저 부꾹새는 슬퍼서 운대. 부우꾹 부꾹하는 소리는 계집 죽고 부우꾹 자식 죽고 부우꾹 하는 소리래. 그래서 슬프대"

순녀는 별 것을 다 알았다.

"누가 그래"

"엄마가!"

"엄마가?"

그날 순녀는 그예 눈물을 글썽이었다. 산길을 걷노라면 장끼란 놈이 솔포기에서 푸드득 날아올라 끼득거리며 등성이 너머로 날아가고, 다람쥐란 놈은 나무에서 쪼르르 내려와 바위에 날름 앉은 채 코를 벌름거리며 눈을 호동그래 뜨고 앞발로 먹이를 잡고 맛있게 먹어 귀엽고 재미났다. 이름 모를 산새들이 짝을 지어 날아다니며 '호르르호르르', '똑똑또그르', '왜지지왜지지' 우짖으면 신기하고 기이해 걸음을 멈추기 일쑤였다. 그러나 봄이 좀 더 무르익어 신록이 짙어지면 뻐꾸기 꾀꼬리 지쪽새 밀화부리 직박구리 휘파람새 등이 제 각기 소리쳐 목소리 향연을 벌이는데 이때는 산도 조용하게 엎드려 숨을 죽인다. 청아한 여러 새소리를 감상하느라 그런 모양이었다. 여러 새들이 한 타령으로 어울려 한바탕 요란하게 소리들을 지르고 나면 햇살은 더욱 찬란하게 나뭇잎에 내렸고 녹음은 화답하듯 바람에 일렁이었다. 사람들은 춘궁기 보릿고개에 먹을 게 없어 초근목피로 연명하며 삼순 구식하는데 새들은 춘궁기 보릿고개도 모른 채 벌레와 곤충을 잡아먹고 숲속에서 즐거이 노래들을 불렀다. 청승맞고 구슬픈 산비둘기 소리를 들으며 정거장 남춘 역에 갔다 돌아올 때는 배가 너무 고파 진땀이 바작바작 났다. 뱃가죽이 등가죽에 달라붙어 촌보도 걷기가 싫었다. 참꽃(진달래)을 따 먹고 찔레순을 꺾어먹어 보지만 언 발에 오줌 누기였다. 옹달샘에 엎드려 물을 들이켜고 허리끈을 바짝 조여매도 마찬가지였다. 송기松肌를 꺾어 먹고 잔대를 캐먹고 더덕과 산도라지를 캐먹어도 허기 면함의 초다짐은 되질 않았다. 오디와 산딸기라도 따 먹으면 좋은데 이는 늦봄이나 초

여름이 돼야 따 먹을 수 있어 아직은 차례 멀었다. 하지만 가을은 먹을 것이 많아 삼십 리 정거장 길이 봄처럼 배고프질 않았다. 서덜과 산기슭에 개암과 보리수가 천지로 널려 있는 데다 으름과 산밤까지 경성드뭇 있고 산 속으로 조금만 들어가면 똘배를 비롯해 좀 덜 익긴 했어도 머루 다래가 지천이었기 때문이다.

내가 여름과 겨울을 제외한 봄가을로 정거장 남춘 역을 찾는 것은 봄꽃동산과 가을 단풍 산을 보기 위해서만은 아니었다. 아침 새참을 전후해 남춘 역에 멎는 기차와 그 기차에 타고 내리는 사람들까지 보기 위해서였다. 아니 그 외에 또 그 무엇인가가 나타나 줄 것 같은 막연한 기대감이 있어서였다. '쫴엑'하는 기적과 함께 플랫폼으로 들어서는 기차를 보면 꼭 집어 설명할 수 없는 무엇인가가 있을 것 같은 설렘으로 가슴이 뛰었다. 그것은 부질없고 공허해 막연한 것이었지만 그래도 나는 오늘은 설마 오늘은 설마 했다. 그래 기차가 플랫폼으로 들어서면 괜히 몸이 달아 개찰구 쪽으로 달려가 내리고 타는 승객들을 하염없이 바라봤다. 하지만 아무리 바라봐도 내가 바라고 기다리는 그 무엇은 나타나질 않았다. 그러면 나는 그만 떡심이 풀려 개찰구 앞에 쪼그려 앉아 칙칙폭폭 떠나가는 기차만 속절없이 바라봤다. 그러다 기차가 시야에서 가뭇없이 사라지면 한숨을 포옥 쉬며 타박타박 발길을 돌렸다.

그날도 나는 오늘처럼 공중에 검은 연기를 남긴 채 가물가물 사라지는 기차를 하염없이 바라보다 타박타박 발길을 돌렸다.

지난 가을이었다. 물론 그날은 일요일이었다. 그 날은 길수와 동수가 집에 무슨 일이 있어 길동무가 안 되었고 순녀는 엄마하고 외가에 간다고 해 길동무가 못 되었다. 길동무가 있을 때는 심심하지 않고 길도 지루하지 않아 삼십 리 먼 정거장도 금방이었는데 길동무 없이 혼자 걸으면 심심하고 지루해 맥이 탁 풀렸다.

그날 나는 개찰구 쪽에 서서 플랫폼으로 들어서는 기차를 마음 졸이며 바라봤다. 기차에 오르는 사람은 여남은 명쯤 되었고 내리는 사람은 겨우 다섯 명이었다. 이 다섯 명 가운데 세 사람은 중년 남자였고 두 사람은 중년아낙으로 모두 흰 무명 바지저고리에 흰 치마저고리차림이었다. 광목이나 옥양목을 입은 사람은 한 사람 없었다. 나는 그날 바라고 기다리는 그 무엇이 또 허사구나 하면서 정거장 마당으로 나와 붉은 물감을 퍼부어 놓은 듯한 정거장 뒷산 단풍에다 눈을 주었다.

"야아!"

나는 늘 보는 단풍이지만 또 탄성이 나왔다.

아아, 단풍이 어쩌면 저리도 고울까!

나는 넋을 놓고 단풍을 바라봤다. 이때 멀쩡하던 하늘이 먹장구름으로 머흘거리며 갑자기 빗방울을 뚝뚝 떨어뜨렸다. 그러더니 이내 장대비를 퍼붓기 시작했다. 나는 비그이를 하기 위해 역 대합실로 들어갔다. 비는 패연히 쏟아졌다.

어쩌지? 어떡하지?

나는 몸이 달아 대합실 안을 왔다갔다했다.

비는 쉬 그칠 것 같지가 않았다. 그치기는커녕 더욱 거세게 쏟아져 얼마 후엔 벌건 황톳물이 정거장 마당에 물마를 이뤘다.

어떡하지? 비를 맞고라도 갈까? 비가 이렇게 쏟아지면 개울물도 곧 벌창을 할 텐데.

나는 똥마려운 강아지처럼 좌불안석 앉았다 일어났다 했다. 이대로 있자니 두 번씩이나 건너는 개울물이 불어날 것 같아 걱정이었고 비를 노박이로 맞고 가자니 너무 춥고 배고플 것 같아 자신이 없었다. 안 그래도 벌써 춥고 배고파 한기가 느껴지고 배에서 꼬르륵 소리가 나는데 어떻게 삼십 리 험한 산길을 비를 노박이 한 채 갈 수 있는가. 길도 어디 편편한 신작로에 밋밋한 자드락길이기라도 한가. 가풀막진 푸서릿길에 너덜겅의 안돌이 지돌이의 돌닛길이 있는데다 싸릿재라는 높은 재까지 있지 않은가.

나는 문득 작년 봄에 있었던 일이 생각나 소름이 돋았다. 그날도 나는 길동무 없이 혼자 정거장에 가 꽃구경을 하고 설마하는 마음으로 상 하행선 기차가 설 때마다 가슴 졸이며 그 무엇인가를 기다렸지만 그 무엇은 끝내 나타나질 않았다. 장대처럼 긴 봄해도 삼십 리 정거장을 걸어가 꽃구경을 하고 대합실의 일자 의자에 턱을 괴고 앉아 상 하행선의 기차까지 다 보내고 나니 어느새 한나절이 넘어 있었다. 싸릿재에 다다르자 배가 너무 고파 나무꾼과 길손들이 마시는 옹달샘 물을 벌떡벌떡 들이켜고 잿마루에 올라서니 해는 이미 서쪽으로 서너 발이나 기울어 있었다. 사단은 얼마 후에 일어났다. 재를 걸어 내리는데 바람결에 어디선가 더덕냄새가 진하게 실려 왔다. 냄새를 따라가니 길 위쪽 바위 밑 양지쪽이었다. 나는 나무꼬챙이로 애면글면 더덕을 캤다. 더덕은 돌 틈바귀에서 자랐는데도 무척 커 두어 뼘 길이에 낫자루 굵기 만했다.

"야아!"

나는 뜻밖의 횡재에 손뼉을 쳤다. 어른들한테 듣기로 더덕이 낫자루 만하게 굵고 장뼘으로 뼘 가웃이 넘으면 오십 년은 족히 자라 효과가 산삼보다 낫다 했기 때문이었다. 더욱이 더덕 속에 들어 있는 물은 영약 중의 영약이어서 죽을 병도 살린다 했다. 나는 더덕을 반으로 분질리 곧추세웠다. 더덕은 속이 반나마 비어 있었고 그 빈 곳에 물이 그득 고여 있었다. 나는 더덕 물을 마시고 더덕을 우적우적 씹어 먹었다. 그러고는 얼마 후 꼬박꼬박 잠이 왔다. 봄볕이 따사로워 잠을 부른 모양이었다.

얼마나 잤을까. 몸이 선뜻해 눈을 뜨니 해는 이미 서산을 꼴깍 넘어가 사방이 컴컴해져 있었다. 그새 어슴막이 내린 듯했다. 나는 주위부터 살폈다.

아니 이건?!

나는 소스라치게 놀라 몸을 벌떡 일으켰다. 내가 누워있던 자리 바로 옆이 아이의 무덤 아총兒塚이었기 때문이다. 나는 걸음아 날 살려라 하고 뛰기 시작했다. 이때 어디선가 부엉이가 '부우엉 부우엉' 울어댔다. 나는 무서워 머리끝이 쭈뼛 하늘로 올라갔다. 부엉이가 우는 곳엔 눈 큰 짐승(호랑이)이 있다는 소리를 들어서였다.

이날 나는 서쪽 하늘의 개밥바라기가 이울어서야 집에 도착했다. 옷은 땀으로 홍건히 젖어 있었고 몸은 신열로 달아 있었다.

비는 상기도 줄기차게 쏟아졌다. 소나기는 보통 삼형제여서 세 차례쯤 퍼부으면 그치고 설령 안 그친다 해도 산돌림으로 낮뺌을 하게 마련인데 어디 한군데 갤 낌새가 없었다.

어떡하지? 정말 어떡하지?

나는 몸이달아 산매들린 듯 대합실 안을 돌아쳤다. 이대로 대합실에 있자니 집이 걱정이었고 집으로 가자니 작달비의 산길 삼십 리가 걱정이었다.

에이 씨, 무슨 놈의 비가 이렇게 와 그래!

나는 애성이 나 하늘에다 대고 팔뚝욕이라도 하고 싶었다.

빗줄기가 가늘어지기 시작한 것은 이러고도 한 식경은 좋이 지나서였다.

가자!

나는 허리끈을 바짝 조여매고 들메끈을 가든그린 다음 길을 나섰다. 시각이 얼마나 됐는지 알 수 없었지만 짐작으로 저녁곁두리는 된 것 같았다. 사방에서 개샘이라도 터진 듯 홍수가 콸콸 쏟아졌다. 나는 뛰다시피 잰걸음질을 쳤다. 가을 해는 노루꼬리처럼 짧아 기운다 싶으면 날이 저물어 서두르지 않을 수가 없었다. 비는 더 이상 놋날 드리듯 퍼붓지는 않았지만 아직도 우비가 있어야 할 만큼 추적거리고 있었다. 삿갓에 도롱이를 쓴 농부들이 논밭 여기저기서 삽을 든 채 분주히 돌아다니는 게 보였다. 싸릿재를 접어들자 난데없이 바람이 불어 몸이 덜덜 떨렸다. 나는 더욱 잰걸음으로 싸릿재를 추어올랐다. 숨이 턱까지 차올라 가빴지만 아랑곳하지 않았다. 자칫 날이 저물어 길이라도 잃으면 큰일이다 싶었다. 그리고 캄캄한 밤 잿마루에서 산꼬대라도 만나면 여간 낭패가 아니었다. 나는 이를 사려문 채 죽기 기를 쓰고 걸었다.

이렇게 천둥의 개걸음으로 집에 닿자 날은 이미 앞이 안 보일 정도로 어두웠고 몸은 파김치가 돼 해면처럼 가라앉았다.

아버지는 일 년에 한번 씩 방문하는 서울의 친구 분 마중을 꼭 나보고 가라했다. 아버지 친구 분 월촌月村어른은 가을철에만 찾아왔는데 이는 초근목피로 연명하는 보릿고개 때를 피하기 위함이었다. 먹을 게 없는 보릿고개 때는 시집간 딸네 집에도 안 간다는 속담을 상기해서였다. 월촌은 아버지 친구 분의 아호였는데 아버지는 친구 분의 아호를 따 나에게 월촌 어른이라 했다. 그래서 나도 언제부터인가 아버지의 친구 분을 월촌 어른이라 불렀다. 월촌 어른은 소싯적 아버지와 한서당 한훈장 밑에서 동문수학한 동접간同接間으로 아버지와는 우의가 돈독한 지기지우였다. 월촌 어른은 가을에 아버지를 찾아왔고 아버지는 봄으로 월촌 어른을 찾아갔다. 아버지는 책상물림의 낙척한 시골선비로 조반석죽도 간신히 끓이는 애옥살이었다. 그랬으므로 월촌 어른은 오곡백과가 풍성한 만가을에만 아버지를 찾아왔다. 아버지는 서울서 월촌 어른이 온다는 편지를 받으면

"월촌 어른이 며칟날 몇 시 기차로 오신다는구나. 그날 정거장에 마중 가 잘 모시고 오너라!"

했다. 그러면 나는

"예, 아버지!"

하고 마치 내 친한 친구가 오기라도 하듯 좋아했다.

월촌 어른이 온다고 하면 어머니는 그날부터 집 안팎을 깨끗이 청소했다. 방과 마루를 쓸고 닦고 마당과 골목의 풀

을 뽑고 쓸었다. 뿐만이 아니었다. 놋그릇을 꺼내 마당에 가마니를 깔고 기왓장을 바수어 윤이 나게 닦았고 장독대의 된장독이며 간장항아리도 윤이 나게 닦았다. 심지어는 마루 밑의 허섭스레기까지 말끔하게 치웠다.

"오늘 낮 열한 시 반 기차로 월촌 어른이 오신다. 늦지 않게 서둘러 가거라!"

서울서 월촌 어른이 오는 날이면 아버지는 아침부터 한곳에 진득이 부접못한 채 서성이었다. 나는 아버지가 월촌 어른을 몹시 기다리는구나 싶어 경중경중 노루뜀을 했다. 왠지 신이 나고 즐거워 발걸음이 가벼웠다. 삼십 리를 왕복하면 육십 리 먼 길이어서 다리가 떨어져나갈 듯 아파 퉤가 날 만도 한데 나는 개의치 않았다. 서울서 오는 아버지 친구 분을 모시러 가는데 까짓 다리 아픈 것쯤 무슨 대수냐 싶었던 것이다. 아니 오히려 어떤 보람마저 느껴져 장하게 생각되었다. 여기다 또 불타듯 온산을 뒤덮은 정거장 뒷산의 단풍까지 볼 수 있잖은가. 그리고 오매에 잊지 못해 염념불망 그리는 그 무엇이 꿈처럼 나타날 지도 모르잖은가. 아니 또 있었다. 월촌 어른이 이번에도 그전처럼 정거장 앞 중국집에 데리고 들어가 꿀맛 같은 자장면을 사줄 지도 모른다는 점이었다.

나는 자장면의 그 기막힌 맛을 도저히 잊을 수가 없었다. 입에 넣기만 하면 살살 녹아 씹을 사이도 없이 꿀떡꿀떡 꿀

맛같이 넘어가던 자장면. 세상천지 이렇게 맛있는 음식도 다 있나 싶어 평생 중국집 일을 해주며 자장면이나 실컷 먹었으면 할 만큼 맛있는 자장면.

월촌 어른은 해마다 만가을의 일요일을 택해 아버지를 찾았다. 일요일이 아닌 날 오면 내가 정거장으로 마중 나와 학교에 결석을 하기 때문이었다. 산길 삼십 리를 허위허위 달려 정거장에 다다르면 온 몸이 진땀으로 젖어 있고 배는 등에 달라붙어 꼬르륵 소리를 냈다. 그러면 나는 왜 여태 기차가 안 오나 하고 연방 신호기만 바라봤다. 신호기가 뚝 하고 떨어져야 기차가 들어왔던 것이다.

눈 빠지게 바라보던 신호기가 떨어지고 기차가 서서히 플랫폼에 들어서면 나는 괜히 흥분돼 호흡이 가빠졌다. 그러다 회색 두루마기에 회색 중절모를 쓴 월촌 어른이 금테안경에 단장을 짚고 손가방을 든 채 기차에서 내리면 나는 가슴부터 뛰었다. 더욱이 여덟팔자의 콧수염까지 기른 월촌 어른을 보면 범접 못할 위엄을 느꼈다. 그런데도 월촌 어른이 출찰구를 나오면 나는 코가 땅에 닿도록 인사를 했다.

"오냐 그래. 어디 보자. 네놈이 백야白也의 아들놈이구나!"

월촌 어른은 이렇게 말하고 혼잣소리로 '허 그놈 참'어쩌고 하며 내 머리를 쓰다듬었다. 월촌 어른도 아버지를 이름 대신 아호를 불렀다. 아버지 아호는 백야였다.

"그래, 춘부장께선 안녕하시냐?"

내가 월촌 어른의 가방을 받아들고 정거장 마당을 나오면 월촌 어른은 비로소 안부를 물었다.

"예에!"

"자당님께서도 안녕하시고?"

"예에!"

"아아, 그 단풍 참 곱다! 우리 저 단풍 좀 보고 가자꾸나!"

"예에!"

그러나 나는 배가 너무 고파 자꾸 정거장 앞 중국집만 바라봤다. 일찍 먹은 아침밥에 산길 삼십 리를 뛰다시피 달려와 배가 진작에 꺼져 있었던 것이다.

"오 참. 배고프겠구나. 보자 몇 점이나 됐는고."

월촌 어른이 두루마기 속의 조끼주머니에서 회중시계를 꺼냈다.

"아이구, 벌써 오정이 다 됐구나. 우리 저 중국집에서 청요리 한 그릇씩 먹고 가자?"

월촌 어른이 '북경반점北京飯店'이라 씌어진 중국식당을 턱짓하며 앞장서 걸었다.

"예에!"

나는 귀가 번쩍 띄어 월촌 어른의 뒤를 따랐다. 나는 작년과 재작년에도 월촌 어른과 북경반점에서 자장면을 먹었다. 평상시의 식당은 산골 오지라 손님이 그닥 많지 않아 한산한 편이었지만 일 년에 두 번 봄의 꽃철과 가을의 단풍철엔

장사가 그런대로 돼 손님이 꽤 있었다. 그리고 중석광산과 휘수연 광산이 여러 군데 있어 손에 쇠망치를 든 광산꾼들이 '당꼬바지'에 '도리우찌'를 쓰고 연락부절 드나들 때면 북경반점은 호황을 맞아 제법 문전성시를 이뤘다.

꿀맛 같은 자장면 한 그릇을 걸신들린 듯 곱빼기로 시켜 허발나게 먹은 나는 기분이 흐뭇해 세상을 다 얻은 것 같았다. 월촌 어른이 자장면을 곱빼기로 시켜주며

"많이 먹어라. 돌도 삭일 나이아니냐"

할 때는 너무 좋아 눈물이 나려했다. 그런데도 월촌 어른은 우동을 곱빼기 아닌 보통으로 시켜 반나마 남기고 일어났다. 나는 월촌 어른이 남긴 우동이 아깝고 애젖해 발길이 잘 안 떨어졌다.

내가 월촌 어른을 모시고 동네 어귀에 들어서면 아버지는 동구 밖 장승박이까지 마중을 나와 월촌 어른을 맞았다.

"월촌! 어서 오시게나. 원행에 누지陋地까지 거동하느라 고생이 많으이"

아버지가 양 팔을 벌려 월촌 어른을 얼싸안으면 월촌 어른도

"백야! 반가우이. 그동안 면식眠食은 무탈하셨나?"

하며 아버지를 마주 안았다. 누가 봐도 수어水魚의 정의情誼요 금란金蘭의 우의友誼였다.

이렇게 해 월촌 어른과 아버지가 상봉하면 사흘 동안 서

로 한 시도 안 떨어진 채 붙어살았다. 하루는 바둑을 두고 하루는 시회詩會를 하고 하루는 가까운 산하를 편답하며 산천경개를 구경했다. 이때 혼쭐이 나는 것은 어머니였다. 평생 재물이라는 걸 모른 채 책상물림의 선비로 살아온 남편 섬기며 구메구메 남의 전지 몇 뙈기 홀앗이로 얻어 부치며 밭매기 베낳이 물레잣기의 삯일을 하면서도 불평 한마디 없던 어머니. 이러느라 어머니는 아침부터 밤까지 허리 한번 펴지 못하고 봉두난발 돌아쳤다. 아버지는 이런 어머니가 딱했던지 사랑에 서당을 차려 훈장노릇으로 곡식 가마니를 보탰지만 이도 길래 가지 못했다. 아버지가 서당을 차릴 때만 해도 한문을 숭상해 학동이 근동에서 스무남은 명 되더니 동네에 중 고등학생이 생기고 면내에 대학생이 건성드뭇 생겨 한글세대가 되자 영어를 잘해야 출세한다며 한문은 원두한이 쓴 외 보듯 했다. 이 바람에 아버지는 허구 한 날 혼자 수불석권手不釋卷으로 책만 붙들고 사는 서치書癡가 됐다.

월촌 어른이 묵는 사흘간은 어머니에게 있어 형벌의 나날이었다. 이 사흘 동안 어머니는 옷매무새 하나 흐트러뜨리지 않은 채 단정했고 어디서 구했는지 밥상엔 흰 쌀밥과 계란말이가 올랐다. 물론 어머니는 나를 시켜 아랫동네 주막거리에 가 술도 받아오게 했다. 여기에 또 별식으로 닭볶음탕도 상위에 올랐다. 나는 계란말이와 닭볶음탕이 먹고 싶어 문틈으로 방안을 들여다보며 군침만 꼴깍꼴깍 삼켰다. 그러며 월촌 어

른이 제발 계란말이와 닭볶음탕을 남겨주었으면 하고 간절
히 바랐다. 어머니는 이런 나를 부엌으로 끌고 가

"이놈아, 이 무슨 배워먹지 못한 짓이냐. 어른들 진짓상
을 문틈으로 흠쳐 보다니!"

하며 싸리나무 회초리로 아랫 종아리에 피멍이 나도록 때
렸다. 그런 다음 계란말이 부스러기와 닭볶음탕 국물을 떠
서 안방으로 들여보냈다. 이런 가운데도 나는 월촌 어른이
계란말이와 닭볶음탕을 남겨주길 바라며 밥상나기만을 목
을 빼고 기다렸다. 그러다 어머니가 계란말이와 닭볶음탕이
반나마 남은 밥상을 들고 안방으로 들어오면 나도 몰래 "야
아!" 소리치며 밥상 앞에 앉았다. 월촌 어른이 나에게 학용
품값을 쥐어 주는 건 월촌 어른이 떠나기 전날 밤이었다.

"이걸로 학용품 사 쓰거라. 부모님 말씀 잘 듣고 공부도
열심히 하고"

월촌 어른이 얼마인 지도 모를 돈 봉투를 손에 쥐어주며
머리를 쓰다듬었다. 봉투가 제법 두둑한 것으로 봐 돈이 꽤
들어있는 것 같았다.

대처로 시집 간 누나가 일 년에 한 번씩 친정에 와 삼사일
묵다 가는 것은 마당질이 끝난 겨울철이었다. 남의 전지 몇
뙈기를 얻어 부치는 터수였지만 홀앗이로 농사를 짓는 어머
니는 된서리가 내릴 때까지 한 시 반 시 쉴 틈이 없었다. 누

나는 어머니와 많은 얘기를 나누기 위해 일손이 적은 겨울철을 택해 친정나들이를 했다. 산골의 겨울은 빨리 와 마당질이 끝날 무렵이면 벌써 살얼음이 얼고 눈발이 날려 겨울 채비에 들어갔다. 이때가 되면 누나는 으레 '부모님 전 상서'라고 쓴 편지를 보내왔고 이런 며칠 후면 바깥출입을 모르던 어머니는 반닫이에서 새물내 나는 옥양목 치마저고리를 꺼내 입고 삼십 리 밖 정거장 남춘 역으로 누나 마중을 갔다. 외손자를 업어오기 위해서였다. 어머니는 그러나 며칠 후 다시 삼십 리 밖 정거장 남춘 역을 가야했다. 첫 번째는 외손자를 업으러 가는 것이었고 두 번째는 외손자를 업어다 주러 가는 것이었다. 삼십 리 먼 산길에 눈이 깔리고 매운 칼바람에 얼굴이 시퍼렇게 얼어도 어머니는 아랑곳하지 않았다. 입성이 부실해 홑속곳과 홑고쟁이 위에 홑치마를 입고 저고리는 명색이 솜저고리였지만 홑적삼 위에 입는 것이어서 보온과 방풍이 되질 않았다. 털신과 털장갑이 없어 꺼먹 고무신에 목달이 같은 버선을 신었고 아얌과 조바위는 더더욱 없어 무명천을 오려 목을 감은 게 고작이었다. 그런데도 어머니는 삼십 리 밖 정거장까지 누나 마중을 가 외손자를 업고 오는 걸 의무로 알았고 업어다 주는 걸 의무로 알았다. 어머니가 시집 와 새댁시절에 겪었던 반보기의 안타까움에 대면 정거장으로 딸 마중을 가 외손자를 업고 오는 게 얼마나 즐거운지 몰랐다.

그랬다. 어머니는 반보기로써 친정어머니와 식구들을 만났다. 반보기란 시집 간 딸이 시댁과 친정 집 중간 지점에서 친정어머니나 친정 가족들을 만나 회포 푸는 해후를 말함인데, 이는 시집 간 딸과 친정어머니만 하는 게 아니어서 오랫동안 만나지 못한 친척 부인네들도 두 집 사이의 중간쯤 되는 곳의 산이나 냇가에서 만나 장만해 온 음식을 나눠 먹으며 하루를 즐기는 풍습이었다. 그래 사람들은 이를 '중로中路' 또는 '중로상봉中路相逢'이라 했다. 우리 집은 자손이 귀해 누나와 나 오뉘뿐이었다. 자손이 귀해서인지 어머니는 자식 사랑이 유난했다. 어머니는 우리 남매만 달랑 낳은 게 아니라 자그마치 칠남매를 낳고도 겨우 우리 남매만 건졌다. 누나 위로 제일 맏이가 아들이요 그 다음이 딸이었는데 누나는 셋째였다. 어머니는 누나 밑으로 딸만 셋을 내리 낳고 맨 마지막으로 나를 낳아 누나와 나는 터울이 열 살도 더 났다. 이렇게 아들딸을 일곱씩이나 낳고도 우리가 남매만 남은 것은 명을 길게 타고나서였다. 당시는 웬만한 집은 아이들을 보통 일여덟 명 낳았고 연년생으로 낳는 집은 열 명에서 열두 서너 명까지 낳았다. 그런데도 아이들은 반타작이 안 돼 삼분지 이는 부모의 가슴에 묻었다. 그 흉악한 돌림병이 한번 돌면 동네 아이들을 휩쓸어갔기 때문이다. 돌림병은 법정 전염병으로 염병이라 일컫는 장티푸스와 괴질의 호열자로 알려진 콜레라, 그리고 마마라 하는 천연두에 마진이라

하는 홍역 등이었다. 이 돌림병이 들어온 마을은 쑥대밭이
됐고 돌림병에 걸린 아이들은 거의 죽어갔다. 물론 우리 집
에도 누나 위로 두 사람과 누나 밑으로 세 사람이 돌림병에
죽어나갔다. 이런 참상은 우리 집만 있는 게 아니어서 아이
들이 많은 집은 예외가 없었다. 그래서 아이들은 호적 나이
가 실제 나이보다 보통 서너 살씩 적었고 어떤 아이들은 너
댓살이 적기도 했다. 돌림병만 휩쓸면 언제 죽을지 모르는
데 괜히 출생 신고할 필요가 없었던 것이다.

　누나가 친정에 와 묵는 동안 어머니와 누나는 메밀벌 마
냥 붙어 있어 떨어질 줄을 몰랐다. 유념성이 많은 어머니는
남의 땅 몇 뙈기를 얻어 부칠망정 추수한 곡식을 올망졸망
자루에 담아 윗방 한쪽에 갈무리해 두었다. 살림이 간고해
따지기때의 해토머리만 되면 벌써 보릿고개가 시작돼 햇보
리가 물알 잡히기 급하게 바수어 먹는 풋바심 때까지 명줄
이어가기가 준령처럼 아득하지만 그러나 아직은 마당질이
끝난 지 얼마 안 된 만가을 끝이라 이것저것 먹을 게 있었
다. 어머니는 메밀을 물에 불리고 맷돌에 간 다음 체로 가루
를 곱게 쳐 묵을 쑤고 차좁쌀로 밥을 해 절구에 차지게 찧어
대추 찰떡을 만들어 누나를 먹였다. 어머니는 그러고도 모
자라 감주를 쑤고 수수부꾸미를 만들어 누나를 챙겨 먹이느
라 궁둥이 한번 땅에 붙일 겨를이 없었다. 그런데도 모녀는
무슨 할 말이 그리 많은 지 이야기가 그치질 않았고 입에서

는 함박웃음이 떠나질 않았다.

　모녀의 이야기는 밤이 되어도 그치질 않고 실꾸리처럼 이어졌다. 저녁을 먹고 설거지를 하고 밤이 이슥할 때까지 화롯가에 둘러 앉아 출출하면 묵을 쳐 감주와 부꾸미로 밤참을 먹었다. 대추 찰떡을 곁들인 채였다. 이때 아버지는 사랑에 책상다리를 하고 꼿꼿이 앉아 어머니와 누나가 정성들여 차려낸 밤참을 접구만 한 채 호롱의 심지를 돋우고 경서經書를 읽었다. 나는 한도 끝도 없이 이어지는 어머니와 누나의 이야기가 진력나 강아지가 어미품을 파고들 듯 아랫목의 이불속으로 곰실곰실 파고들었다. 그러면 이불 속은 그렇게 따스하고 아늑할 수가 없어 딴 세상에 와 있는 것 같았다. 밖에는 바람이 윙윙 우듬지를 할퀴며 새된 소리를 내고, 앙칼진 눈보라는 날카로운 발톱을 세워 문창살을 들이치면 따뜻한 아랫목 이불 속은 마치 어머니 품속 같아 바람 불고 눈보라치는 바깥세상이 먼먼 전설처럼 느껴졌다. 그런데 이때 꼭 정한情恨을 토하는 게 있었다. '바르르 바르르' 울어대는 문풍지 소리였다. 문풍지는 뭐가 그리 서럽고 애달파 흐느끼듯 저리 울어대는지. 어린 소견에도 나는 문풍지 소리에 하염없이 눈물이 나 베갯잇을 적셨다. 이럼에도 어머니와 누나의 이야기는 그칠 줄을 몰랐다. 자다가 오줌이 마려워 눈을 뜨면 그때까지 이야기는 계속 됐고 첫 닭이 홰를 치며 자처울 때도 어머니와 누나는 두런두런 이야기를 주고받았다.

이러고 세월이 얼마나 흘렀을까?

아마 한 세대는 얼추 흘렀지 싶자 세상은 상전벽해로 천지개벽을 시작했다. 농경사회가 산업사회로 옮아가는 이른바 산업화 바람이 그것이었다. 젊은이란 젊은이는 모두 도시로 나가 농촌이 텅텅 비는 공동화空洞化 현상이 일어났고 그것이 흔히 말하는 이촌향도離村向都였다. 그러니 농사짓고 고향 지키는 사람은 당연히 나이 많은 늙은이들뿐이었다. 그래도 노래는 꿈과 낭만과 향수가 있어 나훈아의 '고향 역'이 이 무렵에 나왔다.

'코스모스 피어 있는 정든 고향 역

이쁜이 곱쁜이 모두 나와 반겨주겠지

달려라 고향열차 설레는 가슴 안고

눈 감아도 떠오르는 그리운 나의 고향 역'

산업화 바람은 마치 질풍노도와 같아 산을 헐고 내를 막고 공장을 짓고 길을 만들어 본디의 모습을 잃어갔다.

이렇게 또 세월이 얼마나 흘렀을까. 강산이 두 번 바뀐다는 이십여 년이 지나자 정거장 남춘 역은 남촌 역南村驛이란 이름으로 바뀌었고 개나리, 진달래, 산목련, 연산홍, 조팝꽃, 산벚꽃 산철쭉이 흐드러지게 피던 정거장 앞산은 여러 채의 웅장한 콘크리트 건물이 들어섰다. 그리고 오색 단풍이 불타듯 곱던 정거장 뒷산은 평지로 변한 채 누런 황토색 맨살을 드러냈다.

뿐만이 아니었다. 지돌이 안돌이의 삼십 리 돌닛길은 사
차선의 아스팔트길이 닦여 있고 가파른 싸릿재 정상은 어연
번듯한 휴게소로 변해 있었다.

고향 길은 희망의 길 산꿩이 운다.

서낭당 장승이 매양 그리워……

아, 이제는 어디 가서 고향 남춘 역을 볼 수 있을까. 봄이
면 정거장 앞산에 흐드러지게 핀 천자만홍千紫萬紅의 꽃대궐
과 가을이면 온 산이 불타듯 곱던 만산홍엽의 정거장 뒷산.
그리고 아직도 찾지 못하고 만나지 못한 그리운 무엇이 내
가슴 속에 이마고로 오롯이 남아 있는데……

한고조 寒苦鳥

땅을 칠 일이다!
가슴을 칠 일이다!

인도 대설산大雪山에 산다는 상상상의 새 한고조寒苦鳥는 밤이 깊어 날이 추우면 몸을 달달 떨며 "날이 새면 몸을 녹일 따뜻한 집을 지어야지. 추위를 녹일 따뜻한 집을 지어야지" 하고 울다가도 막상 날이 밝아 따뜻해지면 간밤의 맹세를 가맣게 잊고 "무상한 이내 몸에 집은 지어 무엇 하리. 집은 지어 무엇 하리" 하며 집을 짓지 않는다고 한다.

그러고 보면 한고조는 정신이 참 오달지게 흐리마리한 친구다. 아슴아슴 해망쩍게 까마귀 고기를 먹었는지.

기준은 책(작품집)을 낼 때마다 적잖이 후회한다. 아니 낸 책을 여기저기(또는 이사람 저사람, 이곳저곳) 보낼 때마다 적잖이 후회한다. 아니다. 정확히 표현하면 작품집을 여기저기 보내고 나서 적잖이 후회한다.

기준은 이번에도 또 후회를 했다. 얼마 전에 출간한 소설집 '비익조比翼鳥'를 여기저기 보내고 나서였다.

어쩌면 사람들이 이토록 돈단무심일까. 치지도외 하듯 오불관언 하듯 돈단무심일까.

책을 수 백군데 보냈는데도 고맙게 잘 받았다고 전화나 편지로 인사해 온 사람은 몇 사람에 불과하고 나머지는 짜기라도 한 듯 감감소식이다. 기준은 이거 큰일 났다 싶었다. 다른 사람은 몰라도 글 쓰는 사람은 감성이 풍부해 가슴 하나는 더 있어야함에도 이들이 돈단무심인 채 일언반구도 없으니 이게 보통 일이 아닌 것이다. 글을 쓰지 않는 소인素人이라 할지라도 책을 받으면 고맙다고 인사하는 게 예의요 상정인데 어떻게 같이 글을 쓰는 사람이 같이 글을 쓰는 사람한테 작품집을 보냈는데도 쓰디달디 말 한 마디 없는가. 참으로 안타까워 곡지통哭之痛할 일이다. 글 쓰는 사람은 글 쓰는 일이 얼마나 어렵고 힘 드는 지를 누구보다 잘 안다. 그러므로 책을 받으면 고맙다는 인사 편지(엽서나 이메일이 아닌 육필의 봉함 편지)를 보내야 당연하다. 한데도 어찌 된 영문인지 대개의 경우 책을 보내면 그냥 그것으로 그만이다. 이는 생각건대 바쁘고 귀찮아서 (또는 성가셔서) 그렇기도 하겠지만 문제는 성의 없음과 예의 없음이 가장 큰 이유라 할 수 있다. 그렇지만 이와 반대로 책을 보내면 육필로 또박또박 편지를 써서 정성스레 보내는 이도 쌀의 뉘 만큼은 있다. 이는 물론 썩 드문 일이어서 몇 백 명에 몇 사람 있을까말까 하다. 그래서 기준은 이런 편지를 받으면 턱없이 고마워(신기해) 편지를 몇 번이고 되풀이해 읽곤 한다.

같이 글을 쓰는 사람이나 지인들에게 책을 보내주고 받는 편지가 아닌, 일반 독자로부터 받는 편지에 대해서도 기준은 예의가 깍듯하다.

말이 났으니 말이지만 편지에 관한한 기준은 대단히 철저해 누가 편지를 보내오든 그 자리서 봉투에 받은 날짜를 적어 놓고 가위로 봉함된 부분을 오려 편지를 꺼내 읽는다. 어떤 경우라도 편지를 찢거나 뜯어서 읽질 않는다. 편지를 찢거나 뜯으면 마치 발신인의 몸을 찢고 뜯어 발기는 것 같아 반드시 가위로 봉함 부분을 자른다. 편지는 문자를 통해 발신인의 말과 생각을 담아 보낸 것이므로 발신인 대하듯 인격체로 대해야 한다는 게 기준의 지론이었다.

이런 기준은 심지어 편지 아닌 고지서나 공과금 따위의 세금 통지서가 나와도 함부로 뜯거나 찢질 않고 가위로 봉함 부분을 오려 내용물을 꺼낸다. 비록 공과금 고지서나 세금 통지서라 할지라도 발신처가 있고 수신인이 있으니 예로써 대해야 도리다 싶었던 것이다. 그래서인지 기준은 누가 편지를 아무렇게나 취급해 함부로 찢거나 뜯어서 읽으면 사람이 어쩌면 저럴까 싶어 얼굴이 뻔히 쳐다보인다. 발신인의 인격을 짓밟는 것 같기 때문이다.

기준은 같이 글을 쓰는 사람이 자신의 저서를 보내오면 고맙다는 인사와 함께 수고했다는 격려의 편지를 반드시 써 보낸다. 물론 정성들여 쓴 육필편지다. 편지를 쓸 때 기준은 꼭 이런 생각을 한다.

이 글을 쓰느라 얼마나 애썼을까. 작가는 글을 쓸 때 심장의 피를 뽑아 그 피 한 방울 한 방울로 글을 쓰는 법인데 하고. 그러면 뼈를 깎는 고통이 눈에 보이는 것 같아 고개가 절로 숙여진다. 그래서 책을 받으면 열 일 제쳐두고 편지부터 써 부친다.

글쓰기가 얼마나 고통스러우면 단말마의 산고産苦에 비겨 글을 낳는다 하겠는가. 단말마는 임종을 뜻하기도 하지만 동시에 숨이 끊어질 때의 모진 고통을 뜻하기도 해 고통 중의 고통이 단말마다. 이렇듯 고통의 극한에서 뼈를 깎고 살을 저며서 쓴 글이 세상에 나와 문단의 모모제인某某諸人과 가까운 친지들에게 보내면 거개가 그것으로 끝이어서 어디 개가 짖느냐다. 빈 말이라도 고맙다는 인사 한 마디가 없다. 글을 쓰지 않는 사람이야 글 쓰는 이의 고통을 잘 모르니 그렇다 쳐도 글 쓰는 이야 글 쓰는 이의 고통을 누구보다 잘 알아 격려 편지나 위로 전화 한 통쯤 해 줄만도 한데 묵비권 행사하는 피의자처럼 입 다물기 예사다.

기준은 이럴 때마다 서글프기 짝이 없어 앞으론 절대 책을 보내지 말아야지 한다. 그러다가도 막상 책이 나오면 또 책을 보낸다. 힘들여 글 써서 돈 들여 책 만들고 공들여 봉투에 주소 써서 우체국까지 낑낑대며 무거운 책 보따리를 여러 차례 들어 날라다(승용차라는 게 없으니까) 부치고도 고맙다는 편지 한 장 못 받으면서도 말이다. 이런 기준이 딱했던지 어느 날 후배 작가 종훈 군이

"선생님, 이제 제발 책은 아무한테도 보내지 마십시오. 귀한 책 보내봤자 읽지도 않습니다."

했다. 그러며 이렇게 덧붙였다.

"선생님! 앞으론 절대 책 보내지 마세요. 필요한 사람은 사서라도 봅니다. 저는 친한 친구한테도 제 책 한 권 주지 않습니다. 선생님께선 이제 가만히 앉으셔서 책을 받으셔야 합니다.

선생님!

그래도 책을 보내시려거든 꼭 줄 사람만 엄선해 보내십시오. 저희 같은 신인도 책을 아무한테도 안 보내는데 왜 선생님 같으신 원로께서 책을 보내십니까. 그것도 몇 백 권씩 말입니다."

지금은 덜하지만 기준이 처음 문단에 나오고 십여 년 간은 책이 나올 적마다 삼사백 권씩 사서 산골 색시 묵나물 돌

리듯 마구 돌렸다. 신인은 으레 그런 줄 알았고 또 그래야 하는 것으로 알았다. 그런데 문제는 문단보다 사회 지인들이어서 이 사람을 주면 저 사람이 걸리고 저 사람을 주면 이 사람이 걸려 인심 잃기 십상이었다.

내 책 가지고 인심 잃기 십상이니 낭패로구나!

기준은 난감해 책이 나오면 여간 걱정되는 게 아니었다.

생각해 보라.

작가가 책을 찍으면 출판사로부터 받는 저자용 기증본이 고작 이십여 권(보통 이십 권, 많이 받으면 삼사십 권)이다. 그러니 이 몇 십 권으로 어떻게 그 많은 지인들한테 다 돌릴 수 있나를.

지난 날, 그러니까 이십세기의 마지막 연대인 1990년대까지는 그래도 책을 찍으면 인세라는 게 나와 매 권마다 책값의 십분의 일을 받았다. 그랬으므로 인기 작가, 소위 말하는 베스트셀러 작가는 이 출판사 저 출판사에서 서로 다퉈 선불로 인세를 주고 또 보너스로 웃돈까지 얹어서 글을 받으려고 난리였다. 베스트셀러 작가가 아니라도 지명도가 웬만큼만 있으면 그런대로 책을 찍을 수 있어 초판 삼천 혹은 오천 권은 찍었다. 그랬는데 새로운 천년의 기간이라나 뭐라나 하는 밀레니엄의 새 천년 이십일 세기가 되자 사정이 달라져 베스트셀러 작가가 아닌 작가들은 책을 출판하기가 하늘의 별 따기로 어려워졌다. 너울처럼 밀려드는 텔레비전과 컴퓨터 게임 및 인터넷의 말초적 영상 매체 때문에 문자

매체의 책은 도대체 읽질 않았기 때문이다. 이 바람에 잘 나가던 베스트셀러 작가군도 출판사들이 그전처럼 허겁지겁 달려들어 책을 찍으려들질 않았다. 그러니 비 베스트셀러 작가들의 책이야 어찌 찍으려하겠는가. 직장 없이 글만 쓰는 전업 작가들은 원고료와 인세가 수입의 전부다. 그런데 책이 안 팔려 출판사가 책을 안 찍으려드니 인세는 구경할 수가 없고 원고료라는 건 미미하기 짝이 없어 이삼십 년 전 원고료 그대로다. 그런데도 글을 발표하려는 작가는 많고 발표지면은 적어 어쩌다 십년일득으로 글 한 편 발표하면 원고료라는 게 며칠 용돈도 못 미쳐 손에 묻은 밥풀이요 언 발에 오줌 누기가 되고 만다. 이럼에도 문학지는 해마다 우후죽순으로 늘어 2천 년대 들어 물경 백이십 여개로 늘어났다. 그런데 희한한 것은 이렇게 많은 문예지가 있음에도 불구하고 발표된 작품이 몇 문예지를 제외하곤 원고료가 한 푼도 지불되지 않는다는 점이다. 원고료 지불은커녕 거꾸로 발표자가 되레 게재료(?)를 내는 이상한 현상까지 생겨났다. 재력은 있고 발표는 못해(아무리 문학지가 많아도) 안달이 나는 사람들이야 형편이 어려운 문예지에 기부금조로 상당액을 쾌척하고 글을 실을 수도 있을 것이다.

출판사가 책이 안 팔린다며 출판을 기피하고, 책이 안 팔리니 책을 안 찍어야 돈을 번다는 묘한 논리를 내세우는 바람에 간판을 내리는 건 개점휴업의 작가들이다. 출판사가 책이 안 팔린다고 아우성이니 출판은 감불생심이고 출판이 감불생심이니 집필할 의욕이 생기질 않는다. 그래도 굳이 책을 내고 싶으면 세상이 깜짝 놀랄 작품을 들고 나오거나 출판사 마음에 드는 글을 써야한다. 이 두 경우가 아니면 자비를 들여 책을 찍어야 하는데 자비출판은 고수입의 봉급생활자나 재력 있는 작가 외엔 거의 불가능해 엄두를 낼 수가 없다.

이밖에 출판할 수 있는 길은 저자가 인세 한 푼 안 받고 찍는 무 인세출판이라는 게 있긴 하나 이것도 여간 어려운 게 아니어서 선뜻 나서는 출판사가 없다. 이러니 꿈과 긍지와 자존심을 먹고 사는 작가 몰골이 뭐가 되겠는가.

사정이 이러니 기준이라고 예외일 수는 없었다. 기준은 소위 말하는 베스트셀러 작가가 아니므로 어려움은 마찬가지였다. 이런 중에도 기준은 무 인세출판을 해 주겠다는 출판사가 있어 지존심은 몹시 상하나 다행이다 싶었다. 그런데 자비출판도 못하고 무 인세출판도 할 수 없는 작가는 입술을 깨물며 붓을 꺾을 수밖에 없다.

서울 같은 대도시는 안 그렇겠지만 기준이 살고 있는 중소도시는 방귀만 크게 뀌어도 단박 소문이 나 웬만한 일은 그대로 노정이 된다. 때문에 누가 가즈럽을 떨거나 건말질이라도 하면 그날로 소문이 파다하고 쓸데 적게 홍이야 황이야 하며 남의 일에 이리위 저리위해도 소문이 바로 쫙 퍼진다. 그러므로 언죽번죽 후림대수작을 하거나 얼렁수로 오지랄 넓게 간사위질 하다가는 부접할 수가 없다. 하여 인간 관계에 여간 조심하지 않거나 신중을 기하지 않으면 지탄받기 일도 아니다. 그래 기준은 책이 나올 때마다 걱정이 태산이다. 누구는 책을 주고 누구는 책을 주지 않을 수가 없기 때문이다. 대학을 제외한 초등학교와 중·고등학교를 모두 이곳에서 나왔으니 동기 동창을 비롯해 선후배가 부지기수로 많고 그 밖의 사회 친구도 상당수여서 책은 있는 게 한정이었다. 이러다보니 버릇이 돼 책이 나오면 으레 받아야 하고 또 당연히 받는 것으로 알았다. 적이나 하면 기준이 어떤 글을 썼나하고 궁금해서라도 서점에 가 한 권 사 볼만도 한데 골프를 쳐 하루 수십만 원씩 허비하고 룸살롱에 가 양주 몇 백만 원어치 먹기는 쉬워도 한 권에 기만 원하는 책은 사질 않는다. 아마 조상 중에 누가 책을 읽다 죽은 귀신이 덮어씌우기라도 한 모양이다. 안 그러고야 어찌 책을 원두장이 쓴 외 보듯 할 리 있겠는가. 책값이라야 어디 비싼가. 한 권에 기만 원 밖에 안가고 오 년이나 십 년 전에는 고작 육칠천 원에 불과했어도 책은 사지 않은 채 얻으려고만 들었다. 그리고 혹자는 대놓고 책 한 권 달라하기도 한다. 그러나 이는 집으로 책을 얻으러 오는 사람에 비하면 그래도 나은 편이다. 어떤 사람은 빚 받으러 오는 사람처럼 보무당당 찾아와 책 몇 권 달라하기도 하고 어떤 사람은 또 줄남생이처럼 여러 사람을 데리고 와 책 한 권씩 달라하기도 한다.

하지만 이 여러 가지 행태들이 책을 휴지만도 못하게 생
각하는 사람에 대면 탓할 일이 아니고 불쏘시개나 코풀개만
도 못하게 여기는 사람에 비하면 나무랄 일도 아니다.

이십 사오 년 전의 어느 가을엔 이런 일도 있었다. 그 해
여름 기준은 '벽 속의 기침소리'라는 소설집이 나왔다. 단편
집이었다. 그리고 그 해 가을 친구 태호네 과수원에 초대를
받아 그의 과원으로 사과를 먹으러 갔다. 태호는 시 변두리
용마산 자락에서 과원을 하고 있었는데 기준과는 중·고등
학교 동창이었다. 두 사람은 중학교 입학식 날 처음 만나자
마자 일면여구—面如舊로 의기가 투합했다. 두 사람은 취미나
취향도 비슷해 서클 활동을 같이했다. 두 사람은 문예반에
서 활동했다. 태호는 그때 문예 반장이었다. 태호는 글 솜씨
가 뛰어나 각종 학생 백일장에 나가 장원을 휩쓸었고 당시
한창 인기 있던 학생 잡지 '학원'에도 글이 여러 번 뽑혀 문
명을 날렸다. 그러자 태호는 많은 학생들의 우상이었고 문
학소녀 여학생들에겐 동경의 대상으로 어느 한 날 팬레터가
오지 않는 날이 없었다.

"태호 넌 이담에 아주 훌륭한 작가가 될 거야"

기준은 태호가 부러워 어느 날 태호의 손을 잡고 말했다.

"기준이 너도 글 잘 쓰잖아. 너야말로 이담에 근사한 소
설가가 될 거야. 두고 봐!"

태호가 기준의 어깨를 툭 치며 씨익 황소 웃음을 웃었다.

"나야 뭐 그냥"

기준은 열없게 웃으며 머리를 긁적거렸지만 기분은 좋았다. 자신도 군내 학생백일장이나 도내 학생백일장에 나가 장원과 차상을 여러 번 차지했기 때문이다.

태호와 기준이 군내 학생백일장과 도내 학생백일장에 나가 장원과 차상을 휩쓸자 담임은 물론 학교는 이런 자랑이 없다며 환호작약했다. 그래서 학교 정문에 입상을 기리는 현수막을 여러 번 해 세웠고 전체 학생 조회 때도 교장이 두 사람을 조회대 앞으로 여러 번 불러내 칭찬하기도 했다.

뿐만이 아니었다. 학교에서 발행하는 교지엔 언제나 두 사람의 글이 나란히 실렸고 문예반에서 펴내는 동인지 '글밭'은 두 사람이 주축이 돼 이끌어 나갔다. 그때마다 담임과 학교 측이 전폭적으로 지원을 해 힘을 실어주었다.

"으이구 좋다 지화자다. 야아, 우리학교에서 앞으로 한국문단을 빛낼 소설가 두 사람이 나오겠는 걸"

담임은 태호와 기준을 중국집으로 데리고 가 자장면을 사 먹이며 추임새를 넣었다.

"두 놈 다 열심히 해 봐. 내가 힘닿는 대로 도와 줄 테니"

담임은 어미소가 새끼소를 핥듯 지독지애舐犢之愛한 눈길로 태호와 기준을 바라봤다. 그러며

"요놈들, 이 담에 유명한 소설가가 되면 나 괄시마라"

하기도 했다. 이런 담임은 헤어질 때

"너희들 대학은 꼭 국문과가 아니면 문창과를 가야한다. 알겠지?"

했다. 그러면 태호와 기준은 동시에

"예, 선생님! 그렇게 하겠습니다"

하며 굽실 절을 했다. 두 사람은 이미 대학은 국문과가 아니면 문창과로 정해 놓고 있었다.

그런데 이 어찌 된 일인가.

기준은 놀라지 않은 수가 없었다. 고등학교를 나오자 기준은 인문대 국문과를 지원했는데 태호는 천만 뜻밖에도 농대 원예과를 지원했기 때문이다.

아니, 세상에 이럴 수가?!

기준은 태호가 농대 원예과를 지원했다는 소식을 듣고 한 달음에 그의 집으로 달려가 이게 대체 어찌 된 일이냐고 따졌다. 그러나 태호는

"문학은 지난 한 때의 추억으로 간직할래!"

하며 착 가라앉은 소리로 말했다. 말하는 것으로 봐 태호는 이미 결심이 선 듯했다.

"아니 태호 네가 농대를 가다니. 넌 불세출의 작가가 되고도 남아. 그러니 맘 돌려 문창과로 가!"

기준은 앙앙불락 태호의 손을 잡고 흔들었다.

"아니야. 난 이미 결정했어. 작가도 좋겠지만 아버지의 유업을 이어받아 과수지기가 되기로. 그렇지만 기준이 너만은

꼭 작가가 돼야 한다. 넌 꼭 될 거야. 아주 멋진 작가가!"

태호는 이러며 노을 지는 서녘하늘로 눈을 보냈다.

"기준아! 우리 내기하자. 난 일류 과수지기가 되고 넌 일류 소설가가 되기로!"

태호는 계속 서녘 하늘을 응시했다.

"태호야. 난 네가 너무 아까워. 너무 아까워. 그래서, 그래서…"

기준도 말하며 서녘하늘로 눈을 보냈다.

"알아! 기준이 네가 지금 무슨 말을 하려는지. 그러니 더 이상 아무 말도 하지마!"

태호는 여전히 서녘하늘에 눈을 준 채 휘갑을 쳤다. 서녘하늘은 까치놀이 한창이었다. 아니 살구 빛 노을이 한창이었다. 기준은 몸이 달아 태호의 손을 흔들며 바장이었다.

마알간 햇살이 빗살처럼 좔좔 내리는 가을 오솔길을 호젓이 걸어 태호의 과수원을 찾은 것은 해가 설핏 비낄 저녁나절이었다. 과원으로 가는 길 양쪽엔 보랏빛 코스모스가 바람에 하늘거렸고 빨간 고추잠자리는 한가로이 날아다녔다.

"여어, 어서 오게. 귀하신 작가 선생께서 이렇게 왕림해주시니 영광인 걸"

태호는 두 팔을 크게 벌려 환영했다. 그런 태호는 진작부터 기다리고 있었는지 기준을 반겨 맞았다.

"무슨 소리. 시답잖은 삼문문사三文文士를 초대해 주니 내가 영광이지"

기준은 태호의 손을 잡아 흔들며 주렁주렁 매달린 사과부터 둘러봤다. 사과는 착색을 잘 내기 위해서인지 거의가 종이 봉지로 씌워져 있었다.

"어떤가. 우선 맘에 드는 놈으로 하나 골라 따 먹게. 사과는 나무에 달린 놈을 따 그 자리서 먹어야 제 맛이야."

태호가 말하며 이 사과 저 사과로 눈을 주었다.

"그래? 그럼 어디 하나 따 먹어 볼까?"

기준은 왠지 가슴이 두근거렸다. 사과를 고르는데 웬 가슴이 이리 두근대는지 모를 일이었다. 마치 사춘기 소년이 처음 보는 소녀 앞에 섰을 때처럼 얼굴까지 붉어졌다.

"그럼 사과 따 먹고 있게. 나 내무대신한테 가서 한 기준 소설가 선생이 오셨으니 맛있는 것 좀 많이 장만하라 이르고 올 테니"

태호는 이러며 총총히 사라졌다. 기준은 어느 놈이 좋을까 하고 이것저것 고르다가 기중 좋아 보이는 놈을 잡고 봉지를 벗겼다.

그런데 이상했다. 사과를 싼 봉지의 글이 어딘지 눈에 익었다. 아니 종이 봉지의 문장이 눈에 익었다. 기준은 이상하다 싶어 구겨진 종이 봉지를 손으로 펴 문장을 읽기 시작했다. 봉지는 신문지로 만든 것도 있고 책을 뜯어 만든 것도

있었는데 기준이 딴 사과는 책을 뜯어 만든 봉지였다. 그런
데 책으로 만든 봉지는 책 한 장으론 작아서인지 책 두장 끝
부분을 풀로 붙여 만든 것이었다. 가슴을 조이며 문장을 읽
어 내리던 기준은 그만 경악하고 말았다. 종이 봉지의 문장
이 기준의 글이었기 때문이었다. 기준이 태호에게 준 소설
집 '벽 속의 기침소리'였기 때문이었다.

아니 이럴 수가?!

기준은 머리를 좌우로 세게 흔들었다. 그러자 가슴이 우
르르 내려앉으며 눈앞이 캄캄해졌다. 다리가 후둘대고 정신
이 아물거렸다. 머릿속이 뜨끔거리며 몸 안의 피가 거꾸로
치솟는 것 같았다.

오, 맙소사! 뼈를 깎고 살을 저며서 쓴 작품집을 뜯어 사
과 봉지를 싸다니. 심장의 피를 한 방울 한 방울 짜서 그 피
로 쓴 작품집으로 사과 봉지를 싸다니!

기준은 그만 하늘이 노오래졌다.

이런 일이 있고부터 기준은 태호를 멀리했다. 실망스럽고
절망스러워 태호를 만날 수가 없었다. 처음엔 따귀라도 올
려붙이며 절교선언을 하고 싶었다. 배우지 못한 무지렁이라
면 이해할 수 있고 문학이 뭔지 작품이 뭔지 모르는 사람이
라면 막설할 수도 있다. 그러나 태호는 대학까지 나온 지식
인이요 한때 작가지망생으로 장래가 촉망되던 문학청소년

이었다. 그런데 그런 그가 일회용 잡지도 아니요 일일용 신문도 아닌 소설집을 뜯어 사과 봉지를 싼 것이다. 그것도 절친한 친구의 소중한 작품집을 말이다.

오, 맙소사!

기준은 문학에 대해 이때처럼 심한 자책과 회의를 느낀 적이 없었다.

아니다. 또 한 번 심한 자책과 회의를 느껴 열병 앓듯 꽁꽁 앓은 적이 있었다. 그것은 너무나 큰 충격이었다. 그것은 작품집을 뜯어 사과 봉지를 쌌을 때보다 더 큰 충격이었다.

이십여 년 전의 어느 봄날이었다. '고개 너머 주막집'이란 장편소설이 나온 얼마 후였다. 고향에서 농고를 나와 농사를 짓는 친구 재민이가 부친상을 당해 조문을 갔을 때였다. 재민이 부친은 미수米壽로 타계해 수를 누렸고 상제는 아들 오형제 딸 셋의 팔남매 외에도 유복친이 많아 상가는 흡사 잔칫집 같았다. 재민은 팔남매 중 맏이로 종가의 종손이었다. 종가의 종손은 대개 가난해 못살게 마련인데 재민네는 살기가 택택해 부자소리를 들었다. 여기다 자손들도 다 건장해 조상 앞에 간 참척이 없어 호상이었다. 그래 그런지 상가는 조문객들의 웃음소리가 끊이질 않았다. 게다가 또 계절이 춥지도 덥지도 않은 봄철이어서 조문객들은 문상이 끝나자 모두 차일 친 바깥마당으로 나왔다. 바깥마당은 한터를 방불할 만큼 널찍해 큰일을 치르기엔 더없이 좋았다.

오랜만에 만난 조문객들은 학교 동창이 아니면 선후배 관계에서 서로 그동안의 안부를 묻고 살아가는 이야기를 나누었다. 기준도 이들과 어울려 세상 돌아가는 이야기를 주고받았다. 그러며 오늘은 아무래도 이들과 함께 상가에서 밤을 새워야 할 것 같아 마음을 진득하니 다잡아먹었다. 상주 재민이와는 초등학교 동창일 뿐만 아니라 한때 사 에이치4H 클럽에서 같이 일을 한 사이어서 남다른 애정이 있었다. 그때는 기준이 아직 작가가 되기 전의 약관이었고 또 순수한 열정이 넘쳐나던 때라 사 에이치의 신조 강령에 쉬 매료됐다.

생각하면 그때 사 에이치의 신조와 강령은 참으로 멋있어 반하지 않을 수가 없었다. 헤드head인 머리 곧 지식으로는 좋은 생각을 하고, 핸드hand인 손 즉 근로로는 훌륭한 봉사를 하며, 하트heart인 마음 즉 양심으로는 진실한 동정심을 발휘한다. 그래서 헬스health인 건강으로는 가정과 지역과 사회와 신에 봉사한다는 사 에이치운동. 정신적으로 경제적으로 기술적으로 아직 미개해 원시적 생활 패턴을 벗어나지 못하던 시대에 헤드, 핸드, 하트, 헬스의 앞머리 글자 이니셜을 따서 만든 사 에이치 클럽. 이는 비전 있는 시대적 요구요 후진 탈피의 진취적 기상이었다. 그리고 개척의 선구자적 도전이요 희망이었다. 하여 사 에이치운동은 엄청난 효과를 가져와 획기적인 성공을 거두었고 근대화를 앞당기는데 크게 기여했다. 더러 천방지축의 천둥벌거숭이들이 가리산지리산으로 일을 망쳐 허맹이문서가 된 경우도 있지만 그러나 열정 하나로 애면글면 깜냥대로 쏟은 사 에이치운동은 농촌과 사회에 큰 공헌을 해 뒷날 새마을운동의 단초와 기초가 됐다.

　밤이 되자 문상객들은 여기저기서 삼삼오오 판을 벌이기 시작했다. 상가에서 흔히 볼 수 있는 밤샘 고스톱이었다. 상가에는 어느 상가든 이런 일이 다반사여서 스스럼없이 판을 벌였다. 때문에 이는 상제나 조문객이 으레 그렇게 하는 것으로 알아 조금도 이상하게 생각하질 않았다. 그런데도 기준은 상가에서 벌어지는 고스톱 판이 도무지 못마땅했다. 고스톱은 상가가 아닌 곳에서, 예컨대 술집이나 음식점 같은 곳에서 주문한 음식이 나오기 전에 시간을 메우기 위해 잠깐씩 치는 거라면 몰라도 아니 술집이나 음식점이라 할지라도 그 몰골이 볼썽사나워 인 될 일이거늘 하물며 상가에서, 그것도 비통에 젖어 망극해 있는 상제들 앞에서 '쌌다', '피박이다', '싹쓸이다'하며 별로 아름답지 못한 말을 무슨 축제 벌이듯 상가가 떠나가게 박장대소하니 이런 육니하고 민망한 노릇이 없는 것이다. 그런데도 이 육니하고 민망한 노릇이 기준의 앞에서 벌어지고 있다. 그래 기준은 고스톱 안치는 몇 몇 사람과 한쪽 구석빼기에 앉아 차일 밖으로 반짝이는 밤하늘의 별을 쳐다보며 이런 이야기 저런 이야기를 나누었다. 그러다 뇨의를 느껴 마당가 멀찍이에 있는 행랑

변소로 갔다. 그리고는 그만 너무도 기막히고 끔찍한 광경을 목도하고 변소 바닥에 덜퍼덕 주저앉았다. 책이, 기준의 작품집 '고개 너머 주막집'이 반나마 뜯긴 채 변소 바닥 휴지통 속에 아무렇게나 뒹굴고 있었기 때문이다.

"아! 아! 아!"

기준은 반벙어리처럼 소리치며 반나마 찢어발겨진 작품집을 조심조심 집어 들어 가슴에 안았다. 참을 수 없는 분노에 살이 떨리고 말할 수 없는 참혹함에 눈물이 났다.

"아! 아! 아!"

기준은 처참하게 찢겨진 만신창이의 작품집을 보듬어 안고 비틀비틀 밖으로 나왔다.

"아! 아! 아!"

기준은 하늘을 쳐다봤다. 하늘은, 금 모레를 뿌려놓은 듯한 별무리는 뭐가 그리 서러운지 눈물을 글썽이고 있었다.

"아! 아! 아!"

기준은 실어증에 걸린 사람처럼 연해 아 아 아 하는 단절음을 토하며 어딘가로 걸었다. 산매 들린 듯 허청허청 어딘가로 걸었다. 그러며 이렇게 뇌까렸다.

"그래 나 한 기준은, 한고조 삼신이 뒤집어씌운 나 한 기준은 다음에도 그 다음에도 책이 나오면 돌리고 또 돌릴 것이다. 친구네 집 과수원에 사과 봉지용으로도 돌리고, 친구네 집 변소에 똥닦개용으로도 돌릴 것이다.

그런 머리로 어떻게 소설을 쓰나?

선인들은 말했다. 무릇 선비란 수무집전手無執錢에 불문미가不問米價해야 된다고.

수무집전에 불문미가라니?

이게 대체 무슨 소린가. 이를 글자대로 풀이하면 선비는 돈을 집거나 만져서는 안 되고, 쌀값을 묻거나 알아서는 안 된다는 뜻이다.

그렇다.

선비는 돈을 집거나 만져서는 안 되고, 쌀값을 묻거나 알아서는 안 된다.아니 안 되는 것으로 알았다. 이를 선인들은 선비의 취할 바 거조擧措로 보았다. 그래서 연암 박지원燕巖 朴趾源도 그의 소설 '양반전'에서 '선비는 손에 돈을 쥐는 일이 없고 쌀값을 묻지 말아야한다'고 설파했을 것이다.

내가 C도의 KT 본부장 J의 초대를 받고 그의 사무실을 방문한 것은 명지바람이 옷깃을 곰실곰실 파고드는 어느 화창

한 봄날이었다. J는 월여 전 서울 본사에서 이곳 C도 본부장으로 승차해 왔다며 2백여 리나 떨어진 내 초라한 우거까지 자기 전용차를 보내왔다. J는 달장근을 두고 업무파악 하랴 주요 기관에 인사 다니랴 산하 지사를 초도순시 하랴 눈코 뜰 새 없이 바쁘다가 이제야 겨우 시간이 좀 나 초대한다 했다.

그날 나는 J가 보내준 승용차에 여봐란 듯 앉아 마치 알성시調聖試에 급제한 거자擧子가 임금이 내린 어사화御賜花를 쓰고 삼현 육각三絃六角을 잡힌 채 유가遊街 하듯 의기양양 초대에 응했다. 나를 초대하는 J의 범절이 하도 극진하고 깍듯해 어깨가 절로 으쓱거려졌기 때문이다.

그렇지 않은가. 금력도 권력도 없는 포의한사布衣寒士를, 그것도 변벽한 시골구석에 처박혀 소설이나 쓰는 힘없는 백면서생을 누가 이렇듯 곡진히 초대하겠는가.

J는 내 독자였다. 문예지에 발표된 내 소설(주로 단편)과 단행본으로 출간된 내 장편(혹은 그 밖의 저서)을 여남은 권 실히 읽은 독자였다. 이런 J는 일 년에 두 번 춘추로 나를 초대했고 이는 어느새 의무처럼 돼 해마다 어김이 없었다. 나는 이런 J를 대할 적마다 적이 망조해 어떻게 하면 J의 고마움을 조금이라도 갚을까 궁리했지만 적빈한 서생으로는 어연번듯 보답할 길이 없었다. 생각다 못한 나는 봄이면 이 고장 명물인 산채를 사서 보냈고 가을이면 역시 이 고장 명물인 밤과 사과를 한 상자씩 사서 보냈다. 그러나 이는 안 보내기

만 못해 되레 부담만 가중시켰다. J가 내 선물을 받고 구두 상품권이니 정장상품권이니 하는 값비싼 선물을 몇 갑절로 보내왔기 때문이다. 그러니까 이는 되로 주고 말로 받는 격이어서 J의 폐만 더 끼치는 꼴이었다.

아하, 이것도 안 되겠구나!

나는 J의 고마움을 마음속으로만 깊이 간직한 채 글이 발표되거나 책이 출간 되면 그때마다 제일먼저 J에게 보내는 것으로써 보답에 대신했다. 그리고 어쩌다 상경해 식사를 하게 되면 밥값을 내려고 J몰래 화장실에 가는 척 계산대로 가 보면 J가 어느새 계산을 하고 내전보살하기 일쑤여서 무연하기 짝이 없었다.

"선생님! 저는 신생님을 만나 뵙는 것만으로도 즐겁고 행복합니다. 그러니 제발 아무 부담 갖지 마시고 편하게 대해주십시오."

내가 낭패한 얼굴로 무연한 표정이라도 지을라치면 J는 이런 내 손을 꼬옥 잡고 환한 미소와 함께 자늑자늑 말했다. 이럴 때의 J는 도무지 악이라고는 모르는, 그래서 어떤 일이라도 달갑게 만수받이 하겠다는 표정이었다. 세상이 부라퀴처럼 모지락스러워 언죽번죽 너름새 좋게 얼렁수 쓰고 그래도 모자라 간사위로 발밭고 애바르게 후림대수작질하며 사박스런 회술레로 무따래기 하기 예사요 남 안 되는 것을 제 잘되는 것보다 더 좋아해 잘코사니하기 일쑤여서 만정이 뚝뚝 떨

어지는 예토穢土에 어쩌면 저리도 아름다운 인간 본연의 원형
질적인 사람도 다 있을까 싶어 경탄하기 여러 번이었다.

뿐만이 아니었다.

J는 중상을 모르고 모략을 모르고 폄하를 모르고 술수를
모르는 사람이었다. 그리고 꼼수와 암수와 외수外數도 모르
는 사람이었다. 그래서인지 J는 언제나 표정이 밝고 온화해
사기邪氣는 물론 불만 불평을 찾아볼 수 없었다. 위선과 교기
驕氣도 전혀 없었다. 그만한 자리에 있으면 부릇되게 자세부
리고 적이나하면 곤댓짓으로 목에 힘을 줄만도 한데 J는 눈
을 씻고 봐도 그런 구석이라고는 없었다.

오, 어쩌면 요즘 세상에 저런 사람도 다 있을까.

나는 J를 볼 때마다 진흙탕 속에서 청계옥수를 만난 것 같
아 기분이 장히 좋았다. J는 Y대학 국문과를 나온 준재로 문
학에도 상당한 조예를 가지고 있었다. J는 얼굴이 해맑고 키
는 살망하니 커 날씬하고 피부는 하애 선비형의 외모를 가
지고 있었다. 여기다 J는 겸손하고 반듯하고 유머까지 풍부
해 어디 한군데 나무랄 데가 없었다. 사람이란 대개 장점보
다는 결점이 많은 법인데 J는 아무리 봐도 결점을 찾을 수가
없었다. 내가 세상에 태어나 지금까지 살면서 많은 사람을
대해봤지만 J만한 사람은 별로 만나지를 못했다.

아하, 하늘은 구제할 수 없을 지경으로 망가져 결딴날 대로
결딴난 이 애줄 없는 누리에 J같은 사람도 점지하시는구나!

나는 J를 볼 때마다 '참사람'을 보는 것 같아 마음이 외경하고 흔열했다.

J의 초대에 칙사 대접을 받고 돌아온 나는(물론 돌아올 때도 J의 전용차로 왔다.) 그로부터 사흘 후 생게망게하게도 휴대폰 하나를 받았다. J가 보내온 휴대폰이었다.

"선생님! 제 일방적인 의사로 휴대폰 하나를 보내드립니다. 번호는 쉽게 016 669 3737로 정했습니다. 선생님! 문명의 이기는 최대한 활용하셔야합니다. 부디 거절치 마시고 소납해 주시면 고맙겠습니다."

휴대폰을 싼 상자 안에는 J가 직접 쓴 이런 메모까지 들어 있었나.

"허허 이거 참!"

나는 휴대폰을 멀거니 들여다 보디 거신의 탁자 한쪽에 신주 모시듯 올려놓았다.

휴대폰은 닷새가 가고 열흘이 지나도 누구 한 사람 전화 거는 이가 없었다. 아무도 전화번호를 모르니 걸려올 턱이 없었다. 아니 단 한 사람 하루 한 번씩 거는 사람이 있었다. J였다. J는 휴대폰 잘 사용하고 계시냐며 많은 분들께 알려 유용하게 쓰시라 했다. 나는 이때서야 대관절 휴대폰이 어떻게 생겼나 싶어 요리조리 살펴봤다. 그리고 여기저기 눌러봤다. 휴대폰은 많은 기능이 있는 것 같아 복잡하기 짝이 없어보였다.

야아!

나는 더럭 겁이 나 휴대폰을 얼른 닫아 제자리에 놓았다. 복잡한 건 딱 질색인 나로서는 진사 열두 번을 해도 이해부득일 것 같았다. 본시 기계와 수치는 천치에 가까울 만큼 손방이어서 휴대폰을 쓴다는 건 애당초 무리였다. 누구한테 휴대폰 쓰는 법을 배워 익히면 걸고 받는 것쯤은 할 수 있을지 모르지만 왠지 그렇게는 하기가 싫었다.

그만 누구 휴대폰 없는 사람한테 줘 버릴까.

나는 휴대폰을 아예 멀찍이 서가 한쪽에 올려놓았다.

이러고 일주일인가 지난 어느 날이었다. 그날 나는 출판사로부터 보내져온 저자용 책을 정돈하고 있었다. 일간지 C일보에 3년여에 걸쳐 쓴 고정칼럼 백 편을 한데 묶어 '너무도 아름다워 눈물이 난다'라는 제목으로 칼럼집을 냈는데 그 칼럼집이 택배로 도착한 것이다.

"선생님, 내일 댁에 계시겠습니까? 저 내일 선생님 댁을 방문할까 하는데요."

J였다. J가 출판사로부터 보내져온 책을 정리하고 있는데 전화를 걸어왔다.

"내일? 암, 있지. 헌데 무슨 일로 갑자기?"

나는 넘어진 자리에 쉰다고, 그만 그 자리에 주저앉아 한숨을 돌렸다. 포장을 뜯고 끌러 책을 한쪽에 쌓자니 여간만

힘든 게 아니었다.

"예, 직접 뵙고 말씀드리겠습니다. 그럼 내일 뵙겠습니다. 오전 중으로 도착하겠습니다."

나는 J의 전화를 받고 무슨 일인가 싶어 자못 궁금했다. 보나마나 J는 또 내 벗바리가 아니면 거추꾼이 되기 위해 방문할 것에 틀림없었다.

그랬다. 내 예상은 적중했다. J는 다음날 오전 열한 시쯤 이곳 KT 지사장과 여타의 직원 두 사람을 대동하고 내 누옥을 방문했다. 커다란 상자 몇 개를 가지고서 말이다.

"아니 이건?!"

나는 적이 놀라 J를 쳐다봤다. J가 가지고온 상자들은 컴퓨터와 프린터기였다.

"선생님! 요즘 같은 초고속 인터넷시대에, 그리고 세계가 한 블록의 글로벌 정보화로 바뀐 유비쿼터스시대에 육필 원고를 쓰시다니요. 더욱이 선생님은 작가가 아니십니까. 누구보다 컴퓨터가 필요하신 선생님께서 아직도 원고지에 육필로 글을 쓰시다니 이게 어디 될 법이나 한 일입니까 선생님! 이젠 제발 좀 쉽고 편하게 사십시오."

J는 어디 마땅한 공간이 없나하고 주위를 두릿거리더니 서재 창문 쪽 공간을 가리키며

"응, 저기가 좋겠군."

하고 대동한 직원들에게 컴퓨터 설치를 명했다.

"저, J본부장! 본부장의 뜻은 충분히 알고 또 대단히 고마운 일이나 나는 컴퓨터를……"

내가 이 무슨 가당찮은 일이냐며 손사래를 치자 J는 얼른

"선생님! 컴퓨터를 무료로 가르치는 데가 많습니다. 그러니 기초반에 들어가 배우십시오. 선생님은 머리가 좋으셔서 4주 한 달만 배우시면 잘하실 겁니다."

하고 휘갑을 쳤다. 그러더니 내가 뭐라고 말할 틈도 주지 않은 채 집을 나섰다. 바빠서 얼른 가봐야 한다는 핑계를 대면서.

나는 닭 쫓던 개 지붕 쳐다보듯 하릴없이 J를 바라보며 우두망찰 서 있었다.

"허, 그것 참!"

나는 진둥걸음으로 내닫다시피 하는 J가 내 시야에서 가뭇없이 사라져 보이지 않을 때까지 그렇게 한 자리에 못 박혀 있었다.

J가 내 칼럼집 '너무도 아름다워 눈물이 난다'의 출간기념 잔치를 베풀어 준 것은 이로부터 이십여 일이 지난 어느 주말 밤이었다.

J는 처음 호텔이 아니면 예술회관 같은 데서 근사하게 출판기념회를 갖자했으나 나는 사양했다. 사양 이유는 첫째 J에게 폐를 끼치지 않기 위해서였고 둘째 출판기념회를 너무

많이 그리고 자주 하면 식상하고 촌스러워 안 하기만 못한
결과를 초래할 지도 모른다 싶어서였다. 나는 출판기념회의
복은 타고났는지 그동안 여러 번에 걸쳐 기념회를 가졌다.
내 글을 읽은 독자들이 기념회를 열어주는가 하면 문화원이
나 사회단체에서 열어주기도 하고 때로는 독지가나 신문사
에서 열어주기도 했다. 때문에 나는 내 문학을 집대성한 기
념비적인 전집이 나온다면 모를까 그 외엔 출판기념회를 하
지 않기로 작심했다. 그러나 내 이런 속내를 알 리 없는 J는
모처럼 열어드리려는 기념회를 거절하시면 섭섭해 안 된다
며 기념회는 반드시 가져야 한다 했다. 나는 할 수 없이 정
히 그렇다면 호텔이나 예술회관 같은 데서 크게 떠벌리지
말고 조그마한 음식점에서 가까운 사람 몇 명만 초청해 조
촐한 저녁식사나 하자했다.

"좋습니다. 그러시다면 선생님께서 오십 명이고 백 명이
고 마음대로 초청하십시오. 식당도 회관이 딸린 큰 데로 정
하시구요."

J는 처음 내 뜻에 따르는 듯 하더니 돌연 초청인은 적어도
오십 명은 넘어야 잔치 분위기가 난다며 막무가내로 나왔
다. 나는 그렇게 하겠다하고는 J몰래 비원이라는 한정식 집
을 정해 주요 기관장 몇 몇과 가까운 친지 몇 사람 그리고
평소 내 집을 임의로 드나드는 옴살 같은 사람들만 불러 모
두 이십 명 안팎으로 초청했다. 뒤늦게야 이 사실을 안 J는

큰마음 먹고 제대로 한 번 출판기념회를 열어드리려 했는데
본말이 전도돼 서운하다며 다음 번 책이 나올 때는 꼭 근사
하고 거창하게 기념회를 열자했다. 나는 그러겠노라 대답하
고 그러나 초청인이 이십여 명 안팎이면 거창하게 떠벌리는
것보다 오히려 단출하고 살뜰해 더 좋지 않느냐 하자 J는 그
래도 그게 아니니 이다음엔 어연번듯하게 출판기념회를 해
야 된다고 오금을 박았다.

　J가 마련해준 출간기념 축하연은 고맙고도 죄스러워 나
를 망조게 했다. 그런데도 J는 되레 나한테 죄송하다며 고두
사죄 했다. 완전히 주객이 전도된 꼴이었다.

　사실 죄스러운 건 J가 아니라 나였다. 나는 J가 하루 한 번
씩 핸드폰으로 전화를 걸어올 때마다 무슨 죄나 지은 듯 가
슴이 덜컥덜컥 내려앉았다. 아직 J가 보내준 핸드폰을 단 한
번 사용하지 않았기 때문이다.

　핸드폰만이 아니었다. 컴퓨터도 나는 눈길 한 번 주지 않
은 채 무용지물로 썩히고 있었다.

　이거이래서는 안 되는데. J의 성의를 봐서라도 배워 익혀
사용해야 되는데……

　나는 이렇게 생각하면서도 냉큼 실행에 옮기질 못했다. 기
계는 도대체가 손방이라 만지기 싫은 데다 핸드폰 따위에 손
발이 묶여 꼼짝을 못하고 컴퓨터 따위에 노예가 돼 망석중이
노릇을 하기가 싫었던 것이다. 그리고 무엇보다 컴퓨터로 글

을 쓰면 자판을 두들기는 소리에 혼이 놀라고 상이 달아나 글이 안 될 것 같았다. 컴퓨터로 먹고 사는 기능인이나 전문직 사무원이라면 몰라도 혼을 담아 글을 쓰는 작가가 육필 아닌 기계로 글을 쓰다니. 야젓잖고 자깝스럽게시리.

하지만 이는 얼마나 시대에 뒤떨어진 정신없는 소린가. 성인도 종시속從時俗 하랬다고, 세상이 맑으면 맑은 대로 흐리면 흐린 대로 사는 게 사람 사는 세상 이치인데, 지금이 어느 시대라고 혼이 어떻고 망석중이가 어떻고를 찾으며 마치 조선조 때의 선비나 할 소리를 하고 있는가. 이러고서야 어찌 이 초고속의 인터넷시대를 살아가겠는가.

말할 필요도 없이 핸드폰과 컴퓨터는 빠르고 편하고 유익해 생활전반에 써먹히지 않는 데가 없는 현대의 총아다. 게다가 컴퓨터는 또 모르는 게 없어 현대의 신이라고까지 일컬어져 만인의 사랑을 받고 있다. 그린데 이런 핸드폰과 컴퓨터를 원두한이 쓴 외 보듯 멀리하고 있으니 답답한 노릇이다. 그러나 나는 핸드폰과 컴퓨터만 멀리하는 게 아니었다. 나는 운전도 안 배워 할 줄 모르고 골프도 안 배워 칠 줄 모르며 속소위 양춤이라는 댄스도 안 배워 출 줄 모른다. 심지어는 국민오락이라며 남녀노소 다 하는 고스톱이라는 것도 안 배워 칠 줄 모른다. 운전은 차가 없으니 안 배웠고(차가 없어 안 배운 건지 안 배워 차가 없는 건지) 골프와 양춤과 고스톱은 일고의 가치가 없다고 여겨 치지도외 했다. 평생을 백면서생으로 적빈하게 사는 배두한사白頭寒士가 무슨 돈이 있어 그 비싼 승용차를 살 수 있으며 필드인가 뭔가 하는 데 한 번 나가면 몇 십만 원씩 내야한다는 그 엄청난 골프 값을 무슨 수로 감당할 수 있단 말인가. 게다가 또 골프는 회원권인가 뭔가를 사려면 몇 천만 원인지 몇 억 원인지를 줘야한다니 골프를 못 쳐 죽은 귀신이 뒤집어씌우지 않은 한 칠 수가 없었다. 그러나 골프는 고스톱에 비하면 그래도 나은 편이다. 그런데 고스톱은 망국에 이르는 병이어서 쳐서는 절대로 안 될 타짜꾼이다.

생각해 보라.

고스톱은, 아니 일본 화투 하나후다花札는 일본이 우리 조선을 망치기 위해 만들었는데 어떻게 칠 수 있나를.

고스톱에 대한 이야기가 나왔으니 좀 더 해야겠다. 화투는, 그러니까 하나후다는 저 간악한 일본이 우리 조선을 망치게 할 목적으로 만들어 조선 땅에 보급시켰다. 일본이 이 하나후다를 만든 것은 1720년경이었고 조선에 보급시킨 것은 그 백 년 후인 1820년이었다. 그런데도 우리는 모였다하면 이 화투 하나후다로 고스톱을 쳐 온 나라가 온통 고스톱 장으로 화해버렸다. 이 하늘 아래 때와 장소를 가리지 않고 일구월심 고스톱 치는 나라는 우리나라뿐이요 이 지구상에 남녀노소 가리지 않고 일심전력 고스톱 치는 나라도 우리나라뿐이다. 얼마나 고스톱을 좋아하면 비행기 안에서도 고스

톱이요 기차 안에서도 고스톱이요 식당에 식사하러 가서도
고스톱을 치겠는가.

하지만 어디 이뿐인가.

비통을 극한 상가에 조문을 가서도 고스톱이요 병아리 같
은 초등학교 일학년 어린이를 데리고 외국나들이를 간 인솔
교사들이 남의 나라 공항(일본) 대합실에서도 고스톱이다. 아
니 또 있다. 부자지간에도 고스톱을 치고 시아버지와 며느
리가 무릎을 맞대고 앉아 싹쓸이니 피박이니 하며(나는 이 말
들이 무슨 뜻인지 모른다. 다만 들어서 귀에 익었을 뿐이다.) 고스톱을 친
다. 그러며 며느리가 시아버지한테 아버님 똥 잡수세요, 또
는 아버님 그만 죽으세요 라는 말까지 예사로 해댄다. 예쁜
얼굴만큼 예쁜 여인늘이(혹은 아가씨들이) 예쁜 양품점에서 예
쁜 책이라도 읽는다면 얼마나 예쁠까만 음식 시켜먹은 그릇
신문지에 덮어 한쪽 구석에 놓고 고스톱을 쳐대더니 종당에
는 나라 일을 보고 나라 법을 만들어 나라 살림을 살아야 하
는 신성한 국민의 대표기관인 국회에서까지 고스톱을 쳐댄
다. 그 잘난 의원님들의 기사들이 대기실에서 내가 질세라
시새우며…

참으로 기막히고 한심해 개탄을 금할 길 없다. 도대체 이
나라는, 이 대한민국이라는 나라는 이렇게도 형편없어 잡기
에 능한 나라인가?

나는 가장 불쌍하고 한심한 사람을 복권 사고 고스톱 치

는 사람으로 본다. 몇 백 혹은 몇 천 원을 들여 몇 억(복권 값이 얼마이고 복권 당첨금이 얼마인지 모르지만 어림잡아서) 혹은 몇 십억을 벌려고 하는 한탕주의 불로소득은 남의 돈 거저먹으려는 고약한 심보다. 고스톱도 마찬가지여서 장난삼아 심심파적으로 시간 보내기 위해 한다지만 사람의 감정이란 그게 아니어서 돈을 잃으면 오기가 생기고 오기가 생기면 얼굴을 붉히게 마련이다.

복권과 도박은 요행이나 사행을 바라는 기적심리에서 하는데 세상에 요행이 어디 있고 사행이 어디 있는가. 기적은 더 더욱이 없다. 노력을 하고 노력의 대가만큼 생기는 소득이야말로 값지고 떳떳하고 당당하고 깨끗하다.

고스톱 좋아하는 이들은 말할 것이다. 한 번밖에 못 사는 일회적인 인생을 고스톱 치며 즐겁게 사는데 그게 뭐가 나쁘냐고.

그 나라의 장래는 그 나라의 청소년을 보면 알 듯, 그 나라의 명운은 그 나라의 가정에 달려있다. 왜냐하면 가정은 국가 구성의 최소 단위이기 때문이다. 그런데 이런 가정에서 주부가 삼삼오오 모여앉아 고스톱이나 친다면 그 나라 장래는 어찌 될 것인가. 생각만 해도 모골이 송연해 천 길 벼랑에 선 듯 아찔하다. 주부는 남편(또는 시부모) 섬기고 아이들 기르며 살림 알뜰히 꾸리는 게 애국이다. 그러다 시간 나면 조용히 책 읽고 음악 듣고 친구한테 편지 쓰는 주부. 이 얼마나 아름다운가.

고스톱은 망국에 이르는 병이다. 그러므로 모였다하면 고스톱 치는 사람은 망국하는데 일조하는 사람들이다,

앞에서도 말했지만 하나후다는 저 간교한 일본이 우리 한반도를 우민화시키고 식민지로 부려먹기 위해 만든 것이다. 이럼에도 우리 조선인들은 얼씨구나 하고 논 팔고 밭 팔고 마침내는 마누라까지 팔아서 노름빚으로 날렸다.

지금 이 나라 대한민국은 남녀노소가 때와 장소를 가리지 않고 고스톱을 치고 있다. 전국이 거대한 고스톱장이라 해도 과언이 아닐 정도로⋯⋯

일본은 이런 한국을 "강고꾸징와 쇼가 나이(한국인은 할 수 없다.)"하며 한껏 비아냥거리고 있다. 가가대소로 희희낙락 하면서. 이러니 이 얼마나 참불가언慘不可言의 치욕이요 수욕이요 모욕이요 굴욕인가. 그래, 이 나라 이 민족은 자존심도 없고 자긍심도 없는가? 이러고도 우리가 민족혼을 찾고 선진국 운운할 자격이 있는가. 우리 한국이 이 정도밖에 안 된다면 일본에 무시당해 싸고 지배받아 마땅하다. 화투를 만들어낸 일본은 화투라는 걸 안 한 다. 아니 화투가 없다. 조선을 망칠 목적으로 만들었는데 왜 하겠는가.

고스톱이라면 사족을 못 쓰는 이들은 정신 차려야 한다. 우리가 일본을 이기지는 못할지라도 경멸은 받지 말아야 할 게 아닌가.

아, 생각느니 내 주위에 고스톱 못 치는 여인이 있다면 그 여인과 고풍한 찻집에서 커피라도 한 잔 나누고 싶다.

한 달이 가고 두 달이 되도록 나는 핸드폰을 거들떠도 안 봤다. 물론 컴퓨터도 눈길 한 번 주지 않은 채 물외物外의 경지에 머무르고 있었다. 그러다 석 달째로 접어들던 어느 날 나는 드디어 핸드폰 번호를 몇 사람에게 알렸고 가까이 교우하는 사람들 핸드폰 번호를 제자한테 부탁해 내 핸드폰에 입력시켰다. 이렇게라도 해 사용하는 게 J에 대한 예의요 인사일 것 같았다.

말이 났으니 말이지만 사실 나는 핸드폰을 몹시 경멸하고 있었다. 아니 핸드폰이 없으면 죽고 못 사는 것으로 아는 사람을 경멸하고 있었다. 대체 언제부터 핸드폰 없이는 못 살았는지 마치 핸드폰 중독에 걸린 듯하다. 핸드폰이 밥줄이요 생활수단이어서 모든 업무와 사무와 사업을 핸드폰으로 해결하는 사람이야 어쩔 수 없다지만 쓰 잘 데 없이 삼십 분이고 한 시간이고 수다를 떨고 종당엔 강아지 안부까지 묻고서야 전화를 끊는 여인들이나, 이야깃거리도 안 되는 시시껄렁한 연속극 줄거리나 가수들의 신상 따위를 화제로 삼아 어느 탤런트는 어떻고 어느 가수는 어떻다는 등 신파조 같은 말을 흘리며 활보하는 아가씨들을 보면 뇌꼴스럽기 짝이 없어 한숨이 절로 나온다. 그리고 무엇보다 한심한 것은 한 창 꿈을 먹고 자라야 할 소녀(여중생과 여고생)들이 약속이나 한 듯 하나같이 손에 핸드폰이 들려져 있다는 점이다. 하늘 높고 햇살 맑은 아슬한 가을이면 모양으로라도 시집 한 권쯤 들고 낙엽 지는 공원 벤치에 앉아 시 한 줄 읽고 하늘 한 번 쳐다봐야 할 여학생들이 열이면 열 다 손에 핸드폰을 들고 통화가 아니면 문자 메시지 보내기에 정신들이 없다. 마치 핸드폰에 상성이라도 된 듯.

하지만 상성이 어디 핸드폰뿐인가. 승용차도 크게 다르지 않아 자가용이 없으면 사람 구실 못하는 줄 안다. 자가용도 핸드폰처럼 먹고 살기 위한 밥줄이어서 업무와 사업상 꼭 필요한 사람이라면 당연히 있어야겠지만 손바닥만한 도시에서 빈둥빈둥 먹고 놀며 약수터에 생수 뜨러갈 때가 아니면 마누라 계하러 갈 때, 그리고 가족들과 야외로 외식하러 갈 때를 제외하곤 별로 쓸 필요가 없는 자가용을 객쩍게 끌고 다니며 가즈럽을 떤다.

몇 사람한테 핸드폰 번호를 알리고 제자를 시켜 가까운 교우들 전화번호를 입력시키자 신통하게도 가뭄에 콩 나듯 전화가 걸려왔다.

야아, 전화가 오는구나!

나는 신기하고 신통해 입력된 교우들의 전화번호를 차례대로 눌러봤다.

된다. 전화가 된다. 저쪽에서 여보세요 하고 응신이 온다.

나는 무슨 나쁜 짓을 하다 들켰을 때처럼 가슴이 뛰고 얼굴이 달아올랐다.

헤아릴 수 없을 만큼 많은 기능 중에 다른 것은 하나도 못하고 받고 거는 것만 간신히 익힌 나는(걸 때는 입력된 숫자만 눌러) 이만하면 됐다싶어 핸드폰을 제자리에 놓았다. 그러나 문제는 컴퓨터였다. 컴퓨터도 J의 성의를 봐 억지로라도 배워야 하는데 이게 도무지 자신이 없었다.

어떻게 한다?

나는 괜한 제사지내고 어물 값에 졸리듯 속내 없이 받아들인 컴퓨터가 야속했다. 아니 컴퓨터를 설치해 주고 간 J가 야속했다. 그때 야멸차고 단호하게 거절했어야 하는 건데 흐리마리 어물거리다 부개비잡혀 이 모양이 됐다 싶자 과단성 없고 내뻗성 없는 성정머리가 원망스러웠다. 그런데 이때 행인지 불행인지 친구 K가 부른 듯 찾아와 컴퓨터를 배우자했다.

"뭐? 컴퓨터를 배우자고?"

나는 K가 바람처럼 나타나 뜬금없이 컴퓨터를 배우자는 말에 어안이 벙벙했다.

"응. 시청에서 무료로 가르친대. 우리 기초반에 들어가 우선 4주 한 달만 배워보자고"

K는 이 나이에 혼자 배우기가 쑥스러워 나를 떠올렸다며 컴퓨터 동창생이 되자했다.

“글쎄……”

나는 호랑이는 겁나고 가죽은 탐나 어찌해야 될지 질정을 못했다.

“뭐가 글쎄야 이 친구야. 작가가 컴맹이라니 될 소린가. 아무소리 말고 나랑 같이 등록하러 가세”

“글쎄……”

“또 글쎄야? 친구 따라 강남 간다는데 우리 한 달만 짝꿍 하자고”

K는 이러며 내 손을 잡아끌었다. 나는 못 이기는 척 K한테 이끌려 컴퓨터 기초반에 들어갔다. K가 허튼 소리나 하며 언죽번죽 세상을 사는 사람이라면 일언지하에 거절하겠지만 K는 최고의 지식인이자 지성인이어서 어쩌면 이 기회가 물실호기다 싶었던 것이다.

K는 군사정권 때 S대학을 나와 일찍이 외무고시에 합격한 수재로 독일(서독)의 한국 대사관에서 외교관(일등서기관)으로 근무한 외교통이었다. 이런 K는 얼마 후 독일 정부에 망명을 요청하고 외교관생활을 접었다. 이유인즉 군사정권은 선거를 통해 얻은 정권이 아니므로 정당한 정권이라 할 수 없고 그러므로 그런 정권 밑에서 구명도생 할 수 없다는 게 이유였다. 강간범이 주거를 침입해 여인을 강간하며 아무리 절륜한 기술로 즐겁게 해 준다 해도 그 강간범이 여인의 남편이 될 수 없다는 게 K의 논리였다. 이런 K는 독일에서 15

년을 체류하다 조국에 민간정부가 들어서서야 귀국했다.

K와 함께 배우기 시작한 컴퓨터는 그러나 어렵고 힘들어 난공불락이었다. 역시 나는 수치와 기계는 손방에 젬병이어서 멍청이 숙맥임이 또 드러났다. 도대체 뭐가 뭔지 알 수가 없었다. 금방 들어도 금방 모르겠고 금세 배워도 금세 잊어먹기 일쑤였다. 한데도 K는 나와는 딴판으로 일진월보에 일취월장이었다. 같은 날 같은 시각에 같은 교재로 같은 강사한테 하루 두 시간씩 똑같이 배우는데도 K는 실력이 폭우에 도랑물 붙듯 부쩍부쩍 늘어 괄목상대 하는데 나는 꼼짝달싹 못하는 앉은뱅이처럼 제자리걸음이었다. 나는 속으로 아하, K는 역시 명문대학을 나온 수재답게 머리가 좋구나 했다. 그리고 나는 구제불능의 둔재여서 하우불이下愚不移구나 했다. 그렇지 않고서야 이렇듯 판이하게 우열이 가려질 리 없었다.

4주 한 달 동안 K는 장족의 발전을 거듭해 웬만한 건 다 하는데도 나는 도무지 발전이 없어 그날이 그날이었다. 노래를 부르라면 몇 백 곡이고 부를 수 있고 고시조를 외라면 몇 십 수쯤 단숨에 읊을 수 있어도 컴퓨터는 4주 한 달을 배웠는데도 깜깜절벽이었다. 그래도 나는 끈기를 가지고 또 4주 한 달을 더 배워 8주 두 달을 하루도 빠지지 않고 다녔다. 그러나 결과는 마찬가지여서 오십보백보였다. 나는 이런 내가 한심한 석두石頭구나 싶어 자탄을 금할 수 없었다.

이런데도 사람들은 이런 나를 어처구니없게 천재니 수재니 하며 부러워했다. 이는 아마도 내가 가요를 칠백여 곡 이상 부르고 민요와 가곡, 그리고 군가나 동요까지 합치면 천여 곡은 좋이 부를 수 있어 붙인 호칭이었다.

말이 났으니 말이지만 나는 가요와 함께 민요 가곡 군가 동요까지 합하면 천여 곡은 부를 수 있다. 그래서인지 사람들은 우스갯소리로 내가 죽으면 머리를 해부해볼 필요가 있다고들 했다. 그러나 천만의 말씀. 나는 이들이 말하는 대로 천재가 아니다. 천재는커녕 수재나 준재도 아니다. 그렇다고 나는 영재나 범재도 못된다. 어느 편이냐 하면 나는 영락없는 둔재다. 둔재도 석두에 가까운 둔재다. 이런 나를 정확히 꿰뚫어본 K가 어느 날, 그러니까 8주의 두 달 컴퓨터 교육을 마친 날 이렇게 말했다.

"이보게 친구, 내 농담 하나 할까? 자네 그 머리로 어떻게 소설을 쓰나? 그 어렵다는 소설을"

K는 이말 끝에 다음과 같은 말도 덧붙였다.

"거 왜 석학적 둔재碩學的 鈍才라는 말이 있지. 바보 또는 지능지수가 떨어지면서도 어떤 일에 대해서만은 천재적으로 잘 알고 또 잘 하는 사람 말일세. 자넨 컴퓨터만 잘못하다뿐이지 그 외엔 수재야!"

K는 이 말과 함께 열없게 웃었다.

두 달간의 컴퓨터 교육이 실패로 끝나자 나는 침우기마寢
牛起馬를 생각했다. 소는 누워 있어야 하고 말은 서 있어야 한
다는 침우기마.

그렇다. 소는 누워 있어야 하고 말은 서 있어야한다. 누
워 있어야할 소가(일할 때를 제외하곤) 서 있거나 서 있어야 할
말이 누워 있으면 탈이 난다.

나는 침우기마로 살아야 한다. 그러므로 천생 숫자와 기
계는 손방인 채 선비로 살 수밖에 없다. 그러니 어찌 선비가
가당찮게 한낱 숫자와 기계 따위에 얽매어 살 수 있으랴. 누
가 들으면 이런 나를 자기 옹호와 자기 합리화의 견강부회
라 할지 모르지만 천만의 말씀이다. 나는 이 소설 첫 머리서
밝혔듯 선비는 돈을 만져서는 안 되고 쌀값을 물어서는 안
된다함을 원칙적으로 찬성하고 있다. 선비가 수치에 밝고
기계에 능하면 이는 이미 선비가 아니라고 믿기 때문이다.
그래서겠지만 나는 아직 텔레뱅킹이라는 걸 모르고 현금인
출기라는 데서 돈 꺼낼 줄을 모른다. 애옥살이 문사이고 보
니 현금인출기서 돈 꺼낼 일도 없고 혹 돈이 필요하면 몇 푼
들어 있지 않은 통장을 들고 은행으로 가 행원에게 돈을 찾
는다. 은행이 바쁠 때는 행원이 현금인출기를 이용하라며
좀은 귀찮은 내색을 짓기도 하는데 그러면 나는 호통을 친
다. 도대체 행원의 책무가 무엇인가? 고객이 돈을 찾으러 왔
으면 친절하고 깍듯하게 내줄 일이지 인출기로 찾으라마라

하다니.

나는 남들이 몇 개씩 가지고 있는 은행 카드가 없어 현금 인출기서 돈을 못 꺼낸다. 설령 카드가 있다 해도 나는 카드 사용법을 안 배울 것이고 배운다 해도 잘 몰라 써먹지 못할 것이다.

자, 이러니 이런 사실을 누가 안다면 편리한 기계 문명 속에 살면서 얼마나 갑갑하고 불편하랴 하겠지만 나는 별로 답답하거나 불편하지 않다. 책 읽고 글 쓰는 문사가 이만하면 됐지 시정아치처럼 눈알이 핑핑 돌게 살아 어쩌자는 것인가.

내가 이런 방식으로 살아서인지 혹자는 나를 가리켜 안 굶어 죽은 게 참 용하다 하고 또 이 좋은 세상에 얼마나 무능하면 그렇게 사느냐 하기도 한다. 이는 내가 생각해도 틀린 말이 아니어서 안 굶어 죽은 게 참 신기하다. 하기야 굶어 죽기가 정승하기 보다 더 어렵다는 속담이 있고 보면 여간해 굶어 죽지는 않는 모양이다. 경제적으로 유 무능을 따지고 돈 잘 벌고 못 버는 것으로 유 무능을 가린다면 나는 한없이 무능한 사람이어서 가난할 수밖에 없다. 돈 버는 재주는 타고나질 못한데다 돈에 대한 욕심이나 애착이 없어 굶어 죽지 않은 것만 다행으로 안다. 돈에 대한 인식이 별로 좋지 않으니 돈이 가까이 범접할 수가 있겠는가.

지난 날 내 친구 중에 은행지점장이 하나 있었다. 그런데

이 친구 사무실(지점장실)이 2층으로 증권회사 바로 옆이었다. 그러므로 지점장실을 가려면 반드시 증권회사를 거쳐야 했다. 나는 이 친구가 점심이라도 하자고 연통해 오면 지점장실로 가지 않고 전화를 걸어 은행 앞에서 만나거나 식당에서 만나자 했다. 누가 지점장실 가는 나를 보면 증권 하러 가는 줄 알까 저어해서였다. 그래 나는 이 친구가 지점장으로 있다가 다른 은행으로 전출될 때까지 3년간 단 한 번도 지점장실을 가지 못했다.

자, 그렇다면 나는 대저 어떤 위인인가.

혹자는 나를 일러 주관이 뚜렷하고 소신이 확고한 사람이라 하고, 혹자는 외골수 옹고집에 독선주의자라 한다. 그런가 하면 어떤 이는 자기 정체와 국가관이 투철한 사람이라 하고 어떤 이는 바보 천치 멍텅구리 쪼다 숙맥이라 하기도 한다. 그리고 역시 선비는 다르다 하는 사람이 있는가 하면 이 예토에 오염되지 않고 공해에 찌들지 않은 귀한 사람이라 하기도 한다. 뿐만이 아니다. 더러는 또 거창하게 외국의 문화 사상 문물 따위 외세를 물리치고 배척하는 배외적 애국주의자排外的 愛國主義者라 하는 사람이 있고 자기 나라의 고유한 역사 전통 문화 문물만을 뛰어난 것으로 믿고 다른 나라 민족을 배격하는 국수주의자國粹主義者라 하는 사람도 있다.

나는 과연 어떤 위인인가.

나는 과연 어떤 유형의 인간인가.

위에서 예로든 세간의 평가 중 어느 것이 내 참 모습인가. 여기서 나는 내가 초등학교 6학년 졸업 때 담임으로부터 받은 통신표의 통신란의 글로 위인 됨을 대신한다.

'음악 미술에 수秀, 솔직 쾌활하고 의리와 책임감이 있는 남자다운 성격이올시다.'

무사無土올시다

나는 아주 고약한 버릇 하나를 가지고 있다. 그게 무엇인가 하면 넓을 박 선비사의 박사博士를 엷을 박 선비사의 '薄士'로 쓰는 게 그것이다.

그렇다고 나는 아무한테나 엷을 박 선비사의 박사를 쓰는 건 아니다. 내가 엷을 박 선비사의 박사로 쓰는 사람은 딱 두 사람이 있다. 그게 누구냐 하면 명색이 대학 교수로 자기들 딴에는 내로라 곤댓짓 하는 K와 L이 그들이다. 그러나 나는 이들을 도저히 넓을 박 선비사의 '박사'로 인정할 수 없어 엷을 박 선비사의 '박사'로 쓰고 있다. 이 두 사람 외에 또 이들과 수준이 같은 육니恧怩한 박사와 교수가 얼마나 더 있을지 모르지만 내가 아는 교수 중에는 이 두 사람이 대표적이어서 저상에 올려 진 것이다.

나는 이 두 사람과는 꽤 친분이 있어 연말이면 연하장을 교환하고 책이 나오면 책도 서로 주고받는다. K는 C 대학의 ㅈ학과 교수요 L은 같은 대학의 ㅂ학과 교수다. 이들은 자기 전공을 살려 논문집을 내거나 수필집이라도 출간하면 나에게 꼭꼭 보내왔고 나도 소설집이 나오면 답례로 이들에게 보내주곤 했다. 저쪽에서 책을 보내오니 나도 안 보낼 수가 없는 것이다. 지금이야 이들에게 책을 보낼 때는 아무개 교수님이라고 적어 보내지만 처음 몇 번은 엷을 박 선비사의 박사薄士라 써서 아무개 박사 귀하라 써 보냈다. 이는 그러나 다분히 의도적이고 자의적인 것이어서 생각하기에 따라 저쪽을 한껏 능멸한 처사라 볼 수 있다. 그러자 저쪽에서 눈치를 알아차렸는지 득달같이 항의해 왔다.

'어째 박사의 박자가 '博'자 아닌 '薄'자여서 잘못 씌어진 것 같습니다. 혹여 '博'자와 '薄'자를 혼동하신 건 아닌가 싶이 말씀드립니다. 소설 쓰시는 작가 선생이 '博士'와 '薄士'를 모르실 리 없으실 테니 말씀입니다'

K와 L은 짜기라도 한 듯 진화로 불쾌감을 표시했다. 당연한 일이었다. 명색이 박사요 대학교수여서 자기들 나름으론 긍지가 대단한데 그런 대단한 교수요 박사를 넓을 박 선비사의 박사博士가 아닌 엷을 박 선비사의 박사薄士로 써 보냈으니 기분이 얼마나 상했겠는가. 이는 내가 당했다 해도 모욕이요 치욕이어서 가만있지 않을 것이다.

나는 K와 L의 전화를 받고 후림대수작의 모르쇠로 내전보살 했다.

"아이구 그럴 리가 있겠습니까. 제가 명색이 글 쓰는 작간데 '博'과 '薄'을 분별 못하다니요. 만의 하나 그렇다면 이는 어로불변魚魯不辨의 판무식이나 진배없어 곡지통哭之痛할 노릇입니다. 그러므로 이는 말도 안 되는 언어도단이어서 용서 받을 수조차 없습니다. 그러나 한 번 실수는 병가兵家에도 상사常事라 했으니 너그러우신 금도로 용서해주시면 앞으론 절대 이런 실수가 없도록 하겠습니다."

나는 엉너리친 편지를 매기단하게 써 속달우편으로 보냈다. 그리고 그 다음부터는 꼭꼭 아무개 교수라 적었다.

하지만 이는 얼마나 든적스러운 건말질이요 자발머리없이 브릇된 얼렁수인가. 나는 나의 이런 몽따고도 내전보살한 행위가 가증스레 미웠지만 후회하진 않았다. 후회라니. 오히려 할 말을 했구나 싶어, 아니 '박'자를 제대로 썼구나 싶어 야릇한 통쾌감마저 느꼈다. 그래 나는 내가 남을 놀리고 속인 타짜꾼이거나 남의 말을 엉뚱하게 받아넘긴 신소리꾼으로는 생각지 않았다. 때문에 나는 아직도 K와 L이 '博士'아닌 '薄士' 소리를 들어 싸다고 생각하고 있다. 왜냐하면 K와 L은 아무리 좋게 봐도 박사로서의 대학교수는 실력이 턱없이 부족해 함량 미달의 부적격자다 싶었기 때문이다.

그랬다. 적어도 내가 보기엔 그랬다. 이런 까닭에 내가 금도를 가지고 늠늠하게 생각한다 해도 K와 L은 박사薄士로밖에 볼 수가 없었다. 그러니 어찌 이들을 '博士'로 인정할 수 있겠는가.

내가 이들을 박사나 교수로 인정할 수 없는 것은 앞에서 말한 대로 이들이 실력이 없다는 점이었다. ㅈ학과의 K교수가 공학박사라는 것도 수상쩍고 q학과의 L교수가 경영학박사라는 것도 미심쩍었지만 무엇보다 내가 이들을 박사와 교수로 인정할 수 없는 결정적인 이유는 이들의 집에 초대를 받고 다녀온 다음부터이다. 박사라면 아니 교수라면 학자여서 적어도 서재에 몇 천 권의 책이 있고 좋은 문구의 글씨 편액도 몇 점 걸려 있어 문자향文字香 서권기書卷氣가 느껴져야 하는데 어떻게 된 게 두 사람 다 전공서적 몇 권과 전집류 몇 종류, 그리고 골프에 관한 책과 무슨 보고서 같은 책만 아이들 책꽂이 같은 소형 책꽂이에 수십 권 꽂혀 있을 뿐 이렇다 할 책이 별로 없어 황량하기 짝이 없었다. 그래 나는 이날 이후 이들을 이하시以下視하기 시작했고 박사는 물론 교수로도 인정하지 않았다.

K와 L이 이렇듯 우수마발牛溲馬勃처럼 대접받는 것과는 반대로 학문에 조예가 깊은 석학으로 내가 존경하는 교수 박사도 있었다. P와 S가 그들이었다. P는 K대학의 국문학과 교수로 사계의 권위인 소장학자였고 S는 C대학의 사학과 교수로 사계에서 인정받는 소장학자였다. S는 내가 우연한 기회에 만나 교유하게 된 사회 친구였는데 인격이 고매하고 학문이 깊어 배울 바 많은 석학이었다. P는 나와 초등학교

(그때는 국민학교) 동기 동창이자 한동네서 자란 불알친구로 지음지기知音知己였다. P는 그때 부잣집의 지주 아들로 호의호식하는 고량자제膏粱子弟였고 나는 그때 P네 땅을 얻어 부치는 소작인의 아들로 삼순구식三旬九食하는 애옥살이였다. 때문에 P는 읍내에 있는 중학교를 나와 고등학교와 대학은 서울로 유학을 갔고 나는 초등학교를 졸업하자마자 땔나무꾼의 초동樵童이 돼 주경야독으로 독학을 시작했다. P는 머리가 좋아 초등학교 6년 내내 우등권은 물론 전교에서 3등 이하로 내려가 본 적이 없었다. 그렇지만 나는 이런 P보다 성적이 좋아 6년 내내 전교 1등을 한 번도 놓친 적이 없었다.

"어이구, 돈이 웬수다 웬수! 공부나 못 하면 공부 못 하는 탓이나 하지, 이건 핵교 전체에서 1등을 하고도 중핵교엘 못 가니 이런 원통하고 절통할 노릇이 어디 있나. 어이구. 하늘님! 부처님! 천지신명님!"

어머니는 하나밖에 없는 외아들이 전교 1등을 하고도 중학교에 진학 못하고 지겟귀신 붙은 땔나무꾼이 되자 그만 떡심이 풀려 허물어지듯 주저앉아 목울음을 터뜨렸다. 아버지도 말을 안 해 그렇지 땅이 꺼지게 한숨을 토하며 구메구메

"부모 잘못 만난 죄로, 부모 잘못 만난 죄로…"

하며 속절없이 하늘만 쳐다봤다. 그러나 그뿐, 달리 무슨 방법이 없었다. 칠촌의 양자 빌 듯 사정사정해 얻어 부치는 남의 땅 두어 마지기로는 소작료 주고나면 조반석죽의 구명

도생도 어려워 중학교 진학은 생각조차 할 수 없었다. 우수 경칩이 지나 해토머리가 시작되는 따지기때부터 벌써 굶기를 부자 밥 먹 듯하다 양지녘에 돋은 냉이며 쑥부쟁이가 채 자라기도 전에 뜯어다 걸신들린 듯 아귀아귀 먹으며 범보다 더 무섭다는 보릿고개 춘궁기春窮期를 보내는 형편에 상급학교 진학은 꿈도 못 꿀 사치였다. 그래 나는 어린 소견에도 못 올라갈 나무는 쳐다도 보지말자 하고 국으로 아버지의 홀앗이 농사일을 거들며 한 달 육 장 이십 리가 넘는 읍내 장에 나무 져다 판돈으로 서울로 중등부 강의록을 주문해 공부를 하기 시작했다. 나는 전 과목을 읽고 쓰고 풀고 외우고 하면서 일 년 만에 중등부 전 과목을 마스터했다. 국어와 국사와 영어는 열 번이고 스무 번이고 읽고 쓰기를 반복했고 수학은 풀기, 한문은 옥편에 있는 '가'자부터 '힐'자까지의 수만 자를 수도 없이 쓰고 읽었다. 그러는 사이 고등부 강의록도 주문해 일 년 만에 마스터, 지식의 폭을 넓혀갔다. 이때의 공부 방법은 지난 날 선비들이 공부할 때 잠을 쫓기 위해 머리를 노끈으로 묶어 높이 걸어 잠을 깨우고 허벅지를 칼로 찔러 쏟아지는 잠을 쫓았다는 현두자고懸頭刺股 비슷한 것이었다. 높은 산에 가 삭정이나 솔갈비 또는 패서 말린 장작이나 베어 말린 우죽 등의 나무를 한 달 육장 이십 리가 넘는 읍내 장에 져다 팔면 너무도 고되고 힘들어 코에서는 단내가 확확 나고 오줌을 누면 버얼건 피오줌의 혈뇨血尿가

나온다. 그렇다면 잘 먹기라도 하나. 얼굴이 멀겋게 어리는
나물죽이 아니면 칡뿌리와 송피松皮 등 초근목피草根木皮로
명줄만 잇고 보니 영양실조에 어복이 안 떨어지고 몸은 육
탈을 하다시피 들피져 걸핏하면 고주박 쓰러지듯 힘없이 픽
픽 나가떨어졌다. 이런 가운데도 잠이 억수처럼 쏟아져 공
부고 뭐고 다 때려치우고 그 자리에 드러눕고 싶은 마음 간
절했지만 이마 앞의 뾰족한 송곳 때문에 졸수가 없었다. 만
일 꾸벅꾸벅 졸기라도 하면 책상 앞에 세워둔 예리한 송곳
이 이마를 사정없이 찔러 피가 낭자하게 흐를 것이니 어찌
졸수가 있는가. 이마뿐이 아니었다. 눈도 위험하기 짝이 없
어 아차 실수로 꾸벅거리는 날엔 송곳이 눈알을 찌를 지도
몰라 졸수가 없었다. 이런 중에도 나는 등잔에 켜는 석유가
아까워 호롱의 심지를 작게 줄여 희미하게 글자만 간신히
볼 수 있게 만들어 놓고 공부를 했고 더러는 또 석유를 아끼
느라 고콜에 관솔불을 피웠지만 방 전체가 밝지 않은 데다
그을음이 너무 많이 나 오랫동안 피울 수가 없었다. 전기는
물론 전화도 없고 라디오며 텔레비전은 상상도 못하던 시절
이라 동네는 신문 잡지 보는 집 한 집 없어 세상 돌아가는
일은 우물 안 개구리였다. 그러니 동네는 자연 문맹자뿐이
었고 문맹자뿐이니 군대 간 아들이나 시집 간 딸이 안부 편
지를 부쳐와도 내가 대독하고 대필하기 일쑤였다. 뿐만이
아니었다. 농사 다 지어 추수하고 마당질까지 끝낸 농한기

의 겨울철이면 나는 어른들이 모이는 사랑방으로 불려가 고
대소설을 읽어주는 전기수傳奇叟 노릇까지 했다. 그러면서도
공부는 계속했다. 그런데 책이 없었다. 읽을 책이 없었다.
강의록으로 중등부 고등부를 모두 마쳤으니 이제부터 폭넓
은 독서로 박람강기博覽强記를 해야 하는데 도무지 책을 구할
수가 없었다. 읍내 장에 가봤자 서점은 한 군데도 없고 길바
닥에 늘어놓고 파는 심청전이나 옥단 춘전, 또는 숙영낭자
전이나 장화홍련전 같은 고대소설뿐이어서 내가 읽고 싶은
현대소설은 한 권도 없었다. 그러나 죽을병에도 살 약은 있
었다. 서울로 유학을 간 P가 대학생이 되고부터 한 달에 두
어 번씩 편지를 보내왔고 편지를 보낼 때마다 책을 서너 권
씩 꼭꼭 사 보내 나의 독서욕을 채워줬다. 책은 처음 이광수
의 '흙'과 '무정無情', 김동인의 '수양대군首陽大君'과 '운현궁
雲峴宮의 봄,' 박 계주의 '순애보殉愛譜'와 '구원久遠의 정화情
火', 김내성의 '청춘극장青春劇場'과 '인생화보人生畵報' 등 당
시 독서계를 풍미하던 인기 소설이었다. 책에 목마른 나는
P가 보내준 소설을 밤을 새워 탐독, 한 권을 보통 두 번 세
번씩 열독했다. 두메산골에 파묻혀 땔나무나 장에 져다 파
는 나로서는 세상 돌아가는 물정은 물론 어떤 책이 좋고 어
떤 책을 읽어야 할지를 몰라 고민하던 터에 P가 사 보내는
책은 너무도 귀중하고 소중해 신주단지 위하듯 했다. 그리
고 무엇보다 미안하고 고마운 것은 내가 구할 수 없는 귀한

책들을 P가 서울의 큰 서점에서 사 보낸다는 점이었다. 처음 몇 달은 우정의 증표로 별 부담 없이 받았지만 서너 달이 지나자 그냥 있을 수가 없어 장에 나무를 쪄다 판돈을 책값으로 부쳤다. 그러나 책값은 얼마 후 다음과 같은 사연과 함께 등기로 부쳐왔다.

동훈아!

이 무슨 말도 안 되는 짓이냐. 책값을 보내다니. 너와 나의 우정이 고작 이따위 책값이나 주고받는 그런 것이냐? 네가 보낸 돈은 책값의 반의반의 반도 안 된다. 보내려거든 다 보내라.

동훈아!

나는 밥술이나 먹는 집 아들이다. 그런 내가 너를 두고 나 혼자 서울로 유학을 와 공부하는 것도 죄스러운데 한 달에 책 몇 권씩 못 사 보내겠나.

책은 얼마든지 사 보낼 테니 원대로 읽어라. 무슨 일이 있어도 앞으론 한 달에 열권씩은 사 보낼 것이다. 그리고 네가 필요한 책이 있으면 언제든지 편지해라. 기쁜 마음으로 사 보내겠다. 그러니 이제 빈 말이라도 책값에 대해선 말하지 말아라. 알았지?

P는 단호하게 말하며 두 번 다시 책값은 입에 올리지도 못하게 했다. 이런 P는 약속한 대로 다달이 열권의 책을 사 보냈고 나는 이 열권의 책을 다달이 다 읽었다. P는 처음 일

년간은 주로 국내 소설을 사 보내더니 다음 해부터는 세계
문학 쪽으로 눈을 돌려 도스토예프스키의 '죄와 벌', '가난
한 사람들', '카라마조프의 형제', 톨스토이의 '부활', '전쟁
과 평화', '안나 카레니나', 호메로스의 '일리아드'와 '오디
세이', 셰익스피어의 사대 비극 '햄릿', '리어왕', '맥베드',
'오델로' 등을 사 보냈다.

　책은 그러나 이것만이 아니어서 '삼국사기三國史記'와 '삼국
유사三國遺史'를 비롯해 '논어論語', '맹자孟子', '중용中庸', '대학
大學'의 사서四書와 '수호지水滸誌', '서유기西游記', '금병매金瓶
梅', '삼국지연의三國志演義' 같은 사대기서四大奇書도 사 보냈다.
그런가 하면 동서양의 고사성어집과 사마천司馬遷의 '사기열
전史記列傳'도 보내왔다. 그리고 스미스의 '국부론國富論', 맬서
스의 '인구론人口論', 마르크스의 '자본론資本論', 다윈의 '종種
의 기원起源', 루소의 '에밀' 같은 책도 사 보냈다.

　하지만 책은 이 외에도 많이 보내와 교양서, 역사서, 철학
서, 등 다양했고 심리학이며 논리학 서적도 보내왔다. 이러
는 사이 P는 또 당시 한창 선풍적인 인기를 끌어 지식인이
면 으레 들고 다녀야 행세했던 최고 지성 월간지 '사상계思
想界'와 문학청년이면 누구나 읽어야 했던 최고 권위의 순문
예 월간지 '현대문학現代文學'도 심심찮게 보내왔다. 그러는
한편 또 이때 한창 물밀 듯이 들어온 카뮈의 실존주의實存主
義문학 '이방인異邦人'과 샤르뜨르의 부조리不條理문학 '구토

嘔吐’를 비롯한 반反소설로 일컬어지는 프랑스의 안 티로망, 성난 젊은이들로 대표되는 영국의 앵그리 영맨, 두들겨 맞는 세대라는 비이트 제네레이션과 전후 잃어버린 세대의 고향 상실을 노래한 미국의 로스트 제네레이션 계통의 책들도 사 보내주었다. 그리고 이 사조들에 앞서 독일에서 일어난 슈투름 운트 드랑 즉 질풍노도에 대한 책도 사 보내왔다. 나는 신이 나 탐독에 탐독을 거듭했다. 밥 먹는 시간도 아까웠고 잠자는 시간도 아까웠다. 그러나 무엇보다 반가웠던 것은 이때 P가 민중서관에서 나온 국어대사전을 사서 보내준 점이었다. 국어대사전이 없어 어휘가 얼마 수록되지 않은 소사전으론 도무지 공부를 할 수가 없었다. 조금만 어렵고 생소한 낱말은 도대체가 실려 있질 않았기 때문이다. 그래 어떡하면 국어대사전을 구할 수 있을까 하고 노심초사 했지만 이때는 국어대사전이 나오지 않을 때여서 구할 수가 없었다. 이러던 차에 P가 대망의 국어대사전이 나왔다며 시판되자마자 한 권 사 속달로 보내왔다. 나는 뛸 듯이 기뻤다. 이제야말로 공부를 제대로 할 수 있을 것 같아서였다. 나는 독서 삼매경에 빠져 코피를 쏟아가며 책을 읽었고 혈뇨를 눠 가며 공부를 했다. 그런데 놀라운 것은 P의 인간됨이었다. 대개 부자는 그리고 부잣집 아들은 교만하기 마련이고 또 남을 깔보고 멸시하기 일쑤인데 P는 눈을 닦고 봐도 그런 구석이라곤 없어 언제나 늡늡하고 협협해 금도가 있었다. 그랬으므로 초등학교와 중학교를 제외한 고등학교 3년, 대학교 4년, 대학원 2년도 합 9년 동안 돈독한 우정을 무슨 의무이기나 한 듯 퍼부으면서 내색은 물론 생색 한 번 내질 않았다. 나는 이런 P가 하도 고마워 하루에도 몇 번씩 P가 있는 서울 쪽 하늘을 쳐다봤고 산에 나무를 하러 가서도 아득히 먼 서울 쪽 하늘을 바라보며 P를 그렸다. 그러면 어떤 날은 여인의 손길 같은 삽상한 산내리 바람이 불어와 온 몸에 뒤발한 땀을 식혀주었고 어떤 날은 저 멀리 어디선가 기차의 기적소리가 바람에 실려 아슬히 들려왔다.

내가 P의 주선으로 P가 학과장으로 있는 K대학 국문과에 강의를 나간 것은 2십여 년 전의 일이었다. 이때 나는 이미 작가로 데뷔해 작품집도 여남은 권 가지고 있었다. 이때 나는 시간강사로 일주일에 두 강좌씩 소설 문장론을 강의했다.

이러던 어느 날이었다. 내가 K대학에 강의를 나간 지 6개월 쯤 됐을 때였다. 그날 나는 강의를 마치자 P의 방으로 갔다. 강의를 마치면 가끔씩 들러 P와 차를 마시며 이야기하다 오곤 했기 때문에 그날도 차나 한 잔 할까 싶어 들렀던 것이다.

"여어, 마침 잘 왔네. 어떤가. 이따 나하고 술이나 한 잔 할까?"

내가 문을 열고 들어서자 P가 기다렸다는 듯 반기며 P 특유의 몸짓으로 오른 쪽 두매한짝을 번쩍 들어올렸다. 본시 성격이 쾌활하고 활달해 쾌남아적인 P는 언제나 이렇듯 시원시원해 답답하거나 갑갑한 데라곤 없었다. 그랬기 때문에 P는 학자가 항용 가지기 쉬운 아리잠직한 자세나 안방샌님 같은 선병질적 기질은 애당초 없어서 매사에 거쿨지고 씨억씨억 했다.

"술 한 잔? 웬 술은 뜬금없이"

내가 자리에 앉으며 의아한 표정을 짓자 P는

"오랜만에 자네와 호연浩然한 자리를 갖고 싶어서. 그리고 할 말도 있고…"

P가 잠시 말을 중동무이 하며 나를 쳐다봤다.

"할 말? 뭔데?"

내가 재우치듯 묻자 P가 벽시계로 눈을 주며

"지금이 네 시니까 여섯 시에 양산박梁山泊으로 오게. 나 뭐 좀 정리해 놓고 나갈 테니."

P는 이러며 테이블 쪽을 흘깃거렸다.

"양산박? 산적山賊 의인義人 108인이 모이기라도 하나? 왜 하필 양산박이야."

내가 너스레를 떨며 P를 쳐다보자 P가

"양산박, 양산박. 술집 이름 하난 참 멋지단 말이야!"

하고 또 테이블 쪽을 흘깃거렸다. 뭐가 무척 바쁜 모양이었다.

"무슨 얘긴지 여기서 하면 안 되나? 문예지에서 단편 청탁이 왔는데 마감이 임박했어.”

“그래? 글은 마감이 임박해야 잘 써진다며? 마감이 언젠데?”

“닷새밖에 안 남았어.”

나는 닷새란 말에 강한 억양을 넣었다.

“몇 장짜린데?”

“2백 자 원고지 80 장”

나는 이번엔 또 80 장이란 말에 강한 억양을 넣었다.

“아직 한 장도 안 썼나?”

“스무남은 장 쓰긴 했지.”

“그럼 됐네 뭐. 하루 스무 장씩 사흘만 써서 속달로 부치면.”

“그게 말처럼 쉽질 않아. 왜 그런지 글이 도무지 써지질 않거든. 암튼 알았네. 이따 보세.”

나는 이 말을 끝으로 P의 방을 나왔다. 그런 다음 학교 앞 서점에 들러 신간서적들을 훑어보다 정각 여섯 시에 양산박으로 갔다.

“여길세, 여기.”

언제 왔는지 P가 양산박의 홀 한가운데 호용豪勇 송강宋江처럼 떡 버티고 앉아 손을 쳐들었다.

“그래, 할 얘기란 뭔가? 무슨 좋은 일이라도 있나?”

내가 자리에 앉기 바쁘게 묻자 P는

“아따 그 사람 급하긴 우물에 가 숭늉 달라겠네. 아, 술이나 한 잔 하면서 얘기하세 그려. 허허허!”

P는 특유의 호탕한 웃음을 한바탕 껄걸대더니 술을 주문
했다.

"여보게 동훈이, 자네 우리대학에 강의 나온 지 얼마나
됐지?"

술이 몇 순배 돌자 P가 정색을 하고 물었다.

"6개월 쯤 됐지. 헌데 그건 왜 갑자기 묻나?"

나는 밑도 끝도 없이 묻는 P가 의아해 눈을 크게 떴다.

"6개월? 벌써 그렇게 됐나? 하긴 세월이 좀 빨라야 말이지."

P는 내가 묻는 말엔 대답도 않고 혼잣말처럼 지껄이더니
술잔을 나에게 건넸다.

"나 조만간 총장을 한 번 만나볼까 하는데 말이야."

P가 내 잔에 술을 치며 말했다.

"총장을?"

"그래!"

"왜?"

"자네 문제로"

"내 문제로?"

나는 술잔을 비워 P에게 권했다.

"내 문제라면?"

나는 짐작되는 게 있어 얼른 휘갑을 쳤다.

"아예 그만두게. 나는 말일세, 그냥 이대로 시간강사로
족하네. 그러니 괜한 짓일랑 하지 말게. 부탁이네"

나는 P에게 섣부른 짓은 하지 말라며 손사래를 쳤다.

"원 사람도 제풀에 주저앉긴. 아, 궁수弓手 문자로 맞으나 안 맞으나 쏴나 본다고, 되든 안 되든 말이나 한 번 해볼 참이네. 누가 또 아나? 의외로 일이 쉽게 풀려 잘 될는지"

P는 작정이라도 한 듯 태도가 결연했다. 나는 이런 P가 고마우면서도 애젖해 극구 말렸다. 괜히 헛말 귀양 보내기로 되지도 않을 일을 허리 굽혀 혀 굳은 소리 해봤자 돌아오는 건 자존심 상하는 상처뿐일 것 같아서였다.

P가 내 문제로 총장을 만나겠다고 한 것은 이번이 처음이 아니었다. 두어 달 전에도 P는 내 문제로 총장을 만날까 하는데 자네 생각은 어떠냐며 의사를 타진해왔다. 그때 P는 총장한테 나를 시간강사에서 전임강사로 써 주십사 부탁해보겠다며 단단히 별렀다. 나는 그때 자네 뜻은 고마우나 총장은 만나지 말아 달라 당부했다. 자격도 없는 내가 시간강사나마 하는 게 순전히 자네 덕인데 언감 전임이라니.

나는 진실로 시간강사 외엔 다른 욕심이 없었다. 그래 P한테 말했다. 나는 욕심이 없고 설령 있다 해도 자격 미달로 생의를 낼 수 없으니 그리 알라고. 그러자 P가

"자격이라니. 아, 교수가 실력만 있으면 됐지 자격은 무슨 얼어 죽을 놈의 자격이야!"

하고 버럭 언성을 높였다.

"그러나 현실이 어디 그런가. 자격을 제일 따지는 데가

대학이라는 사회 아닌가. 이런 대학의 생리를 누구보다도 잘 아는 자네가 이러면 어쩌나. 난 괜찮아. 그러니 제발 가만히 있어”

나는 되레 P를 위로하며 그의 손을 그러잡았다.

“그러니까 그놈의 생리가 문제야. 이건 모순이야. 구조적인 모순! 그놈의 모순을 두들겨 부숴야 돼!”

P는 이러며 부사리처럼 식식거렸다. 이런 일이 있었던지라 나는 P의 말을 원천봉쇄하려고

“야아, 오늘은 이상하게 술이 잘 받네. 어떤가. 자네도 그런가?”

어쩌고 하면서 어벌쩡 휘갑을 쳤으나 소용없었다.

“여보게 동훈이! 내 조만간 총장을 만나볼 거야. 총장이 백락伯樂이라면 소금수레 끄는 천리마千里馬를 알아볼 것 아닌가. 총장이 종자기鍾子期라면 지음知音의 경지에 들어 백아伯牙의 거문고 소리를 알아들을 것 아닌가”

P는 제발 총장이 사람을 제대로 볼 줄 알았으면 얼마나 좋겠느냐며 술잔을 들어 단숨에 비웠다. 나는 P가 아직도 나를 위해 들무새 하는 우정에 콧날이 시큰했다.

“여보게 술드세. 우리가 이렇게 술잔을 앞에 놓고 대좌한 게 얼마만인가”

나는 오랫동안 그리던 친구를 만났을 때처럼 P의 얼굴을 뚫어져라 쳐다봤다.

"달장근은 훨씬 넘었지?"

P가 나에게 술잔을 건네며 물었다.

"달장근이라니. 두어 달 소수 가까이 됐네"

내가 술잔을 비워 P에게 권하며 말했다.

"두어 달 소수? 벌써?"

"벌써라니. 자네 유수세월이란 말도 모르나?"

"유수세월?"

"세월유수라 하기도 하지"

"옳거니!"

P가 어려운 숙제를 풀기라도 한 듯 무릎을 탁 쳤다.

"여류세월如流歲月이란 말도 있지"

"아하, 그렇군! 세월이 물 흐르듯 빠르지! 그렇지!"

P가 머리를 끄덕이며 또 한 번 무릎을 쳤다.

그날 우리는 짜기라도 한 듯 여기서 입을 다문 채 술을 마시기 시작했다. 우리는 이상하게 술이 거나하기만 하면 함구하는 버릇이 있었고 이는 언제부터인가 불문율처럼 돼 버렸다. 선인들은 술이 취하면 말이 없어야 참 군자라고 한 주중 불언 진군자酒中不言眞君子를 P와 나는 실천한 셈이었다. 그러나 우리는 기실 많은 이야기를 나누고 있었다. 뭐랄까, 그것은 말은 안 해도 마음과 마음으로 말을 주고받는 이심전심以心傳心이었고 교외별전敎外別傳이었다. 그리고 이는 또 불립문자不立文字요 심심상인心心相印이었다.

그랬다.

우리는 만나면 늘 이런 식이었다. 술자리가 시작되고 처음 얼마 동안은 가납사니처럼 정신없이 웃고 떠들며 갖은 호기 다 부리다가도 술이 거나해지기 시작하면 그때부터 함묵한 채 에머슨과 칼라일처럼 말없이 바라보며 웃기만 했다.

저 19세기 미국의 시인이자 사상가인 에머슨과 영국의 사상가이자 역사가인 칼라일은 서로 명성만 높이 들어 알고 있었지 실제로는 단 한 번도 만나지 않은 사이였다. 그러던 두 사람이 어느 날 극적으로 만나 얼싸안았다. 그리고는 서로 말 한 마디 주고받지 않은 채 웃으며 얼굴만 쳐다봤다. 그러며 헤어질 때 두 사람은 누가 먼저랄 것도 없이 "오늘 우리 참 많은 대화를 나눴습니다!"

하고 헤어졌다. 과시 세기의 석학다운 해후요 별리였다.

좋은 사람은 보기만 해도 좋고 같이 있기만 해도 좋다. 그러므로 좋은 사람끼리는 말이 필요 없다. 그냥 바라보는 것만으로도 좋고 그냥 쳐다보는 것만으로도 좋은데 무슨 말이 필요하겠는가.

이로부터 닷새 후, P는 그예 총장실을 노크했다. 여러 군데의 서점을 더터 내 작품집 세 권을 구해들고서였다. 세 권의 작품집 중 '대지의 혼'이라는 장편소설 한 권만 신간으로 점두에 나와 있을 뿐 나머지 두 권의 단편집 '이단자異端者'

와 '지평선'은 출간한 지 한두 해가 지난 구간들이어서 구하기가 어려웠을 텐데도 P는 용케 구해 총장 앞에 내놓았다. 그러며 나에 대한 소개를 P 특유의 시원시원한 화술로 설명하기 시작했다.

"그렇게 실력 있고 훌륭한 소설가 친구 분이 우리 대학에 강의를 나오신단 말씀이지요? 아, 그러고 보니 생각이 나는군요."

P가 나에 대해 설명을 하자 열심히 듣고 있던 총장이 세 권의 작품집을 일별하곤 입을 열었다.

"생각이 나신다구요?"

"예. 한 육 개월 전쯤 문과대학장이 시간강사를 하나 써야겠다기에 그러라고 했지요. 최동훈 씬가 하는 그분 아닙니까?"

"맞습니다. 그 사람입니다"

P는 기뻐 속으로 쾌재를 불렀다. 총장이 동훈을 알고 있다니 어찌 쾌재를 부르지 않을 수 있는가. 총장이 동훈을 기억하고 있다는 것은 동훈에 대한 관심이 그만큼 크다는 증거여서 일이 어쩌면 잘 될지도 모른다 싶었던 것이다. P는 이때다 싶어 동훈에 대한 행적과 족적을 제스처를 써가며 시시콜콜 피력했다. 그런 다음 동훈을 전임강사로 써주십사 간청했다. 그러자 총장이 대뜸

"그 친구 분 학위가 뭐지요? 물론 박사겠지요?"

하고 물었다.

"아닙니다. 박사가 아닙니다!"

P가 대답하며 얼른 총장을 쳐다봤다.

"박사가 아니라구요?"

총장이 일순 의아한 표정을 지었다.

"예!"

"그럼 석삽니까?"

"아닙니다!"

"석사도 아니라구요?"

"그렇습니다"

"그럼 학삽니까?"

총장이 이 무슨 생뚱맞은 소리냐는 듯 P를 똑바로 쳐다봤다.

"학사도 물론 아닙니다!"

"그럼 대관절 무엇입니까?"

총장이 자세를 고쳐 앉으며 물었다. 그런 총장은 화가 나 있는 듯했다.

"무사無士입니다!"

P가 큰소리로 대답했다.

"무사라니요? 무사가 뭡니까?"

총장이 놀림을 당하는 게 아닌가 하는 표정이 돼 물었다.

"박사도 아니고 석사도 아니고 학사도 아니니 무사아닙니까. 총장님! 그 친구는 무삽니다!"

P는 자랑이라도 하듯 '무사'라는 말에 힘을 넣었다.

"그렇다면 하나 물어보겠습니다. 그 친구 분. 학력은 어떻게 됩니까. 대학원은 나왔을 것 아닙니까?"

총장이 이번에는 허리를 꼿꼿이 세우고 앉았다.

"안 나왔습니다. 아니 못나왔습니다!"

P는 계속 총장을 주시했다.

"대학교는요?"

"못나왔습니다!"

"그럼 고등학교는?"

"물론 고등학교도 못 나왔습니다!"

"허면 중학교는 나왔겠군요?"

총장이 곁에 있는 컵의 물을 벌컥벌컥 들이켰다.

"중학교도 당연히 못 나왔습니다!"

"그렇다면 국민학교(초등학교)는 나왔습니까?"

총장이 같잖다는 듯 입가에 조소를 머금었다.

"국민학교는 간신히 나왔습니다."

P는 좀은 흥분한 어조로 말했다. 그러나 총장은 더 흥분하고 있었다.

"이것 보시오 P학과장님! 당신 지금 학력 하나 없는 당신 친구가 무슨 자랑이라도 됩니까? 말하는 게 어째 그 모양입니까?"

총장이 마침내 언성을 높였다.

“자랑할 일은 아니지만 부끄러운 일도 아니라고 생각합
니다. 그러니 총장님! 그 친구를 전강으로 출강할 수 있게
해주십시오. 부탁드립니다. 총장님!”

P는 말하고 공손히 머리를 조아렸다. 그러자 총장이

“이것보시오, P학과장! 당신 우리 대학을 대체 뭘로 아시
오?”

하고 소리쳤다. P는 이런 총장이 어이없어 한참을 멍하니
처다보다 대답했다.

“좋고 훌륭한 대학으로 압니다.”

“그런 사람이 무 학위, 무 학력자를 전임강사로 추천을
해요? 전임강사부턴 교수아닙니까”

총장은 얼굴이 붉으락 푸르락 했다.

“그렇습니다. 전임강사부턴 교숩니다!”

“그걸 아는 분이 무 학위, 무 학력자를 교수로 추천을 해요?”
총장은 몹시 화가 나 목소리가 격앙돼 있었다.

“총장님! 그래서 저는 그 친구를 추천하는 겁니다. 교수
는 실력이 제일 아닙니까. 총장님 부탁합니다. 그 친군 실력
갑니다. 그 친구만큼 박람강기한 실력가를 저는 아직 보질
못했습니다. 저는 사 년제 대학을 나오고 대학원에서 이 년
간 더 공부해 따낸 박사지만 그 친구 앞에만 서면 초라하기
짝이 없어 부끄러울 때가 한두 번이 아닙니다. 총장님! 그
친군 천리맙니다. 그러니 총장님께서 천리마를 알아보는 백

락이 돼 주십시오. 그리고 백아의 거문고 소리를 알아듣는 종자기가 돼 주십시오!"

P는 아까처럼 또 고개를 조아렸다.

"이것보세요 P학과장님! P학과장의 충정은 잘 알겠는데, 그 분을 시간 강사로 쓰는 건 몰라도, 사실 시간 강사도 안 된다면 안 될 일인데 전임강사는 더 더욱이 안 됩니다!"

총장은 단호하게 거절했다.

"안 되다니요. 무엇 때문입니까. 학위 때문입니까? 학력 때문입니까?"

P는 안되겠다 싶어 오달지게 나왔다. 바사기처럼 군다든가 코푸렁이처럼 나대다가는 부탁을 하지 않느니만 못할 것 같아 좀은 애바르고 재바르게 간사위질 하자 했던 것이다.

"두 개 답니다. 대학은 학력도 중요하고 학위도 중요합니다. 박사 석사도 얼마든지 있고 또 해외의 내로라하는 명문 대학에서 박사 학위를 따고도 대학의 강의는 고사하고 변변한 일자리 하나 못 구하는 박사실업失業이 널브러졌는데, 어떻게 학위 학력 하나 없는 사람이 대학교수가 되려합니까? 이는 언어도단이고 어불성설입니다!"

총장은 천부당만부당하다는 듯 머리를 흔들었다.

"그렇다면 총장님! 어째서 소설가 P씨와 K씨, 시인 P씨와 J씨 같은 분들은 학위가 없고 학력이 별문데도 대학에서 명강의를 했을까요? 강의는 실력으로 하는 것이지 학위나 학력으로 하는 게 아닙니다!"

P가 눈을 홉떠 총장을 똑바로 바라보며 결연한 자세로 말했다.

"그건 1950년대와 60년대 이야깁니다. 80년대인 지금은 어림도 없는 일입니다."

총장이 무슨 뚱딴지같은 소리냐며 또 머리를 흔들었다.

"그렇다면 총장님! 총장님께선 저 일본 작가 나쓰메 소오세끼夏目漱石를 아시겠지요? 그는 정부에서 박사 학위를 주려해도 그까짓 박사해서 뭣하냐며 거절했습니다. 하와이대학의 다니엘이라는 교수도 박사 학위를 거절한 것으로 유명하잖습니까. 그가 박사 학위를 거절한 이유는 "내가 만일 박사 학위를 받으면 다른 박사와 똑같은데 왜 받겠는가."였습니다. 아시다시피 나쓰메 소오세끼는 도쿄대학 영문과를 졸업한 수재로 '나는 고양이다', '런던탑', '도련님', '나그네', '가을바람' 등 19세기에서 20세기에 걸쳐 일본을 대표하는 가장 영향력 있는 작가였고, 다니엘은 초등학교 졸업이 학력의 전부였지만 그의 '문학개론'은 유명해 전미全美의 대학에서 교재로 쓰지 않았습니까.

총장님!

우리는 지난 날 하는 일 없이 자리만 차지한 무능한 재상을 반식재상伴食宰相이라 했습니다. 그리고 높은 지위에 있는 관리가 공로나 직분을 다하지 못하면서 녹祿만 받아먹는 자를 시위소찬尸位素餐이라 했습니다. 그런데 이 반식재상과 시위소찬이 재상과 관리들에게만 있는 게 아니어서 요즘의 우리 교육계, 특히 대학에도 적지 않습니다. 무능교수가 바로 그들입니다."

P는 평소 품고 있던 소회를 거침없이 토로했다. 그러자 총장이

"이것보세요 P학과장! 당신 지금 대학사회를 성토하는 거요 폄하하는 거요. 왜 자꾸 제 밑 들어 남 보이기식 말을 하시오!"

하며 반격하듯 나섰다. 말하는 것으로 봐 총장은 화가 단단히 나 있었다.

"성토라니요. 폄하라니요. 그 무슨 천만부당하신 말씀이십니까. 저는 사실을 말씀드렸을 뿐입니다. 그리고 옥석혼효玉石混淆가 안타까워 드린 말씀입니다.

총장님!

제 친구는 실력갑니다. 속은 비어 있고 겉만 화려한 내빈외화內貧外華가 득시글거리는 세상에 그 친구는 내세울 수 있는 간판은 없어도 속은 꽉 찬 외빈내실外貧內實의 실력갑니다.

총장님!

빛이 난다고 다 금은 아닙니다. 경주돌이라고 다 옥돌은 아닙니다. 그 친구는 닦지 않은 금입니다. 아니 가공하지 않

은 보석입니다. 그러니 총장님께서 한 번 갈고 닦아 써보십시오. 분명 영롱한 빛이 날 것입니다. 찬란한 빛이 날 것입니다.

총장님!

만일 제 말씀이 믿기지 않으시면 그 친구 강의할 때 한 번 들어보십시오. 그러면 그 친구 실력을 아십니다. 그 친구는 벌써 작품집도 십수 권 되고 학술 논문도 여러 편입니다. 부디 총장님이 백락이 되셔서 천리마에 짐을 싣고 달려보시기 바랍니다. 부디 총장님이 종자기가 되셔서 백아의 거문고 소리를 들어보시기 바랍니다.”

P는 계속 결연한 자세로 말하고 행여나 하는 눈길로 총장을 바라봤다. 총장이 “알았습니다.”가 아니면 “한 번 힘써보지요” 하기를 간절히 바라면서. 그러나 가시눈을 하고 P를 쏘아보는 총장의 말은 간단하고 비정했다.

“미안합니다. 난 이만 문교부장관과의 약속 때문에 일어나야겠습니다. 그러니 그리 아시고……”

총장은 이 말을 끝으로 진동한동 총장실을 나갔다.

P가 우리 집으로 나를 찾아온 것은 이날 밤이었다. P는 어디서 한 잔 걸쳤는지 얼굴이 불콰해 있었다. P는 희망가를 구성지게 부르며 내 손을 덥석 그러잡았다. 술이 취하거나 기분이 상하면 버릇처럼 희망가를 부르는 P는 오늘따라 그 가락이 더 구성졌다. 가락이 어찌나 구성진지 청승맞기

까지 했다.

"한 잔 했군. 왜, 무슨 속상한 일이라도 있었나?"

나는 P에게 손을 잡힌 채 물었다.

"있었지. 그래서 한 잔 했지! 이백李白처럼 독작으로 한 잔 했지! 이놈의 세상이 하 역겨워서, 사람을 몰라보는 게 하 속상해서 한 잔 했지!"

P는 이러며 다시 희망가를 부르기 시작했다.

"이 풍진 세상을 만났으니 너의 희망이 무엇이냐…"

P는 흡사 몽니부리는 아이 같았다.

"부귀와 영화를 누렸으면 희망이 족할까. 희망이, 희망이……"

노랫소리는 여기서 사위는 불처럼 시르죽어 힘담이 없었다. 그러나 P는 곧 큰 소리로

"나 오늘 총장 만났다!"

했다. 그 소리가 어찌나 크고 우렁찬지 좀 전의 힘담 없는 P와는 딴판 달랐다.

"뭐, 총장을 만났다고?"

나는 P가 언젠가는 총장을 만나리라 예상은 하고 있었지만 막상 만났다고 하니 왠지 가슴이 철렁 내려앉았다.

"그래!"

"그럼 내 전임강사 건 부탁했겠구나?"

"물론이지. 그것 때문에 만났으니까!"

P는 계속 큰 소리로 떠들어댔다.

"만나지 말라니까 기어이 만났군. 되지도 않을 일을 자존심만 상하지 뭣 때문에 만나"

나는 P가 원망스러웠다. P는 보나마나 총장한테 부탁한 내 전임강사 건이 거절당하자 속이 상해 한 잔 하고 온 것에 틀림없었다.

"야, 동훈아! 총장 그 사람 완전 속물이더라 속물! 내가 그토록 알아듣게 말했는데도 쇠귀에 경 읽기로 계속 학력 타령이야 글쎄!"

P는 여태도 속이 상한지 뜨는 찌러기처럼 식식거렸다.

"소경 개천 나무라면 뭐 하나. 총장으로서야 당연히 학위와 학력을 묻겠지. 자네가 총장 같으면 안 묻겠나? 총장 잘못한 것 하나 없어!"

나는 되레 총장 편을 들고 나왔다.

"아니 뭐가 어쩌고 어째? 내가 총장 같으면 안 묻겠느냐고? 총장 잘못한 것 하나 없다고?"

P는 이 무슨 가당찮은 소리냐며 나를 흡떠봤다.

"동훈아! 넌 분하지도 않니? 억울하지도 않니? 옥석혼효가 된 이 타기할 사회가 아니꼽지도 않니? 실력보다는 학위 학벌이 판을 치는 이 간판 제일주의의 풍진 세상이 더럽지도 않니?

동훈아!

난 네 그 실력이 아까워 죽겠다. 박람강기한 네 그 실력이 억울해 죽겠다. 그 개도 안 물어갈 간판이 없어서 아무도 안 알아주는 시간 강사로 썩고 있는 네가 안타까워 죽겠다. 우수마발 같은 위인들도 그럴듯한 간판 용케 따 곤댓짓으로 자세부리며 거들먹거리는 게 부지기수로 많은데 너는 발군의 실력을 가지고도 간판 하나 없는 죄로 원두한이 쓴 외 보듯 취급당하니 분하고 억울하고 속상하고 원통해 복장 칠 노릇이다. 망할 놈의 세상! 썩을 놈의 세상!"

P는 더는 못 참겠는지 오른쪽 주먹으로 복장을 쳐댔다.

"친구야. 그런 소리마라. 간판 하나 없는 내가 이만큼이라도 된 게 다 자네 덕이다. 총장 말대로 박사 학위 따고도 대학 강의는 고사하고 중·고등학교 교사하기도 힘든 세상에 국민학교(초등학교)밖에 못 나온 내가 대학 강단에 서서 강의한다는 건 대단한 일 아닌가. 그리고 내가 박람강기 했다면 다 자네의 그 숭고한 우정 때문이다. 그런 내가 여기서 더 이상 뭘 바라겠나.

친구야!

자네도 알다시피 난 간판을 얻기 위해 공부한 게 아니다. 다시 말하면 출세나 이름을 얻기 위해 공부한 게 아니어서 공부 그 자체가 목적이었다. 지난날의 선비도 참 선비는 공부 그 자체가 목적이지 과거에 급제해 입신출세 하는 세속적 영달이 목적은 아니었다. 그랬으므로 선비는 촛불을 붙들고 밤을 지켜 공부한 수야병촉守夜秉燭이 진정한 선비였다.

친구야!

사마천司馬遷의 사기史記에 '낭중지추囊中之錐'란 말이 나오잖나. 주머니 속의 송곳은 끝이 뾰족해 언젠가 밖으로 나온다는 낭중지추. 이는 무엇이겠나. 재능이 뛰어난 사람은 숨어 있어도 저절로 세상에 알려진다는 뜻 아닌가. 그런데 자네는 뛰어나지도 못한 나를 주머니 밖으로 끌어내 놓았으니 이것으로 나는 공부한 값을 치른 셈이네. 그러나 내가 진정 선비라면 재능이나 학식 따위를 숨기고 감추는 도회韜晦나, 학문과 덕행 따위를 세상에 드러내지 않고 묻혀 사는 일민逸民이어야 하는데 나는 그러질 못한 채 몇 푼어치 안 되는 어설픈 지식을 학생들에게 언죽번죽 팔았어. 이런 나는 참 선비의 진유眞儒나 아유雅儒가 아닌 부끄러운 세속의 속유俗儒요 부유腐儒일세. 그러니 내 전강 문제는 이것으로 막설하세. 부탁일세. 그리고 나는 이제 시간 강사 그만 두고 전업 작가로 글만 쓰려네. 내가 언제 외갓집 콩죽 먹고 잔뼈 굵었나? 송충이는 솔잎을 먹고 갈충이는 갈잎을 먹어야지!"

나는 P를 달래듯 말하고 이번에는 내가 P의 손을 덥석 그러잡았다. 그러자 P가 격한 어조로 입을 열었다.

"동훈아! 어떻게 해서라도 대학졸업장 하나 사자. 그리고 박사 학위도 하나 따자. 이놈의 세상 다 썩었는데 너 혼자 깨끗하다고 누가 알아주냐? 저 초楚나라의 절의고사節義高士

굴원屈原이가 회왕懷王 웅괴熊槐한테 쫓겨나 지친 몸을 이끌고 강수江水(양자강)에 이르렀을 때 한 늙은 어부가 굴원을 알아보고 뭐라했나? "그대는 삼려대부楚의 王族 三姓가 아니십니까? 어찌하여 그런 초췌하신 형상으로 강기슭을 헤매십니까?" 하고 묻지 않았나. 그래 굴원은 어떻게 대답했나. "온 세상이 다 흐려 있는데 나만이 홀로 맑고擧世 皆濁 我獨淸, 뭇사람이 다 취해 있는데 나만이 홀로 깨어 있어 衆人 皆濁 我獨醒 쫓겨난 것이 오." 라고 대답하지 않았나. 이에 어부가 뭐라고 했나? "성인은 한 가지 일에 엉겨 막히지 아니하여 능히 세상과 더불어 옮기나니, 세인이 다 흐리면 따라 흐리고, 세상이 다 취해 있으면 같이 따라 취하는 것이 성인이 세상사는 길이 아닙니까. 헌데 대부께서는 무엇 때문에 남다른 생각과 행동으로 내침을 당하셨습니까?" 하지 않았나. 어부의 이 말에 굴원이 뭐라고 했나. "내 들으니 새로 머리를 감는 자는 반드시 갓을 털고新沐者必彈冠, 새로 몸을 씻는 자는 반드시 옷을 턴다新浴者必振衣 하였소. 그러니 어찌 더럽고 더러운 자들에게 깨끗한 내 몸을 더럽히겠소. 차라리 내 몸을 상수에 던져 강고기 뱃속에 장사지낼지언정 능히 호호한 흼으로써 세속의 티끌을 뒤집어쓰겠소." 하지 않았나. 굴원의 이같은 말에 어부가 빙그레 웃으며 배를 저어 가면서 노래해 가로되 "창랑의 물이 맑거든 가이 써 내 갓끈을 빨고滄浪之水 濁兮 可以濯吾纓, 창랑의 물이 흐리거든 가이 써 내 발을 씻으리로다. 滄浪之水濁兮 可以濯吾足" 하지 않았나.

동훈아!

여기서 어부가 부른 노래는 무엇이겠나. 세상이 맑으면 맑게 살고, 세상이 흐리면 흐리게 살라는 청탁자적淸濁自適이었다. 그러나 굴원은 어부의 체세훈處世訓을 따르지 않고 상수의 물가에 앉아 돌을 품고라는 회사부懷沙賦의 절명사絶命辭를 짓고 멱라수汨羅水에 몸을 던져 절사節死하지 않았나.

동훈아!

어떨까? 굴원이 보다는, 굴원의 절의節義보다는 늙은 어부가 부른 청탁자적의 노래대로 사는 게 현명할까? 바람 불면 바람 부는 대로, 물결치면 물결치는 대로 풍타낭타風打浪打로 사는 게 현명할까?

그러나 동훈아! 그렇게 살기엔 굴원의 지조가, 굴원의 절의가 너무도 숭고하니 어쩌면 좋으냐. 아아, 나도 모르겠다. 어떻게 해야 현명한 건지. 어떻게 해야 잘 사는 건지!"

P는 이 말과 함께 머리를 세게 흔들며 몸태질을 시작했다. 나는 이런 P를 자닝스레 바라보다 그를 끌어안았다.

"안 되지! 결단코 안 되지! 준치는 썩어도 준치지! 그래, 너 최동훈은 절대로 대학졸업장을 사지마! 박사학위도 따지마! 국졸을, 최종 학력 국졸을 고수해! 죽을 때까지 고수해! 그리고 나 최동훈은 "무사올시다!"라고 외쳐! 세상에 대해, 하늘에 대해 큰소리로 외쳐! 호랑이가 주려죽은들 어찌 썩

은 고길 먹을 수 있으며, 봉황이 주려죽은들 어찌 좁쌀을 쪼
을 수 있나!”

　P는 이 말을 끝으로 엉엉 황소울음을 터뜨렸다. 나는 P를
더욱 세게 끌어안았다.

선비를 찾아서

첫 번째 이야기

내가 추립산錐笠山으로 백야 김 학白也 金鶴 선생을 찾아간 것은 이번으로 세 번째였다. 첫 번째는 지난 봄 기화요초가 다투어 피는 화사한 신록의 오월이었고 두 번째는 더위가 기승을 부려 숨이 턱턱 막히는 칠월의 어느 날이었다. 그리고 이번 세 번째는 온 산이 붉은 색으로 뒤덮여 장관을 이룬 시월 하순경이었다. 그러니까 나는 눈 쌓인 겨울의 추립산을 제외한 봄 추립산의 천자만홍千紫萬紅과 여름 추립산의 청산녹엽靑山祿葉, 가을 추립산의 만산홍엽滿山紅葉을 고루 다 본 셈이었다.

지난 봄 첫 번째 방문 때는 백야 선생이 부재중이어서 허행을 했고 두 번째 여름 방문 때는 다행히 댁에 계셔서 만날 수 있었다. 그리고 오늘은 미리 글월로 약속이 돼 있어 가벼운 마음으로 집을 나섰다.

　　내가 이 시대 마지막 선비일지도 모를 백야 선생을 만난 것은 행운이었다. 백야 선생은 요즘 세상에서는 보기 드물게 수야병촉守夜秉燭(벼슬을 하지 않은 채 촛불을 잡고 밤을 지켜 오직 학문에만 열중함)하는 산림처사山林處士였다. 학문이 웬만큼만 있고 이름이 조금만 알려져도 양명揚名하고 매명賣名하는 게 세상 사람들의 속성인데 백야 선생은 학문이 높은 경지에 이르렀음에도 심장이불시深藏而不市(재주를 감춰놓고 팔지 않음)하는 선비였다. 이는 지본知本의 수기자修己者가 아니고는 행할 수 없는 일이어서 참선비의 일민逸民만이 가능한 일이었다. 그런데 이런 일민을 요즘 세상에서 만났으니 시궁창에서 보옥을 찾은 것 같고 진흙탕에서 보석을 만난 듯 기뻐 추립산 가는 돌 닛길이 사뭇 가벼웠다.

　　내가 추립산의 백야 선생을 찾게 된 것은 온전히 어느 고마운 독자의 제보에 의해서였다. 나는 대학에서 강의하는 틈틈이 ‘선비란 무엇인가?’, ‘선비의 정신과 자세’, ‘선비와 지식인’, ‘선비의 앙가주망’ 등 일련의 선비론을 써서 책으로 펴낸 바 있다. 그런데 그 독자는 고맙게도 내 일련의 선비론을 다 읽은 사람으로 추립산 독가촌獨家村에 가면 수야병촉하는 산림처사의 은사隱士한 분이 있으니 선비론을 쓴 학자로 꼭 한 번 찾아가 보라며 친절하게 약도까지 그려 보내주었다. 나는 고맙다는 편지를 써 답장을 부치고 강의가

없는 일요일을 택해 백야 선생을 찾아갔다. 백야 선생 댁은
마을에서 이 마장쯤 떨어진 외딴 곳에 있었는데 안채는 참나
무 껍질로 지붕을 올린 굴피 집이었고 정자 겸 쉼터로 지은
듯한 바깥채는 돌조각으로 지붕을 인 너와집이었다. 나는
먼저 정자로 가 앉았다. 서까래 밑 양쪽 도리 이쪽저쪽에 걸
린 편액을 보기 위해서였다. 편액은 괴목인 듯한 자연목에
한곳은 '완월정翫月亭'이라 쓴 반 흘림체의 글씨가 양각 돼
걸려 있고 한곳은 '세심재洗心齋'라 쓴 반흘림 체의 글씨가
음각돼 걸려 있었다. 둘 다 아주 잘 쓴 달필이었다.

완월정과 세심재라. 완월정은 달을 구경한다는 뜻일 것이
고 세심재는 마음을 닦는 곳이란 뜻일 것이다. 나는 속으로
뇌이며 정자를 두루 살폈다. 찬란한 봄 햇살이 나뭇잎마다 보
석이듯 반짝반짝 내려앉았다. 이름 모를 산새는 이 나무에서
저 나무로 포롱포롱 날아다녔고 이름을 알 수 없는 꽃들은 경
염을 벌이듯 여기 저기 피어 자태를 뽐내고 있었다. 여기에
명지바람까지 살랑살랑 불어와 객심을 흔들었다.

"야, 좋구나! 과시 일민이 살 만한 곳이로다!"

나는 탄성을 발하며 사방을 휘이 둘러봤다. 그러다

"옳거니!"

하고 무릎을 쳤다. 완월정 앞동산 언덕에 커다란 오동나
무 한 그루가 서 있어서였다.

그래. 백야 선생은 필시 저 오동나무를 보기 위해, 아니

오동나무에 걸린 달을 보기 위해 이곳에 정자를 짓고 달을 구경한다는 뜻의 완월정으로 정자 이름을 지었을 게야. 나는 정좌하고 오동나무에 둥실 걸린 달을 떠올리며 가난한 어느 선비의 오월갱상梧月更賞을 생각했다.

어느 때던가, 가난한 선비는 서당 훈장으로 남의 집 협호살이를 하며 살았다. 선비는 학채로 받은 강미講米를 모아 어찌어찌 초가삼간을 사 이사를 했다. 그런데 이사를 간 며칠 후 마루에 앉아 뜰 앞 언덕을 보다.

"오월갱상이로다 오월갱상!"

하고 무릎을 쳤다. 뜰 앞 언덕 오동나무에 휘영청 밝은 달이 둥실 걸려 있었기 때문이었다.

"아, 좋도다! 내 어이 그냥 있으리. 달 값을 해야지 달 값을!"

선비는 집 판 사람을 불러 엽전 몇 냥을 내놓았다.

"이게 뭡니까요 훈장님?"

전 집주인이 의아해 선비에게 물었다.

"이건 달 값일세 달 값!"

선비가 오동나무에 걸린 달을 가리키며 말했다.

"예?"

"달 값이라니까. 저 오동나무에 걸린 달 값 말일세. 내가 이 집에 이사 오지 않았다면 저 오동나무에 걸린 기막힌 달을 어찌 보겠는가. 오동나무에 걸린 달 값 오월갱상일세!"

선비는 무아지경에 빠져 달이 걸린 오동나무에서 눈을 떼지 않았다. 나는 완월정 앞동산 오동나무에 걸린 달을 그려 보며 다음에는 달이 밝은 보름께 와 오동나무에 걸린 달을 완월하리라 마음먹었다. 이 때 안채에서 인기척이 나는가하더니 웬 초로의 부인 하나가 나왔다. 첫 눈에 봐도 백야 선생의 부인인 듯했다. 나는 어마지두에 벌떡 일어나 부인에게 인사를 했다.

"어디서 오신 뉘신지요?"

부인이 두 손을 맞잡아 얼굴 앞으로 들어 올리며 읍揖을 했다.

"예. 공부하는 학돈데 서울서 선생님을 찾아뵈러 왔습니다."

나는 몸을 굽혀 국궁을 했다.

"아이구, 이를 어쩌나요? 바깥양반께서는 안 계신데요."

"어디 출타중이신가요?"

"예. 종중 일로 종회宗會에 가셨습니다. 내일 늦게나 오실 텐데요."

부인이 낭패한 표정을 지었다. 그러나 부인은 곧

"안으로 드셔서 차라도 한 잔 하시지요?"

했다. 나는 아니라고 손사래를 치며 다음에 다시 찾아뵙 겠노라 했지만 부인이 완곡하게

"방은 누추하오나 잠시 드셔서 차 한 잔 하시지요. 먼데서 이 산중까지 오셨는데 그냥가시면 제 도리가 아닙니다."

하더니 나를 방으로 안내했다.

"아닙니다. 정히 그러시다면 이 정자에서 차를 마시겠습니다. 죄송합니다."

나도 부인처럼 완곡하게 말하고 허리를 굽혔다.

"하오시면 잠시 앉아 계시지요."

부인이 고개를 숙이며 안으로 들어갔다. 나는 부인이 안으로 들어가자 관산 심혈觀山尋穴(묏자리를 보고 혈을 찾는 일)하는 지사地士처럼 추립산을 훑어봤다. 추립산은 과산過山(산의 맥이 멈추지 않고 뻗어 있는 산) 아닌 독산獨山(산맥이 이어져 있지 않고 홀로 서 있는 산)인데다 산봉우리가 마치 붓을 세워놓은 듯 뾰족하고 삿갓을 벗어놓은 삼각 원추형을 하고 있어 풍수에서 말하는 학자와 예술가가 태어난다는 문필사文筆砂의 화산형火山形 형국을 하고 있었다.

아하, 이래서 저산 이름이 송곳추자 삿갓립자의 추립산이로구나. 산은 송곳을 세우고 삿갓을 벗어놓은 형국 그대로였다. 나는 다시 완월정과 세심재의 현판을 쳐다봤다. 아무리 봐도 글씨는 보기 드문 달필이었다. 이때 부인이 차를 가지고 와 내 앞에 놓으며

"드시지요."

했다. 나는 머리 숙여 답례하고 조용히 이속離俗(혼자서 마시는 차)했다. 차는 솔잎을 발효시켜 만든 솔잎차였는데 그 향이 어찌나 좋은지 속세를 잊을 지경이었다.

두 번째 이야기

내가 두 번째로 백야 선생을 찾은 것은 칠월 중순으로 음력 보름날이었다. 내가 굳이 음력 보름날로 날짜를 정한 것은 따로 속셈이 있어서였다. 백야 선생과 완월정에 앉아 청담淸談을 나누며 오동나무에 둥실 걸린 보름달을 보기 위해서였다.

백야 선생은 마침 댁에 계셨다. 아침 일찍 집을 떠난 데다 한 번 와본 길이어서 먼젓번 보다 훨씬 쉽게 올 수 있었다.

"아이구 어서 오십시오. 험로에 오시느라 고생 많으셨습니다."

백야 선생이 서재에서 읽던 책을 덮으며 나를 반갑게 맞았다. 얼핏 보니 책은 당음唐音이었다. 서재는 출입문과 바라지창을 제외한 사면 벽 서가에 책이 천장 가득 꽂혀 있었다. 한우충동汗牛充棟이었다. 서책은 경서經書를 포함한 한서漢書와 고서 그리고 교양서와 철학서 역사서 등으로 빼곡했다. 출입문 옆 문설주엔 두어 뼘 남짓한 자연목에 횡서로 '안락와安樂窩'라 쓴 현판이 걸려 있었는데 아마 재호齋號이자 실효室號인 듯했다. 아니 어쩌면 당호堂號일지도 몰랐다. 안락와라? 안락와라면 안락한 굴이란 뜻이 아닌가.

나는 문득 저 북송北宋의 대학자 요부堯夫 소강절邵康節을 떠올렸다. 상수象數에 의한 신비적 우주관과 자연 철학을 제창

해 '격양집擊壤集', '관물편觀物篇', '황극 경세서皇極經世書' 등으로 유명한 소옹邵雍의 시호가 안락와였기 때문이다.

"앉으시지요."

백야 선생이 손부채를 내놓으며 자리를 권했다. 보아하니 그 흔한 선풍기 하나 없는 듯했다.

"예!"

나는 백야 선생께 큰절로 인사하고 조심스레 명함을 꺼냈다. 백야 선생은 이순耳順을 훨씬 넘긴 연치로 나보다는 십수 년의 연장자로 보였다. 반백의 머리와 오똑한 코, 갸름하니 빠른 하관에 단아한 모습, 여기에 보름새(날실을 열다섯 새로 짠 천. 올이 가는 날실로 짠 고운 베나 모시)의 모시 등거리를 입은 백야 선생은 마치 한 마리의 학 같아 속기俗氣라고는 전혀 없어 보였다. 눈빛도 그윽해 탐욕 또한 찾아볼 수가 없었다.

"아니 그럼 교수님이 바로 사학계의 태두 장 국진張國振박사님이십니까?"

백야 선생이 화들짝 놀라며 명함과 나를 번갈아 봤다.

"예. 제가 장 국진이긴 합니다만 태두란 말씀은 가당치도 않습니다. 저는 아직 공부하는 학도에 불과합니다."

내가 머리를 조아리며 손사래를 치자

"원 천만의 말씀이십니다. 교수님의 선비론은 감명 깊게 읽었습니다. 높으신 학문은 아름다운 월장성구月章星句와 함께 금성옥진金聲玉振이었습니다. 교수님의 성화는 익히 아는

지라 꼭 한번 뵙고 싶었습니다."

백야 선생이 서가로 가 내가 쓴 일련의 선비론을 가리켰다. 거기엔 네 권의 책이 가지런히 꽂혀 있었다.

"송구스럽습니다. 그리고 영광입니다. 선생님 같으신 큰 선비님의 서가에 보잘 것 없는 제 졸저가 외람되이 꽂히다니요."

나는 진정 송구하고 영광스러워 고개가 절로 숙여졌다.

"아니올시다. 영광은 오히려 제 쪽입니다. 잘 오셨습니다. 괜찮으시다면 오늘은 이 누추한 오두막에 묵으시며 저와 함께 밤을 도와 담론이나 하시지요."

"그렇게 해 주시겠습니까? 선생님을 모시고 담론할 수 있다면 무상의 영광이지요."

"천만에요. 많이 가르쳐주십시오. 괜히 나이만 먹었지 천학淺學에 비재非才합니다."

"무슨 그런 말씀을 다 하십니까. 저야말로 천학 비재합니다. 그리고 말씀을 놓으십시오. 경어를 쓰시니 몸 둘 바를 모르겠습니다."

"아닙니다. 학문 높으신 교수님께 말을 놓다니요. 될 법이나 한 소립니까. 아 참, 지난번엔 제가 부재중이어서 큰 실례를 범했습니다."

백야 선생이 휘갑을 치며 온화하게 웃었다. 웃는 모습이 티 없이 맑아 명경지수 같았다. 이때 열려진 문으로 남새를

뽑아 안고 터앝을 나오는 백야 선생의 부인이 보였다. 백야 선생이 부인을 보고
　"임자, 아주 반가운 귀빈이 오셨어요. 먼젓번 허행하신 교수님이 오셨어요."
　했다. 그러자 부인이 종종걸음으로 다가와 남새를 내려놓기 바쁘게 문밖에서 읍을 했다.
　"어서 오십시오. 전번엔 결례가 많았습니다. 용서하시기 바랍니다."
　부인이 손을 내리며 허리를 굽혔다.
　"천만의 말씀이십니다. 결례는 제가 더 크게 했습니다."
　나는 벌떡 일어나 국궁으로 답했다.
　"헌데 점심 진지는 어떡하셨는지요? 안 드셨으면 얼른 지어 올리겠습니다."
　"아닙니다. 읍내 식당에서 먹고 왔습니다. 심려 마십시오."
　나도 부인에게 허리를 굽혔다. 백야 선생이 생각난 듯 빠른 어조로 말했다.
　"아이고 이런 내 정신 좀 보게. 교수님 점심도 여쭤보지 않았네. 임자, 교수님이 읍내서 점심을 잡숫고 오셨다니 저녁이나 일찍 지어 먹기로 하고 우선 차나 좀 내오세요."
　백야 선생이 열려진 문으로 추립산을 바라봤다. 추립산은 열려진 문을 통해 정면으로 들어왔다.
　아, 좋구나! 저 산은 이 문틀에 담긴 액자 없는 그림이로

구나. 병풍 없는 그림 불화병不畵屛이로구나.

직사각형의 문틀에 오롯이 담긴 추립산은 한 폭의 산수화였다.

"선생님! 문틀에 담긴 저 추립산이 액자 없는 그림 같습니다. 병풍 없는 그림 같습니다. 정말 좋습니다."

내가 탄성을 발하자 백야 선생도 그렇다는 듯

"아, 그렇습니까? 역시 교수님은 보시는 눈이 남다르십니다. 저는 무료할 때면 문을 열어 놓고 앉아 저 추립산을 완산玩山하지요. 산이 붓처럼 뾰족한 독산이라 산 전체가 문틀에 다 들어옵니다."

백야 선생이 추립산에 눈을 준 채 또 온화하게 웃었다.

"아, 예. 산을 문틀 속에 담아 놓고 완산하심은 선생님 같으신 산림처사만이 가능하신 희적염훤喜寂厭喧(고요한 것을 좋아하고 시끄러운 것을 싫어함)이지요. 선생님이 부럽습니다."

"원 별말씀을 다 하십니다. 사람이 못나 절적진효絶跡塵囂(속되고 떠들썩한 곳에서 발자취를 끊음)로 사는 거지요. 매자학처梅子鶴妻(매화 아들과 학 아내)와 경운조월耕雲釣月(구름을 갈고 달을 낚음)을 핑계 삼아서요."

"아니올시다. 선생님처럼 이렇게 산 속에 은거하시면 마음이 맑아 대하는 것마다 모구 아름답게 보이지요. 하늘의 구름과 들녘의 학을 보면 한운야학閑雲野鶴으로 속세를 초월해 때 묻은 마음이 씻겨집니다. 그러나 만약 속세에 뛰어들면 비록 외물外物과 상관하지 않을지라도 때가 묻어 마음이 탁해집니다. 저처럼요. 그래서 은일임중 무영욕隱逸林中 無榮辱으로, 숨어 사는 숲속엔 영욕이 없다하지 않습니까. 선생님은 수야병촉하시는 참선비십니다."

"저를 자꾸 선비 선비하지 마십시오. 저를 항간에서 더러 선비라 일컫는 모양입니다만 저는 한낱 산 속의 필부匹夫일 뿐입니다. 제가 만약 선비의 반열에 끼인다면 왜 이렇듯 산 속에 파묻혀 이름 없이 살겠습니까."

"바로 그 점입니다. 선생님께선 선비가 아닌 산 속의 필부라시지만 선생님이야말로 산속의 산장山長(벼슬을 하지 않고 산중에 묻혀 사는 학식과 도덕이 높은 선비)이십니다. 그래서 사람들은 선생님을 선비 중의 선비로 알고 있습니다. 사마천司馬遷은 사기史記에서 낭중지추囊中之錐라 하여 주머니 속의 송곳은 가만히 있어도 끝이 밖으로 나온다 하였습니다. 이는 무엇이겠습니까? 재능과 학식이 뛰어난 사람은 숨어 있어도 저절로 사람들에 알려짐을 이르는 말이 아니겠습니까. 선생님은 참 선비 진유眞儒이십니다."

"허허, 이거 참 땅 팔 노릇입니다. 만약 제가 교수님 말씀대로 선비라면 그건 협유狹儒나 졸유拙儒지 아유雅儒는 결코 아닙니다."

차가 나온 것은 이때였다. 부인은 차반을 차탁에 살포시 내려놓더니 찻잔에 조용히 차를 따랐다. 다기茶器는 모두 흙으로 빚은 토기였다.

"드시지요. 산딸기를 발효시킨 딸기 찹니다."

차는 새콤달콤해 뒷맛이 개운했다. 부인은 무릎 꿇음을 한 채 다소곳이 앉아 찻잔이 빌 때마다 조심조심 차를 따랐다. 그 거조가 너무도 요조해 조선조 사대부가의 부인을 보는 듯했다. 나는 문득 요조한 숙녀는 군자의 좋은 짝이라는 시경詩經의 '요조숙녀 군자호구窈窕淑女 君子好逑'가 생각나 백야 선생과 부인을 번갈아 봤다.

내가 백야 선생과 함께 서재 안락와에서 완월정 세심재로 달구경을 나온 것은 저녁 식사를 마치고나서였다. 저녁 식단은 잡곡밥에 토장국과 터앝의 남새, 그리고 추립산의 산채 몇 가지가 전부였지만 그 맛이 어찌나 풋풋하고 향기로운지 체면불구, 밥 한 그릇을 뚝딱 가무렸다.

"아, 이제 보름달이 뜹니다. 저쪽을 보십시오. 오늘은 날씨가 청명해 달구경이 제격입니다."

완월정에 앉아 조금 있으려니 동산으로 보름달이 둥실 떠올랐다. 그러더니 잠시 후 언덕 위 오동나무에 둥근달이 척 걸리었다.

"아, 좋습니다. 선생님!"

내가 오동나무에 걸린 달을 보고 소리치자

"좋지요? 비가 갠 뒤의 맑게 부는 바람과 함께 보는 광풍

제월光風霽月은 더 장관이지요."

달은 오동나무에 한동안 머물다 중천으로 서서히 떠올랐다.

"선생님, 저 달은 월무족이보천月無足而步天으로 발이 없어도 하늘을 걷습니다."

내가 달을 쳐다보며 다시 소리치자 백야 선생이

"어찌 달 뿐이겠습니까. 풍무수이요수風無手而搖樹로 바람은 손이 없어도 나무를 흔들지요."

하고 대구對句를 맞췄다. 이러고는 서로 말을 잃은 채 하염없이 달만 쳐다봤다. 사방에서 풀벌레 소리가 요란하게 들려왔다. 추립산에서 재넘이가 쏴아 여울물 소리를 내며 시원하게 불어 내렸다. 아랫마을 어디서 개 짓는 소리가 컹컹 바람에 실려 왔다. 저 개도 달에 반해 달을 쳐다보고 저리 짓는 모양이었다. 이때 부인이 개다리소반에 주호酒壺 한 병을 얹어 들고 나왔다.

"약주들 드시면서 달구경하시지요."

부인이 술상을 놓고 한쪽에 그림이듯 앉았다.

"좋지요. 교수님 술 한 잔 하시지요. 이 술은 머루줍니다. 추립산엔 머루 다래가 제법 많습니다."

백야 선생이 달처럼 환하게 웃으며 잔에 술을 쳤다. 술은 머루를 닮아 까만색을 하고 있었다. 달은 이제 천 길 만 길 높이 떠 빛이 건곤에 교교했다.

"선생님, 대단히 외람된 말씀이오나 왜 굳이 불편한 산 속에 사시는지요. 은일임중 무영욕이어서인지 아니면 조대措大(청렴결백한 선비)하신 정신과 경개耿介(절조를 굳게 지켜 세속과 구차하게 화합하지 아니함)하신 정신 때문인지 그게 저는 궁금합니다.”

나는 처음부터 궁금히 생각하던 것을 물었다.

“아닙니다아닙니다. 저는 그저 산이 좋아 아들 둘 딸 하나를 남혼여가男婚女嫁시키자 이곳으로 들어와 자연과 함께 인아일시人我一視(남과 자연 나를 동일하게 여김)로 사는 것뿐이지, 경개하거나 조대해서 그런 건 결코 아닙니다.”

백야 선생이 정색을 하며 손을 홰홰 내저었다.

“하오시면 날씨 좋은 날은 나무하고 밭 매시고 비 오는 날은 책 읽고 낮잠 주무시는 청초우독清樵雨讀으로 한운야학하시나요? 유유자적하시면서요?”

내가 에둘러 묻자

“그렇습니다. 바로 그것입니다.”

백야 선생이 맞다며 고개를 주억거렸다.

“선생님, 선생님께선 심장이 불시로 자회自誨하고 계십니다. 선생님은 현대의 일민이십니다. 문명의 이기라는 승용차는 물론 컴퓨터와 텔레비전도 없으시고 그 흔한 전화마저 없으신 듯한데 이게 어디 성인도 종시속從時俗하라는 관점에서 볼 때 가당키나 한 일이십니까. 한데도 선생님은 산림처사로 유유자적하시니 도회 중의 도회요 일민 중의 일민이십니다.”

"그래도 세상 소식 듣는 라디오는 한 대 있습니다. 라디오가 구닥다리라 고장이 잦긴 합니다만, 그러나 저는 만족합니다. 자, 보십시오. 요 앞 계곡에 물 있지요, 산에 돌과 소나무와 대나무가 있지요, 여기에 달까지 둥실 떠 오동나무에 걸리니 더 바랄 게 무엇입니까."

백야 선생이 나를 쳐다보며 씨익 웃었다.

"그야말로 오우五友가 다 있군요. '내 벗이 몇이나 하니 수석과 송죽이라, 동산에 달 떠오르니 그 더욱 반갑고야. 두어라 이 다섯밖에 또 더하여 무엇하리' 라던 고산 윤선도孤山 尹善道의 오우가五友歌 말씀입니다."

"어찌 고산의 오우뿐이겠습니까. 사계 김장생沙溪 金長生의 '십년을 경영하여 초당草堂 한간 지어 내니, 반간은 청풍이요 반간은 명월이라. 상산은 들일 데 없으니 둘러 두고 보리라'는 자연한거自然閑居도 있지요."

"고관대작도 탈속한 농부나 은사를 보면 부러워하고, 고대광실의 부자도 정결한 초옥에서 글 읽는 선비를 보면 부러워합니다. 이럼에도 사람들은 양육강식하고 강자에 아첨하면서 천성에 자적할 줄을 모르지 않습니까."

"높은 산에 오르면 마음이 넓어지고, 흐르는 물을 보면 뜻이 원대해지며, 비나 눈이 오는 밤에 책을 읽으면 정신이 맑아지고, 언덕 위에 올라 휘파람을 불면 고매해지는 법입니다."

"물욕을 버리고 자연을 즐기면 몸이 무無의 상태로 돌아가고, 시비를 잊고 풍류를 즐기면 무아의 경지에 이르겠지요."

"이보尼父(공자를 높여 이르는 말)께서 어느 날 노자를 찾아가 얼마 동안 있다가 하직하는데 노자가 이보게 한 말 중에 '내 듣건대, 부귀한 사람은 남을 보낼 때 재물을 주고 어진 사람은 기념이 될 만한 말 한 마디를 선사한다 하였습니다.' 여기서 어진사람 인인仁人은 사군자士君子, 즉 선비입니다. 선비는 본시 부귀와는 거리가 멀고 또 멀어야 합니다. 그래서 연암 박 지원燕巖 朴趾源은 양반전에서 선비는 돈을 만져서는 안 되고 쌀값을 물어서는 안 된다며 수무집전手無執錢과 불문미가不問米價를 역설했겠지요. 저는 그렇게는 못 살지만 그 정신만은 높이 삽니다."

"지난날의 참선비는 그렇게 살았지요. 오죽하면 보백당 김계행寶白堂 金係行 같은 분은 '내 집에 보물이라곤 없다. 보물이 있다면 오직 청백뿐이다'는 오가 무보물 보물 유청백 吾家 無寶物 寶物 唯淸白을 평생의 좌우명으로 삼았겠습니까. 선비에게 있어 안빈낙도安貧樂道는 큰 가치였지요."

"그렇습니다. 그래서 선비는 당족이비우堂足以庇雨로 집은 비나 가리면 족하고, 식족이충장食足以充場으로 밥은 창자나 채우면 족했으며, 의족이폐신衣足以蔽身으로 옷은 몸이나 가리면 족했지요." 달은 어느덧 추립산 너머로 자취를 감췄다. 시각은 그 사이 사경四更은 된 듯했다.

"교수님 저는 만뢰가 잠든 적요한 밤이면 자주 이곳 세심
정에 나와 앉아 허정虛靜한 시간을 보냅니다."

백야 선생이 세심정 쪽으로 돌아앉았다.

"아, 예. 그러시군요."

나도 백야 선생을 따라 세심정 쪽으로 돌아앉았다.

"만뢰구적萬賴俱寂(밤이 깊어 아무 소리도 들려오지 않는 고요한 밤)의
한 밤중에 사람의 마음이 가장 본심으로 돌아오고, 본심으
로 돌아올 때 허정하게 앉아 눈을 감으면 자신을 발견하지
요. 그래 저는 만뢰가 잠든 한 밤중에 이 세심정에 나와 한
참 동안씩 앉아 있습니다. 교수님께서도 아시겠지만 장자莊
子는 사람의 소리 인뢰人賴와 땅의 소리 지뢰地賴, 그리고 하
늘의 소리 천뢰天賴를 만뢰라 하고 그 만뢰가 모두 잠든 고요
한 때를 만뢰구적이라 했지요. 저는 만뢰구적에 이곳에 나
와 그냥 무심히 앉아 있습니다."

"아, 예!"

나는 왠지 숙연해졌다. 그것은 마치 범상치 않은 무엇을
만났을 때 느끼는 심경 그것이었다. 이때 아랫마을 어디서
닭이 홰를 치며 자처우는 소리가 들렸다. 만뢰를 깨고 들려
오는 소리였다. 그러자 부인이 이때를 기다렸다는 듯 조용
히 일어나며

"그만들 주무시지요. 새벽입니다. 저는 먼저 들어가 주무
실 자리를 보아놓겠습니다."

하더니 공손히 허리를 굽혔다. 백야 선생이

"그렇게 하세요. 내 곧 교수님 모시고 들어가지요."

했다. 밤이 깊어서인지 풀벌레 소리도 잦아들었다. 아마 잠을 자는 모양이었다. 이때 추립산 위로 별똥별 하나가 꼬리를 길게 끌며 일직선으로 찌익 날아갔다.

세 번째 이야기

미리 글월로 연통을 해서인지 백야 선생은 집에 계셨다. 아니 막 삭정이 한 짐을 해 지고 와 마당에 배기는 중이었다.

"아이구 교수님 어서 오십시오. 일찍 오실 줄 알았는데 늦으셨군요."

백야 선생이 기다렸다는 듯 반색을 하며 지게를 한쪽에다 치우기 급하게 내 손을 덥석 잡았다.

"안녕하십니까, 선생님? 나무 해 오시는군요."

내가 허리 굽혀 인사하자 백야 선생이

"아, 예. 날씨가 아침저녁으로 제법 쌀쌀해 군불을 지펴야합니다. 임자, 교수님 오셨어요."

백야 선생이 부엌에다 대고 말하자 부인이 행주치마에 손을 씻으며 나와

"어서 오십시오 교수님."

하고 예의 읍을 했다.

"예. 안녕하셨습니까 사모님."

나도 예의 국궁으로 인사에 답하고 곧 안락와로 안내돼 열려진 문으로 어둠에 싸이는 추립산을 바라봤다. 그러다 방금 배긴 나뭇짐 삭정이로 눈을 돌렸다. 삭정이는 팔뚝 만하게 굵은 것들이어서 군불 감으로는 제격이었다. 요즘은 농촌에서까지 연료를 가스나 연탄을 쓰기 때문에 산에 나무가 지천이었다. 그래 그런지 아까 오다가 보니 길섶에 화라지(옆으로 길게 뻗어 나간 나뭇가지를 땔나무로 이르는 말)와 함께 진대나무(산 속에 죽어서 넘어지거나 쓰러진 나무), 강대나무(선 채로 말라 죽은 나무)가 겅성드뭇했다.

"교수님. 시장하실 테니 식사부터 하시지요."

백야 선생이 세수를 했는지 수건으로 얼굴을 닦으며 들어오자 부인이 이내 저녁상을 내왔다.

"교수님 죄송합니다. 산채에 맥반 총탕麥飯葱湯(보리밥에 팟국)입니다."

밥은 쌀에 보리쌀이 드문드문 섞인 반지기로 밥밑으로 팥이 듬성듬성 놓여 있었다.

"별 말씀을 다 하십니다. 지난날의 청빈한 선비와 목빈관들은 이두이변二豆二邊으로 밥 한 그릇에 국한 대접, 김치 한 보시기에 간장 한 종지 이상은 밥상에 올리질 않았잖습니까."

"그렇게 본다면 지존인 금상께서도 나라에 변고가 생기면 근신하는 뜻으로 수랏상의 음식 가짓수를 몸소 줄여 감

선減膳을 했는데 이는 권력자는 물론 국민 모두가 본받을 일
이지요”

밥맛은 꿀맛이었다. 나는 본시 보리쌀 반지기에 팥밥을
좋아해 이번에도 먼젓번처럼 저녁을 아주 맛있게 먹었다.

저녁상을 물리자 우리는 곧 산 진 거북이요 돌 진 가재가
돼 얘기꽃을 피우기 시작했다. 그것은 흡사 고기가 물을 만
난 격이었고 나비가 꽃을 만난 격이었다. 우리는 선비에 대
해 많은 이야기를 나누었다. 특히 선비의 정신과 자세, 선비
의 길과 사명에 대해 토로했는데 주로 백야 선생이 말하고
나는 듣는 편이었다. 백야 선생은 선비는 매천 황현梅泉 黃玹
의 절명시 대로 난작 인간 식자인難作人間識字人이어서 인간으
로 태어나 식자인識字人 노릇하기 참으로 어렵고, 동파 소식
東坡 蘇軾의 말대로 인간 식자 우환시人間識字憂患始여서 인간으
로 태어나 식자인(선비)이 된다는 게 벌써 근심의 시작이라
했다. 그러므로 선비는 일조지환一朝之患으로 하루아침의 잠
시 잠깐 걱정이 아닌 종신지우終身之憂로 평생토록 근심하고
고뇌해야 된다했다. 뿐만 아니라 선비는 사견위치명士見危致
命으로 나라의 위태로움을 보면 목숨을 내놓아야 하고 사이
회거 부족이위사의士而懷居 不足以爲士矣로 편안히 살기만을 생
각한다면 선비라 할 가치가 없다 했다. 이런 까닭에 비인 소
배非人 小輩가 나라를 망칠 때는 선비가 국정에 뛰어들어 나
라를 바로잡아야 하는데 이는 나라가 어지러우면 간웅奸雄

이 활개를 쳐 능신能臣을 몰아내고 나라가 태평하면 간웅이 능신 앞에 부접을 못하기 때문이라 했다.

백야 선생은 목이 마르는지 곁에 있는 자리끼로 목을 축이더니 다시 말을 이었다.

"교수님도 선비론에서 명쾌하게 설파하셨지만 선비는 청빈과 도회 못지않게 지조와 절의도 중요한데 언제부터인가 청빈 도회 지조 절의가 진부한 관용어로 전락해 버리더니 종당엔 효니 도덕이니 양심이니 정의니 하는 것도 그렇게 인식돼 버렸습니다. 그러니 선악善惡 미추美醜 시비是非 곡직曲直의 시비정신이 사라질 밖에요. 지조와 절의를 생명으로 알아 살 줄 알고 죽을 줄 아는 것이 선비의 길이요 모럴이요 바이털리티 아닙니까. 교수님도 선비론에서 쓰셨지만 지난날의 참선비들은 군주기 불의로 나라를 다스리면 여러 가지 저항으로 불의와 맞서지 않았습니까. 그 대표적인 게 거짓 장님행세의 청맹靑盲과 거짓 벙어리 행세의 청롱靑聾과 거짓 미치광이 행세의 청광靑狂이지 않습니까. 그리고 또 거짓 꼽추 행세의 청척이靑戚施와 거짓 앉은뱅이 행세의 청거저靑蘧篨도 있지 않습니까. 그런가 하면 성균관 유생들이 시위 항거하는 권당捲堂이 있었고 깊은 곳에 숨어들어 세상에 나타나지 않은 자회自晦도 있었으며 나무나 돌에 시를 써서 불의의 세상을 풍자 개탄한 통렬한 야시野詩도 있지 않았습니까."

이때 부인이 술상을 내왔다. 술은 아까 내가 사 가지고 온

곡주였다. 우리는 한 동안 말없이 술잔만 주고받았다. 이러기를 얼마였을까. 백야 선생이 다시 입을 열었다.

"교수님도 아시겠지만 최세진崔世珍은 훈몽자회訓蒙字會에서 선비를 '수도공학왈유守道攻學曰儒'라 하여 도덕을 지키고 학문에 힘쓰는 사람이라 했지요. 그러므로 선비의 바탕은 당연히 도덕과 학문에 있었지요. 대저 선비는 아래로 농공農工과 열列하며 위로는 왕공王公과 벗하는데 지위로 말하면 등급이 없고 도덕으로 말하면 아사雅事라 했지요. 용재 성현慵齋 成俔도 선비의 중요성을 역설해 '나라에는 하루도 선비가 없을 수 없다. 없으면 도道가 깃들일 곳이 없고 도가 깃들일 곳이 없으면 다스림이 어디에서 말미암아 이어질 수 있을 것인가' 했지요."

백야 선생은 여기서 또 말을 그치었다. 내가 얼른 잔에 술을 쳐 권했다. 백야 선생이 술잔을 비우더니 다시 말을 이었다.

"박 지원은 선비의 성격을 요약해 천하의 공변된 언론을 '선비의 의론 즉 사론士論'이라 하고, 당세의 일류를 '선비의 사류士類'라 하고, 사해를 울리는 의로운 소리를 '선비의 기개, 곧 사기士氣'라 하고 선비가 죄 없이 죽임을 당하는 것을 '선비의 화, 곧 사화士禍'라 하고 배움을 강하며 도를 논하는 것을 '선비의 집단 사림士林'이라 했지요. 율곡栗谷은 사림에 대해 '자고로 나라가 의지해서 유지될 수 있는 것은 사림 때문이니, 사림은 나라의 원기다. 사림이 성하고 화합하면 나

라가 다스려지며 사림이 격하여 분열되면 나라가 어지러워
지고 사림이 패하여 소진되면 나라는 망한다.'고 했지요."

백야 선생은 고기가 물을 만난 듯 갇혔던 봇물이 터진 듯
한 번 입을 열자 한도 끝도 없이 선비론을 쏟아냈다. 그러면
서도 고루함이나 완고함이 전혀 느껴지지 않았다. 대개 선
비는, 그리고 한학자는 고루하고 완고해 고리타분한 냄새를
풍기기 마련인데 백야 선생은 그게 아니어서 되레 현대적이
었다. 아마 신구학문에 조예가 두루 깊어서인 듯했다.

이날 밤도 우리는 새벽녘에야 잠자리에 들었다. 추야장
긴긴 밤이 백야 선생의 고담준론으로 시간 가는 줄 몰랐던
것이다.

백야 선생은 은일한 고사高士였다. 그리고 수야병촉하는
산림처시었다. 그것은 백야 선생이 학문을 감춰놓고 팔지
않는 심장이 불시로 알 수 있고 깊이를 알 수 없는 자회의 학
문으로 알 수 있었다. 나는 그동안 선비를 찾아 꽤 많은 사람
을 만났지만 백야 선생만 한 분은 만나보지를 못했다. 내가
만난 이들은 대개 속기가 아니면 매명, 매명이 아니면 위선
의 탈을 썼고 더러는 또 곡학아세에 고양이소(욕심꾸러기가 짐
짓, 청렴한 체하거나 흉악한 사람이 겉으로 착한 체함)까지 능사로 하는
이들이었다. 한데도 백야 선생은 속기는 물론 매명과 위선
과 곡학아세가 전혀 없고 고양이소도 물론 전혀 없었다. 나
중에야 안 일이지만 나는 백야 선생이 경서를 소주小註까지

완역한 분이었다는 것을 알고 깜짝 놀랐다. 왜냐하면 경서 번역은 보통 본문만 하는 게 통례인데 백야 선생은 소주까지 자세히 풀이했으니 놀라지 않을 수가 없었던 것이다. 소주 풀이는 일찍이 없던 효시요 남상이어서 미증유의 파천황이었다.

뿐만이 아니었다. 백야 선생은 또 십 수 년 전 정부 조각 때 자신의 이름이 조각 명단에 오르자 입각을 완곡히 거절, 그 길로 지금 살고 있는 추립산으로 들어왔다 한다. 그런데도 백야 선생은 아들딸을 남혼여가시키자 이곳으로 들어왔노라 했다. 남들은 장관 한번 하려고 갖은 수단 다 부리며 목을 빼고 기다리는데 백야 선생은 생각지도 않은 장관자리가 굴러들어왔는데도 이를 거절, 산으로 들어왔으니 이런 방사放士 이런 일민이 없었다. 저 이름 높던 고사 태공망太公望이 '청백한 선비는 작록爵祿으로써 얻을 수 없고 절의 있는 선비는 형벌이나 위엄으로 위협할 수 없다' 했는데 백야 선생이야말로 그런 분이었다. 이렇게 볼 때 백야 선생은 어질기로 짝이 없던 요堯 임금이 왕위를 물려주려하자 더러운 소리를 들었다며 영천潁川이란 개울물에 귀를 씻고 기산箕山에 들어 숨어 산 허유許由나, 허유가 귀 씻은 더러운 물을 깨끗한 소에게 먹일 수 없다며 소를 영천 상류로 몰고 가 물을 먹였다는 소부巢父를 생각지 않을 수 없다.

그렇다. 백야 선생은 현대의 허유요 소부로 큰 선비요 참 선비였다.

이단異端의 성城

언제였던가.

속 소위 말하는 신군부정권의 권위주의시대 때였으니 아마 1980년대의 어느 한 해였을 것이다.

그 해 가을 소설가 장 지호 선생은 00부장관의 비서실장으로 있는 생질로부터 생게망게한 전화 한 통을 받고 적이 놀렸다. 전화 내용이 천만 뜻밖에도 자기가 모시고 있는 장관이 외삼촌의 글을 읽고 감동 받은바 커 초청하신다니 꼭 좀 응해 주십사 하는 내용이었기 때문이다.

"뭐라? 네가 모시고 있는 장관께서 내 글을 읽고 감동 받은바 커 초청하니 꼭 좀 응해달라고?"

장 지호 선생은 이게 대체 무슨 소린가 싶어 반신반의 했다.

"예, 외삼촌. 그러니 장관님께서 날짜를 정해 다시 연락 드리면 그 때 꼭 좀 와주세요 외삼촌"

생질은 간곡히 당부하며 "꼭 좀"이란 말에 유독 강한 억양을 넣었다.

"그래? 장관께서 무슨 글을 읽었는지는 모르겠다만 참 용하구나. 바쁜 장관 자리에 있는 양반이 책을 다 읽다니. 더구나 소설책을"

장 지호 선생은 생각할수록 신기해 괴이쩍기까지 했다. 아니 흔감스러웠다.

생각해보라. 소설가라면 원두한이 쓴 외 보듯 하고 소설책이라면 신다버린 헌신짝 취급하기 일쑤여서 여간한 마음이 아니고는 거들떠도 안 보기 마련인데 이런 소설을 읽고 초청을 하겠다니 좀한 일이 아니었다. 더욱이 눈코 뜰 새 없이 바빠 촌각을 다투는 장관이 소설을 읽고 초청을 하겠다니 이건 하나의 사건이었다.

"얼마 전에 나온 외삼촌의 장편소설 '겨레여 혼이여'를 읽으신 모양입니다. 며칠 내로 다시 연락드릴 테니 꼭 좀 상경하세요. 외삼촌"

생질은 또 '꼭 좀'이란 말에 강한 억양을 넣으며 전화를 끊으려 했다. 이 때 장 지호 선생이 큰소리로

"애야, 장관이 내 소설을 읽은 건 가상하다만 왜 네가 전화를 거냐. 나를 꼭 초청할 양이면 장관께서 직접 전화를 하시라 해라. 그게 예의요 도리 아니냐"

했다. 본시 목소리 하나는 천구성으로 크게 타고난 장 지호 선생은 무슨 이런 무람하고 무경위한 일이 다 있느냐며 호통을 쳤다. 서슬에 생질이 화들짝 놀라

“아니 외삼촌! 왜 화를 내고 그러세요. 장관님께선 제가 외삼촌의 생질인 것을 아시고 저한테 부탁하신 겁니다.”

생질은 이해부득이라는 듯 원망조로 말했다.

“그래도 그렇지. 장관께서 네 놈이 내 생질인 것을 아신다면 네 놈을 시켜 전화를 걸되 장관께서 직접 초청을 해야지 왜 네 놈이 전화를 걸어 초청 운운하냐. 네 놈이 장관이냐?”

장 지호 선생은 좁은 골에 돼지 몰 듯 생질을 몰아붙였다.

“아이구 참 외삼촌도. 아, 제가 전화하는 건 장관님이 시켜서 하는 겁니다. 그러니까 역정 내지 마시고 다시 전화 드릴 테니 상경이나 하세요. 외삼촌”

했다. 그러며 생질은 바쁘신 장관님이 소설을 읽고 작가를 초청하기는 이번이 처음 있는 일이므로 외삼촌은 영광스런 신댁을 받았나 했다.

“뭐가 어째 이놈아! 영광스런 선택? 그래, 작가가, 힘도 돈도 권력도 없는 작가가, 그래서 문약文弱하다는 소리를 듣는 작가라고 홀대해도 된다는 게냐?”

장 지호 선생은 분기탱천 소리쳤다.

“외삼촌! 홀대는 누가 홀대를 했다고 그러세요. 그리고 저도 이제 사십이 넘은 나입니다. 아무리 외삼촌이지만 이놈 저놈 하지 마세요. 장관님이 외삼촌의 책을 읽고 초청하신다면 그게 최상의 대우지 어떻게 홀댑니까?”

생질도 지지 않고 대거리를 했다. 생질로서는 나이 불혹

이 넘은데다 지위도 장관의 비서실장쯤 되고 보니 이놈 저놈의 호놈 소리가 듣기 싫었던 것이다.

"뭐가 어쩌고 어째 이놈아? 이백李白은 당唐의 천자 현종玄宗이 모시려고 배를 보냈음에도 그 배에 오르지 않았어. 이게 그 유명한 천자 호래 불상선天子呼來不上船이야. 너, 천자 호래 불상선 알아?"

장 지호 선생은 이백의 고사를 들먹이며 생질을 다그쳤다. 그러나 생질은 대답하지 않았다. 이백의 고사를 모르는 모양이었다.

"알아 몰라?"

장 지호 선생이 잼처 물었다.

"모릅니다."

"몰라?"

"예!"

"야, 이놈아! 대학원까지 나온 놈이, 게다가 장관 비서실장쯤 되는 놈이 천자 호래 불상선도 몰라? 예이 천하에 무식한 놈 같으니라고!"

장 지호 선생이 또 버럭 고함을 쳤다.

한데도 생질은 아무 말이 없었다. 장 지호 선생의 결기와 강기剛氣와 의기를 잘 아는 생질인지라 지레 만수받이 하는 듯했다.

"이왕 이백에 대해 말이 나왔으니 좀더 얘기하겠다. 그러니 바쁘더라도 잘 들어라. 이백은 청평조사淸平調詞 삼장三章을 지을 때도 고역사高力士가 직접 신발을 벗겨주고 천자(현종)가 손수 국에 간을 맞춰 주고 양귀비楊貴妃가 몸소 먹을 갈아 벼루를 들어줘서야 청평조사 삼장을 지었다. 이를 어찌 보면 불기不羈하고 거오倨傲해 안하무인처럼 보이지만 그러나 문사란 강개지사慷慨之士로 굴신비사屈身卑事 하지 않아야 한다. 이게 문사가 취할 청절淸絶이다. 이게 글 쓰는 문사들이 스스로를 높여 속된 것들을 낮춰보는 문인상경文人相輕이다. 알겠느냐?”

장 지호 선생은 일장 훈시를 하고 생질의 대답도 듣지 않은 채 다음 말을 이었다.

“그러니 장관님께 여쭤라. 나를 꼭 초대하고 싶으면 손수 전화하시라고. 아니 전화보다야 몸소 써 보내는 편지가 훨씬 값지고 정성스러우니 편지를 하시라 해라!”

장 지호 선생은 전화를 끊고 담배를 태워 물었다. 장관이 소설을 읽고 소설 쓴 작가를 초청할 정도면 편지도 능히 할 수 있을 것으로 믿었기 때문이었다.

장 지호 선생은 기분이 흔열했다. 앞에서도 말했듯 소설가라면 원두장이 쓴 외 보듯 하고 소설이라면 신다 버린 헌 신짝 취급하기 일쑤여서 여간한 마음이 아니고는 거들떠도 안 보기 마련인데 일반 서민도 아닌 장관이 소설을 읽고 그 작가를 초청하겠다니 놀라운 일이었다. 이런 장관이라면 초청에 응해 한 번 만나볼 만하다 싶었다.

　이로부터 닷새 후, 장 지호 선생은 장관이 직접 써 보낸 초청 편지 한 통을 받았다. 편지는 등기우편이었다. 그러면 그렇지!
　장 지호 선생은 쾌재를 불렀다.

　존경하옵는 장 지호 선생님께
　선생님 안녕하신지요?
　불초 소생은 선생님의 '겨레여 혼이여'를 읽고 감명 받은 바 커 이렇게 필을 들었습니다. 소생은 선생님이 김 명환 비서실장의 외숙부님 되신다는 말씀을 듣고 꼭 한 번 뵙고 싶어 이렇게 난필을 들었습니다. 응당 찾아뵙고 말씀 올려야 도리인 줄 아오나 소생에게는 그런 시간이 없어 안타깝습니다. 하와 이렇게 앉아서 무람하게 초청하오니 무례됨을 용서하시고 다가오는 15일 왕림해주시면 이보다 큰 영광이 없겠습니다. 그럼 그날 뵐 것을 학수고대하며 이만 난필을 접겠습니다.

○ ○ ○ 돈수頓首

　장 지호 선생은 장관의 편지를 읽고 회심의 미소를 머금었다. 인생살이 육십 년에, 아니 작가생활 삼십 년에 장관으로부터 초청을 받기는 처음이기 때문이었다. 장관은 고사하고 시장 군수한테도 작가 자격으로 초청 한 번 제대로 못 받아본 장 지호 선생은 당상관 정일품 판서(장관)로부터 받은 곡진한 초대가 기이하고 신기해 사랑옵기까지 했다.

그래, 역시 성인지 능지성인聖人知 能知聖人이야. 성인의 경지에 이르러야 성인을 알아보지 어찌 한낱 비인 소배非人小輩가 성인을 알아보랴. 백락伯樂이 있어야 천리마를 알아보고 종자기鍾子期가 있어야 백아伯牙의 거문고 소리를 알아듣지.

장 지호 선생은 장관의 곡진한 초청 편지를 읽고 곧 생질에게 전보를 쳤다.

15일 상경 위계.

장관님과의 환담은 퇴근 후가 좋겠음 외삼촌.

이러고 십오일 오후 다섯 시경 장 지호 선생은 00부 장관실을 방문, 생질의 안내를 받고 장관실로 들어갔다.

"아이구 선생님 어서 오십시오."

오십대 초반으로 보이는 장관이 자리에서 용수철 튀듯 발딱 일어나 허리를 굽혔다. 얼핏 봐도 장관은 이목구비가 수려하게 생긴 호남형이었다.

"궁벽한 촌맹 한사村氓寒士를 이렇게 과분히 초청해주셔서 망지소조罔知所措 합니다."

장 지호 선생은 국궁의 예를 갖춰 장관의 손을 잡았다.

"원 천만의 말씀이십니다. 훌륭하신 작가 선생님을 뵙게 돼 영광입니다."

장관이 공손하게 장 지호 선생의 손을 그러잡으며 자리를 권했다.

"그건 제가 드릴 말씀입니다. 국사에 바쁘신 장관님께서 보잘 것 없는 졸작을 읽어주시고 초청까지 해주시니 제가 영광입니다."

"훌륭하신 글을 읽게 해주셔서 대단히 감사합니다. 많은 분들이 그 글을 읽고 저처럼 큰 감동을 받았을 것입니다. 그리고 또 그 감동은 많은 심경의 변화를 가져왔을 것입니다. 그러니 작가란 얼마나 위대한 존재십니까."

장관이 입에 침이 마르도록 칭찬을 했다.

"오히려 부끄럽습니다. 볼 것 없는 졸작을 분에 넘치게 칭찬해주시니 민망할 뿐입니다."

장 지호 선생은 고개를 숙였다.

"아닙니다. 훌륭한 작품은 많은 사람들에게 커다란 영향을 미칩니다. 그러니 어찌 작가를 위대하다 하지 않은 수 있겠습니까."

두 사람이 과공過恭은 비례非禮다시피 격찬하는 사이 차가 나오고 대화는 잠시 끊어졌다. 그러나 두 사람은 곧 장관실을 나와 대기하고 있던 차에 올랐다. 장관이 제지를 시켰는지 비서는 한 사람도 따르지 않았다. 차는 복잡한 도심을 뚫고 삼십여 분 후 날아갈 듯한 어느 한옥 앞에서 멎었다. 고 래 등 같은 기와집이었다. 차가 멎자 삼십대 후반으로 보이는 미모의 여인이 반색을 하며 쫓아 나왔다.

"장관님! 그동안 왜 그렇게 안 오셨어요? 이달 들어 이제 겨우 두 번째에요"

여인이 고혹적인 웃음을 흘리며 장관의 팔짱을 꼈다.

"이제 겨우 두 번이라니. 오늘이 십오일 아닌가. 십오일에 두 번이면 한 달에 네 번 꼴인데 적어?"

장관이 장 지호 선생 보기가 민망했던지 여인이 낀 팔짱을 풀었다.

"그래도 매주 두 번씩은 오셔야죠. 장관님만 믿고 사는데"

"욕심도 많다. 아, 어떻게 여기만 오나. 다른 데도 가야지. 그보다 이 선생님이나 잘 보셔. 선생님은 오늘 주빈이실 뿐만 아니라 아주 귀하신 작가 선생님이셔"

장관이 장 지호 선생을 돌아보며 허리를 굽혔다.

"예, 알겠습니다. 장관님!"

여인이 배실배실 웃으며 장 지호 선생의 팔짱을 꼈다.

"됐소! 나는 괜찮으니 장관님이나 잘 모시시오!"

장 지호 선생은 점잖게 연인의 손을 밀어냈다. 집이 으리으리한 고급 한식집이어서인지 한터처럼 널찍한 마당엔 검은색 고급 세단이 수십 대나 늘어서 있었다.

"선생님 취향을 여쭤보지도 않고 한식집으로 모셨습니

다. 괜찮으시겠습니까 선생님?"

괴목인 듯한 자연목에 달필의 붓글씨로 매실梅室이라 씌어진 방으로 안내되자 장관이 말했다.

"그럼요. 한식보다 더 좋은 음식이 어디 있습니까. 한식이 최고지요"

장 지호 선생은 흔연히 대답하며 고개를 주억거렸다.

"그러시다면 다행입니다만 저는 혹시 또 선생님께서 못마땅해 하실까봐 걱정했습니다."

장관은 거조擧措가 깍듯해 일거수일투족이 예의 발랐다.

저녁상은 이름을 알 수 없는 반찬이 올라 큰 교자상이 그득했다. 장 지호 선생은 태반이 처음 보는 진귀한 반찬들이어서 입이 딱 벌어졌다. 이를 진수성찬이라고 해야 할지 산해진미라고 해야 할지 아니면 고량진미라고 해야 할지 알수가 없었다.

도대체 이 반찬 수가 모두 몇 가지나 될까? 그리고 저녁값은 또 얼마나 비쌀까?

장 지호 선생은 아무도 눈치 못 채게 눈으로 반찬 가짓수를 세어봤다. 반찬 가짓수는 모두 마흔 두 가지였다. 모르긴해도 지존의 상감마마 수라상도 이 마흔 두 가지의 반에도 이르지 못했으리라.

장 지호 선생은 심기가 장히 불편했다. 아무리 귀한 손님을 대접한다지만 지금 나라 형편이 어떤 상황인데 장관이란 사람이 이런 초호화 최고급 한식집에서 임금님 수라상 저리 가라 할 성찬으로 비싼 저녁을 먹는가. 서울을 비롯한 전국 각지에서 잃어버린 주권과 민주주의를 찾겠다며 시퍼런 군사정부에 맞서 '독재정권 물러가라!', '군사독재 타도하자!'를 외치다 당국에 붙잡혀 물고문 불(전기)고문으로 속절없이 죽어가는 꽃다운 청춘들이 그 얼마인데 장관이란 사람은 오불관언인 채 초호화 한식집 무릉도원에서 시중드는 계집 옆구리에 끼고 비싼 저녁을 먹고 있으니 기막힌 노릇이었다.

지난날 왕조시대 때도 나라에 무슨 변고가 생기면 임금이 먼저 나서서 감선減膳하지 않았는가. 감선이 무엇인가?

나라에 변고가 있을 때 임금이 몸소 근신하는 뜻으로 수라상의 음식 가짓수를 줄이던 게 감선 아닌가. 감선만이 아니었다. 어떤 임금은 감선에 철악撤樂까지 해 노래와 춤도 가까이 하지 않았다.

하지만 어찌 또 임금의 감선뿐인가. 고을을 다스리는 목민관도 밥 한 그릇에 국 한 사발, 김치 한 보시기에 간장 한 종지로 네 가지 반찬 이상은 상위에 올리지 않은 청빈한 목민관이 많았다. 이게 그 유명한 이두이변二豆二邊이다.

"선생님 많이 드십시오. 여봐, 미스 리, 선생님께 맛있는 반찬 많이 좀 권해드려"

장관이 미스 리라는 아가씨에게 말하자 주인 여자가 발밭게

"그래. 현이 넌 선생님 잘 모셔라. 난 장관님 모실테니"

하고 또 아까처럼 고혹적인 웃음을 흘리며 현이를 쳐다봤
다. 현이도 주인 여자 못지않은 미인이었다. 스물 한두 살쯤
됐을까? 귀엽고 복스러운 얼굴이었다. 현이는 이름을 알 수
없는 반찬을 집어 장 지호 선생의 밥술가락 위에 올려놓았
다. 그러나 장 지호 선생은 반찬은 내가 골라 먹을 테니 아
가씨는 신경 쓰지 말라 이르고 김치와 된장찌개, 그리고 된
장이 딩게딩게 묻은 고추장아찌를 우적우적 씹어 먹었다.

장 지호 선생이 장관을 따라 두 번째로 간 곳은 어느 현란
한 호텔 밤무대였다. 지배인은 장관이 도착하자 무슨 죽을
죄나 지은 듯 두 손을 맞잡고 저두굴신 했다. 장관은 이런
지배인에게 오른손 두매한짝으로 어깨를 툭툭 치며 거드름
을 피웠다.

"장관님! 이리로 앉으시지요. 곧 아이들을 보내드리겠습
니다."

지배인이 허리를 굽히고 쩔쩔매는 자세로 장관을 안내했
다. 지배인이 안내한 자리는 로열석이 아니면 VIP석인 듯했
다. 호텔 밖은 오색찬란한 일류미네이션으로 휘황하더니 호
텔 안 무대는 시끄러운 음악과 빙글빙글 돌아가는 조명의
미러볼로 정신이 없었다.

"장관님 오셨어요? 오늘 또 모시게 돼서 영광이에요. 저
7번 미쓰 박이에요. 아시죠?"

미스 박이 시끄러운 음악소리 때문에 큰 소리로 말하자 곁에 있던 아가씨도

"장관님. 전 10번 미쓰 홍이에요. 장관님을 뵙게 돼서 가문의 영광입니다."

했다. 그러자 장관이 손나팔을 만들어

"야, 이놈들아. 누가 듣겠다. 여기선 아저씨라 불러. 그리고 나보다는 이 선생님을 더 잘 모셔야 된다. 알았지? 아주 귀하신 어른이시다!"

장관은 이 말과 함께 주위를 두리번거렸다. 장 지호 선생은 정신이 하나도 없어 밖으로 뛰쳐나가고 싶었다. 온갖 색의 조명으로 빙글빙글 돌아가는 미러볼도 정신이 사나웠지만 무엇보다 고막이 짖어질 듯 시끄러운 음악소리에 얼이 빠지는 것 같았다. 반나의 여가수가 희한한 몸동작으로 부르는 노래에 이어 팔등신의 미끈한 외국 무희들이 줄을 짓고 서서 빠른 템포에 맞춰 다리를 머리 위까지 번쩍번쩍 들어 올리며 추는 캉캉춤은 뒤뚱거리는 오리걸음과 함께 우레 같은 박수를 받았다. 그러나 홀은 곧 찬물을 끼얹은 듯 조용해졌다. 무대가 선정적인 핑크빛으로 변하더니 한 무용수가 음악에 맞춰 옷을 하나하나 벗는 스트립쇼가 벌어지고 있었기 때문이다. 여인은 요나한 몸짓을 하며 옷을 한꺼풀 한꺼풀 벗어던지더니 마침내 실오라기 하나 걸치지 않은 전라가 됐다. 숨을 죽인 채 이를 바라보던 관중들은 휘파람을 불고

꽥꽥 괴성을 지르며 난리 법석을 떨었다.

장 지호 선생은 못 볼 것을 봤을 때처럼 눈을 질끈 감았다. 아무리 세상이 결딴나 요계지세澆季之世가 됐기로서니 어찌 여자가 뭇사람 앞에 발가벗고 저럴 수 있단 말인가. 특급 호텔의 밤무대니 반나의 여인이 춤추고 노래하는 것 까지는 이해하겠는데 머리에서 발끝까지 실오라기 하나 걸치지 않은 알몸뚱이 여자가 흔들어대는 요나한 몸짓은 도저히 이해할 수 없었다. 그래 장 지호 선생은 막간을 이용해 장관한테 어디 조용한 데 가서 술 한 잔 하자 했다. 그러나 장관이

"그게 좋으시겠습니까? 그럼 그렇게 하시죠 뭐."

하더니 자리에서 벌떡 일어났다. 장 지호 선생은 장관을 따라 밖으로 나왔다. 밖으로 나오니 숨통이 틔어 살 것 같았다.

"자 타시지요. 선생님!"

차안에 있던 운전기사가 텅그러지듯 뛰쳐나와 차의 문을 열자 장관이 말했다. 장관이 운전기사의 귀에 대고 뭐라고 말하자 기사가

"예 장관님! 예 장관님!"

하며 고개를 조아렸다. 그러자 차는 곧 호텔을 빠져나와 미끄러지듯 거리의 잡답 속으로 들어갔다.

"아이구 장관님. 예고도 없이 갑자기 어인 행차셔요 그래!"

차가 아까 한식집처럼 또 으리으리한 한옥 앞에 멎자 잠자리 날개 같은 옷을 입은 사십대 초반의 여인이 함박꽃 같

은 웃음을 웃으며 장관을 맞았다.

"갑자기 마담이 보고 싶어 왔지. 이렇게 예고 없이 와야 반가운 법 아닌가."

장관이 너스레를 건네고 장 지호 선생을 소개했다.

"마담, 내가 존경하는 소설가 장 지호 선생님이셔. 특별히 모시고 온 선생님이니 각별히 모셔야 해. 알았지?"

"아이구 장관님. 어느 분의 영이신데 소홀하겠습니까. 지극 정성을 다하겠습니다."

마담이 장 지호 선생한테 공손히 허리를 꺾으며

"어서 오십시오 선생님! 소설가 선생님을 뵙게 돼 영광입니다. 그리고 반갑습니다."

했다. 그러나 장 지호 선생은 하나도 반갑지 않았다. 반갑기는커녕 되레 잘못왔구나 싶어 아까 한식집에서 돌아가지 못한 게 한스러웠다. 그러나 이제는 절에 간 색시였다.

"이시 드시죠 선생님!"

마담이 앞서 걸으며 연신 허리를 굽혔다. 장 지호 선생은 장관이 좋기는 좋구나 했다. 이렇듯 깍듯한 모심이 다 장관 덕이지 싶자 장관이 새삼 대단해 보였다.

구중심처에 들 듯 몇 개의 대문을 지나 안내된 방은 후원 별당처럼 한녘진 조용한 방이었다. 방은 출입문 구석으로 매화 그림의 가리개가 세워져 있고 아랫목인 듯한 곳에 팔폭 산수화 병풍이 처져있었다. 그리고 방 위쪽으로 짐작되

는 벽에는 구름을 갈고 달을 낚는다는 경운조월耕雲釣月의 글
씨가 횡액에 담겨 걸려 있고 출입문에서 맞바라보이는 벽에
는 월무족이보천月無足而步天 풍무수이요수風無手而搖樹라는 멋
진 명구의 글씨가 수액으로 걸려 있었다.

"달은 발이 없어도 하늘을 걷고, 바람은 손이 없어도 나
무를 흔든다? 거참 멋진 말이군!"

장 지호 선생은 혼잣소리로 말하며 수액을 올려다봤다.
글씨 쓴 이의 아호를 보니 우하又下로 돼 있어 한참을 입속말
로 우하 우하 했다. 우하가 누구인지는 몰라도 명구를 골라
쓴 품이 꽤 멋을 알고 풍류를 아는 것에 틀림없었다.

"자, 선생님, 여기서는 이제 파격이 되셔야 합니다. 그러
니 윗도리 벗으시고 마음 편히 가지세요."

장관의 말이 끝나기 무섭게 월궁항아月宮姮娥 같은 아가씨
두 사람이 들어오더니 장관과 장 지호 선생의 윗도리를 벗
겨 옷걸이에 걸었다.

"선생님! 지금부터 무릉도원에서 술 한 잔 하시지요. 여기
서는 누구라도 인간 본연의 모습으로 한 치의 위선이나 가식
이 있어선 안 됩니다. 그러니까 원초적 본능만 있습니다!"

장관은 고기가 물을 만난 듯 생기가 돌았다. 장 지호 선생
은 왠지 이런 장관이 불쌍하고 가련해 자닝스레 느껴졌다.
방안 공기는 점점 요상하게 흘러 뭔가 심상찮은 일이 생길
조짐을 보이고 있었다.

장 지호 선생은 저녁 식사가 끝난 후 곧바로 헤어지지 못
한 게 후회됐다. 초청을 받고 장관실을 들어설 때만 해도 장
지호 선생은 어디 조촐한 식당에서 두부찌개나 녹두부침개
를 안주삼아 소줏잔을 기울이며 '겨레여 혼이여'에 대한 이
야기를 진지하게 나눌 생각이었다. 그런데 장관은 이런 장
지호 선생의 생각과는 딴판으로 초호화 최고급 한식집에서
상감마마 수라상이 울고 갈 진수성찬으로 저녁 식사를 대접
하고 이상야릇한 호텔 밤무대서 요분질 하듯 요나한 몸짓의
발가벗은 계집의 알몸을 보여주더니 끝내는 요상하기 짝이
없는 희한한 요정으로 데려와 장 지호 선생을 육니忸怩케 했
다. 그러나 아직은 뭐라 속단할 단계가 아니어서 얌전히 지
켜볼 수밖에 없었다. 왜냐하면 지금으로서는 이상한 징후만
보일 뿐 이렇다 할 거조가 없기 때문이었다. 한데도 장 지호
선생은 뭔가 곧 망측한 일이 벌어질 것 같은 예감이 들어 기
분이 언짢았다.

장 지호 선생은 문득 치솜의 법칙과 파이나글의 법칙을
떠올렸다. 잘못될 가능성이 있는 일은 언젠가는 잘못되고야
만다는 치솜의 법칙과 나쁜 결과가 일어날 수 있는 일은 틀
림없이 일어나고야 만다는 파이나글의 법칙 말이다.

시간이 얼마나 흘렀을까.

아마 담배 두어 대 태울 시간은 흘렀으리라. 방안의 불이
밝은 색에서 분홍색으로 바뀌고 술상과 함께 유두와 국부만

간신히 가린 늘씬한 아가씨 두 사람이 들어와 장관과 장 지호 선생 앞에 옴살처럼 붙어 앉고부터 흉측한 일은 벌어지기 시작했다. 두 아가씨가 장관과 장 지호 선생한테 술을 권하며 조조간질래비 같은 간롱으로 든장질 할 때 이미 망측함은 예고됐던 것이다.

이렇게 얼마 동안 술을 마셨을까. 좋이 한 시간은 됐지 싶자 장관이 갑자기 누구에게랄 것 없이

"계곡주! 계곡주!"

했다. 그런 장관은 벌써 혀꼬부라진 소리였다. 장 지호 선생보다 술이 약한지 같은 양의 술을 마셨는데도 해롱거렸다.

"예, 알겠습니다. 즉각 대령하겠습니다 예!"

누군가가 대답하더니 웬 여인 두 사람이 들어와 술상과 아가씨들을 번개같이 물렸다. 하는 솜씨로 봐 장관이나 요정이나 난든집이었다.

장 지호 선생은 생각할수록 후회스러웠다. 이럴 줄 알았으면 장관이 아니라 장관 할애비가 초청한다 해도 응하지 않았을 것이다.

하지만 어찌 알 것인가. 적어도 한나라의 장관이요 또 초청하는 자세가 그토록 깍듯하고 곡진했으니⋯⋯

장 지호 선생은 진퇴유곡이었다. 이대로 받자하자니 무슨 일이 생길지 모르겠고 오달지게 뿌리치고 가자하니 사람의 도리가 아니다 싶었다. 장 지호 선생은 담배를 태워 물고 무

연히 천장을 올려다봤다. 이때 침대 같기도 하고 술상 같기도 한 화려한 침상 하나가 미끄러지듯 스르르 들어오더니 방 한가운데 놓여졌다. 침상에는 목화처럼 보드라워 보이는 흰 보료가 구름처럼 깔려있었다.

"얼른 얼른 들여보내. 젤 예쁜 아이로 말이야. 미쓰 최보다 더 예쁜 아이로 말이야!"

장관이 눈을 게슴츠레 뜨며 말했다.

"예, 알겠습니다, 나리. 이제 눈 감으십시오. 나리!"

언제 들어왔는지 마담이 장관에게 말하고 장 지호 선생한테도

"선생님 잠깐만 눈을 감았다 뜨시지요. 한 삼십 초만이요!"

했다. 그러더니 방에 불이 꺼져 캄캄한 먹빛이 됐다. 이럴 때는 마담이 장관을 나리라 부르는 모양이었다. 장 지호 선생은 도대체 무슨 일이 벌어지는지 한 번 보자 싶어 눈을 감았다.

"자, 이제 눈을 뜨셔도 되십니다. 그럼 두 분 즐거운 시간 보내세요?"

마담이 방에 분홍색 불을 켜고 밖으로 나가며 말했다.

"아니 이럴 수가?!"

장 지호 선생은 깜짝 놀랐다. 놀라지 않을 수가 없었다. 큰 술상 같기도 하고 침대 같기도 한 침상 위에 웬 알몸의 분홍색 여인 하나가 반듯이 누워 있었기 때문이었다.

"야, 고년 참 예쁘다. 선생님! 이제 술을 제대로 한 번 마셔야지요. 요 계집이 안주올시다. 술은 이렇게 따라 마시는 거지요"

장관이 술상의 술병을 높이 들어 여인의 젖무덤 사이로 내리부었다. 술은 물마가 난 시위처럼 벌창이 돼 배꼽 밑 음부로 흘러내렸다.

"자, 선생님부터 먼저 한 잔 하시지요. 천하 일미 계곡줍니다!"

장관이 혀 꼬부라진 소리로 말하더니

"선생님 이런 계곡주 첨이십니까? 그럼 제가 시범을 보여드리겠습니다. 자, 보십시오. 이렇게 먹는 겁니다!"

장관이 딸꾹질을 몇 번 하더니 여름 개처럼 혀를 길게 빼물고 여인의 음부에 코를 박았다. 그런 다음 개가 물먹듯 깔짝깔짝 빨아먹기 시작했다.

아니 이런 천하에!

장 지호 선생은 불덩이 같은 무엇이 명치를 치받고 올라왔다.

"선생님! 저처럼 한 번 해보시지요. 세상에 이 계곡주보다 더 맛있는 술은 없습니다. 그리고 누구보다도 소설 쓰시는 선생님은 이런 경험을 하셔야 합니다. 그래야 살아 있는 글을 쓸 수 있습니다."

장관은 이러며 여인의 젖꼭지를 물고 배꼽을 빨고 음부를 핥고 하느라 정신이 없었다.

장 지호 선생은 더는 참을 수가 없어

"이보세요 장관님!"

하고 손바닥으로 힘껏 방바닥을 내리쳤다.

"예? 왜, 그러시지요 선생님?"

장관이 어눌한 소리로 말하며 눈을 홉떴다. 눈은 초점이
풀려 힘담이 없었다.

"그만 일어나십니다. 아니 나 먼저 가겠소!"

장 지호 선생이 버럭 소리치며 여인이 누워 있는 침상을
내리쳤다. 사품에 여인이 화들짝 놀라 일어났다.

"아니 왜요 선생님. 이제 한창 물이 오르는데 가시다니
요. 우리 선생님 이제 보니 술이 덜 취하셨구나. 야 임마, 우
리 선생님 술 좀 취하게 해드려!"

장관이 쪼그려 앉은 채 불난 산의 토끼처럼 놀라 눈을 호
동그랗게 뜨고 있는 여인에게 말했다.

"이보시오 장관!"

장 지호 선생이 벽력같이 소리쳤다.

"당신이, 당신 같은 사람이 이 나라의 장관이요?"

장 지호 선생은 마침내 분기가 탱천했다.

"무, 무슨 말씀입니까 선생님!"

장관이 시르죽은 소리로 말하며 장 지호 선생을 쳐다봤다.

"그 선생님 소리 그만 하시오. 당신 같은 사람한테 선생

님 소리 듣기 싫소!"

장 지호 선생은 두 주먹을 부르쥔 채 말을 이었다.

"자알 들으시오. 내가 지금부터 하는 말은 대한민국의 일등 국민자격으로 하는 말이오. 그러므로 내 말은 국민의 지상명령至上命令이자 정언적명법定言的命法이오. 그리고 당신 같은 시위소찬尸位素餐을 알토란 같은 혈세로 먹여 살리는 주인 자격으로 하는 경고요.

이보시오 장관!

당신 돈이라면, 당신 돈 같다면 최고급 한식집에서 용의 간 보다 더 비싼 저녁을 먹을 수 있고, 최고급 호텔 밤무대 로열석에 앉아 스트립쇼를 구경할 수 있겠소? 그리고 최고급 요정에서 여자 음부에 술부어 마시며 돈을 물 쓰듯 흥청망청 쓸 수 있겠소? 아니 당신이 장관이니까 식당과 호텔과 요정이 돈을 받기는 고사하고 오히려 당신이 와 준 것만 영광으로 생각해 고맙고 황송하게 여길지도 모르겠소. 만일 그렇다면 당신은 민폐가 이만 저만 아닌 탐관오리요. 시경詩經에 이르기를 탐관오리 망국지상貪官汚吏 亡國之象이라 했소. 탐관오리는 망국의 상징이란 뜻이요. 한국판 민약론民約論이라 할 수 있는 다산茶山의 목민심서牧民心書에는 민위토위전民以土爲田 이이민위전吏以民爲田이란 말이 있소. 이는 백성들은 토지를 밭으로 삼는데 이속吏屬들은 백성을 밭으로 삼는다는 애기요. 그런가하면 목민심서는 또 이속들은 백성의 살

갖을 벗기고 골수를 빠개내는 것을 밭갈이로 여기며 머리수를 세어 훑어내는 것을 가을걷이 추수로 여기는 것이 습성처럼 돼 있다고도 했소. 내 과문한 탓으로 잘은 모르겠소만 이런 아방궁 같은 고급 요정에서 월궁항아 저리 가라로 예쁜 미인을 알몸으로 눕혀놓고 음부에 술부어 빨아 먹는 값은 웬만한 월급쟁이 너댓달 월급은 가져야 하고 막일하는 날품팔이 노동자는 일 년을 째가 빠지게 벌어도 안 될 돈일지도 모르오. 그래, 이런 큰돈을 장관 자리에 앉아 펑펑 써대며 나라 망치는데 일조하는 당신을 나는 경멸하지 않을 수 없소. 나는 처음 당신의 비서실장인 내 생질을 통해 당신이 내 글을 읽고 초청하려 한다는 소리를 듣고 깜짝 놀랐소. 세상에 이런 장관이 다 있다니. 장관이 소설을 읽고 감명 받아 그 소설을 쓴 작가를 초청하겠다니. 나는 장관이 소설을 읽은 것만도 대단한데 항차나 그 작가까지 초청하려 한다는 소리에 큰 감명을 받았소. 아. 우리 대한민국에도 이런 장관이 있구나! 아, 우리 대한민국 장관도 소설을 읽는구나! 나는 뛸 듯이 기뻐 얼른 당신을 만나고 싶었소. 만나서 파전이나 두부찌개를 안주해서 소주마시며 추야장 긴긴밤을 이야기로 꽃피우고 싶었소. 그런데 당신은 내 의사는 한 마디도 묻지 않고 당신 멋대로 최고급 식당과 최고급 호텔과 최고급 요정만 찾았소. 물론 이는 장관이라는 체면 때문에 그럴 수도 있고 또 나를 극진히 대접하려는 충정에서 그런다는 걸 모르는 바는 아니오. 그러나 내 의사를 한 번 쯤은 물어 봐야 하는 것 아니오? 다 좋소. 하지만 발가벗고 요나하게 춤추는 호텔이나 발가벗은 여자 음부에 술 부어 마시는 금수 같은 짓거리는 우선 도덕적으로 용납할 수 없는 일이요. 더욱이 당신은 이 나라 최고의 고관대작이 아니오. 그러니 높은 신분에 따르는 도의상의 의무라는 노블레스 오블리주를 잘 알 것 아니오. 내가 오늘 당신을 만난 것은 일생일대의 치욕이자 수욕이요. 아니 굴욕이고 모욕이요. 그래 나는 오늘 국민의 이름으로 당신한테 침을 뱉겠소!"

장 지호 선생은 분연히 일어나 장관을 향해 침을 뱉었다. 그리고 곁에 있던 술상을 들어 올려 장관의 면상에 뒤집어 씌웠다. 그런 다음 화장걸음으로 궁궐 같은 요정을 나와 보무당당 걸었다. 그러며 소리쳤다.

"이단異端의 성城이다. 이단의 성!"

이때 소슬한 바람 한 자락이 장 지호 선생의 얼굴을 스치고 지나갔다. 아주 시원한 가을바람이었다.

그리운 님

    이 글은 월남 이 상재에 대한 글로, 월남이 탁월한 정치가요 훌륭한 종교가여서 쓰려는 게 아니다. 그리고 월남이 우부승지와, 전환국 위원과, 학무아문 참의와, 학부 참사관과, 법무 참사관과, 외국어학교장과 내각총서 등의 화려한 직함을 가져서 쓰려는 것도 아니다. 그러므로 이 글은 당연히 중추원 일등의관, 의정부 총무국장, 독립협회 부회장, 만민공동회 사회, 조선 교육협의회장, 소년 연합 척후대(보이스카웃) 총재, 조선일보사 사장, 신간회 회장 등등 많은 직함과도 전혀 무관하다.

    사실 월남의 일대기를 소설로 쓰려면 줄잡아도 온전히 서너 권 분량은 써야한다. 이럼에도 간단하게 월남의 편린들을 단편으로 쓰려함은 월남이 위엄과 풍자와 해학과 촌철살인이 하도 절등해 을사오적의 매국노와 그 추종자들을 꼼짝 못하게 만들었으므로 그 행적과 일화 몇 토막을 쓰려함인 것이다.

추모가追慕歌

1, 어질고 굳세신 기상
조찰고 깨끗한 정기
부귀도 임의 마음
흔들지 못했고
총칼도 임의 뜻을
빼앗지 못했네
한평생 성애스런 가시덤불 속
나라와 운명을 같이한 당신
오직 당신만이
높고 높은 태산의 준령이셨네
오오 당신은 이 겨레의 아버지
대한의 성웅이셨네

2, 해지고 어두운 거리
우리들 청년의 갈 길
험악도 하였어라
모두 다 헤맸네
이 중에 선생은 우리들의 등불
나라의 청년들 의지하던 곳
오직 당신만이
높고 높은 태산의 준령이셨네

오오 당신은
이 겨레의 아버지
대한의 성웅이셨네.

월탄 박 종화月灘 朴鍾和

1

때는 고종 24년인 1887년. 죽천 박정양竹泉 朴定陽이 초대 주미 공사에 임명되고 월남 이상재月南 李商在가 일등 서기관 겸 참사관으로 임명돼 임지 워싱턴으로 부임해갔다. 일행은 붕정만리 워싱턴에 닿자마자 곧 구경거리가 돼 미국인들의 발길을 멈추게 했다. 그때만 해도 호랑이 담배 피우던 고릿적이어서 일행은 양복을 입을 줄 몰랐고 설령 안다고 쳐도 예의지국 조선 선비가 어찌 본데없이 막된 양이洋夷들이 입는 양복을 입을까보냐 싶어 상투 머리에 사모관대紗帽冠帶 차림을 했다. 이 희한하기 짝이 없는 복장을 본 미국인들은 동양의 조선이란 나라에서 온 사신들을 마치 무슨 외계인 보듯 신기한 눈으로 바라봤다. 더욱이 아이들은 호기심에 차 조선 사신들 뒤를 졸졸 따라다니며 '헤이, 만스터. 헤이, 만스터(야아, 괴물 야아, 괴물)'했고 어떤 아이들은 '헤이, 푸울 헤이, 푸울(야아, 바보 야아, 바보)'하며 놀려댔다. 그런가 하면 또 주먹만한 돌멩이를 풀풀 던지며 혀를 날름 내밀어 야유하는 아이들도 있었다. 도대체 이 희한하기 짝이 없는 복장이 사람이 입는 복장인지 괴물이나 바보들이 입는 복장인지 알수가 없었던 것이다. 월남은 이런 아이들을 돌아보고 싱긋웃으며 아이들 삼신머리는 아흔 아홉 골을 가도 똑같다더니 아이들 마음은 동서양이 다르지 않구나 했다. 만일 우리 조선 아이들이 양복에 실크해트를 쓰고 시계 차고 구두 신은 양인들을 보면 얼마나 희한하고 신기하겠는가. 여기에 또 번개같이 빠른 자동차를 타고 씽씽 달리는 것을 보면 신기하고 희한해서 입이 딱 벌어질 것이다. 하기야 황제인 고종도 어전에 전화기가 놓이자 이게 도무지 희한한 조화 속이라 했고 사진기로 사진을 찍어 얼굴이 나오자 귀신놀음도 이런 귀신놀음이 없다 했으니 더 말해 무엇하겠는가.

외국 사신들을 놀려대고 야유하며 무례하게 돌팔매질을 했다하여 미국 경찰은 아이들을 경찰서로 연행해갔다. 국빈 대접을 해야 할 외교관에게 무례를 범했으니 아무리 철모르는 아이들이라 해도 청교도정신의 그레이트 아메리카로서는 용서할 수 없다 했다. 이 소식을 전해들은 월남은 역관을 대동하고 급거 경찰서를 방문했다. 아이들의 호기심이라는 것은 어디를 가나 비슷하고 그런 만큼 지각 또한 없는 법이어서 희한한 복장을 한 우리 동양인을 놀려대는 것은 지극히 당연해 오히려 아이들다운 일이니 선처해달라 간청했다. 이에 미국 경찰은 월남의 대인답고 도량 넓은 금도에 경복,

아이들을 훈방 조치했다. 이 일이 있자 미국 조야는 물론 각 신문들은 일제히 한국(조선)공사 일행의 덕망을 대서특필해 외교관으로 자리에 앉기도 전에 벌써 외교 제일보의 업적을 떨쳤다.

이러고 며칠 후의 밤.

미국 정부는 조선국 외교 사절의 신임장을 증정받자 곧 환영 만찬회를 베풀었다. 이날 미국 측 대표들은 검은 색 정장에 실크해트를 썼고 더러는 보타이에 연미복 차림이었다. 한데도 조선 측은 하나 같이 상투머리에 근엄한 사모관대 차림으로 리셉션장에 나갔다. 양 측은 환영사와 답사를 주고받고 샴페인을 터뜨리고 케이크를 자르는 등 공식적인 의식을 마친 다음 만찬으로 들어갔다. 그런데 문제가 생겼다. 만찬장에 나온 음식이 조선에서는 도대체 보도 듣도 못한 것들이었기 때문이다.

이걸 어썬다?

월남은 같잖았다. 식탁 위에 놓인 음식은 희한하기 짝이 없어 쟁반에 고기와 야채가 담겨 있고 접시에는 죽 같은 것 (수프)이 담겨 있었는데 그 곁에 조선 숟가락(스푼)과 비슷한 물건이 쇠스랑(포크)처럼 생긴 물건과 함께 놓여 있었다. 그리고 그 곁에 또 칼(나이프)이 놓여 있었다.

아하, 이 자들이 오랑캐는 오랑캐로구나. 칼과 쇠스랑 같은 물건으로 음식을 먹으려드는 것을 보니. 그나저나 이 자들이 예의지국 우리 조선 사신을 내미손해 막서리 취급하는 건 아닌가. 그렇지 않고서야 국빈에게 어찌 이리 음식 예절이 무례하단 말인가.

월남은 이 나라 음식 먹는 풍습이 본시 이런가보다 하고 자신의 견문 없는 요동시遼東豕를 탄하고 역관을 불러 큰 대접 하나를 가져다 달라했다. 역관이 영문을 모른 채 웨이터를 통해 대접을 가져오게 하자 월남은 볼 것 없이 음식을 대접에다 쏟아붓고는 고추장처럼 생긴 케첩을 한 숟가락(스푼) 떠서 열무김치에 보리밥 비비듯 썩썩 비벼 퍼먹기 시작했다. 이 광경을 흥미롭게 지켜보던 미국 관료들은 눈이 휘둥그레지며 원더풀을 연발했다. 어떤 이는 '어, 그레이트 맨. 어, 그레이트 맨(큰 그릇(大器)이다 큰 그릇)'을 소리 높여 외쳤고 어떤 이는 또 '필라 오브 더 스테이트(나라의 큰 기둥. 동량지제)'라며 기립 박수를 치기도 했다. 월남은 그냥 무심코 한 짓인데 미국 측에서는 이를 놀라운 눈으로 지켜봐 뜻밖의 반응을 일으킨 것이다. 그러나 사실 또 월남이 아니고는 언감생심 꿈도 못 꿀 일이었다. 아니다. 남의 것(서양의 것)은 좋아하고 자랑스럽게 생각하면서 자기 것(우리 것)은 우습고 시시하게 생각하는 요즘의 한심한 모모제인들 같다면 어떻게 했을까. 모르긴 해도 십중팔구는 원숭이처럼 미국 사람들 하는 대로 흉내 내며 따라했을 것이다

2

이렇듯 기상천외한 기행奇行 일화를 남긴 월남은 해학과 풍자는 물론 기지와 촌철살인에도 뛰어나 이완용, 이근택, 이지용, 권중현, 박재순 등의 을사오적乙巳五賊 매국노賣國奴를 꼼짝 못하게 했다. 월남 앞에서는 이들이 오금을 못 폈기 때문이다. 월남의 일거수일투족에 지레 겁을 집어 먹고 주눅이 들어서였다. 그랬으므로 을사오적의 국적國賊들은 말할 나위도 없고 일본에 빌붙어 아유구용 하거나 명철보신해 명리를 얻고자하는 상분지도들은 월남만 나타나면 꼴사나운 포두서찬으로 혼비백산하기 일쑤였다. 때문에 이 자들은 되도록 월남을 피해 만나지 않으려 했고 만난다 해도 무슨 핑계를 대서든 자리를 떠나려했다. 만부득 자리를 함께한다 해도 가시방석에 앉은 듯 좌불안석한 채 똥마려운 강아지 꼴로 몸을 배배꼬았다. 이런 월남은 그러나 아무 때나 그리고 아무 데서나 촌철살인을 구사하는 건 아니었다. 때와 장소를 봐가며 혼내줘야겠다고 생각될 때만 구사했다.

그 날은 마침 조선 미술 협회라는 게 창립돼 발대식이 있는 날이었다. 시대가 통감부統監府시대라 식장에는 통감 이토 히로부미伊藤博文를 비롯해 일본 관헌들이 많이 모였고 이완용, 송병준 등 매국 도당들도 참석했다. 월남도 당연히 이 자리에 참석했다. 월남은 이 자들을 도끼눈으로 꼬나봤다.

이 자들을 골탕 먹일 절호의 기회다 싶어서였다. 이들은 공교롭게도 월남 바로 맞은편 자리에 앉아 있었다. 눈치 빠른 이들은 월남의 입에서 무슨 말이 나올지 몰라 전전긍긍했다. 이때를 놓치지 않고 월남이

"거, 대감들은 일본으로 이사를 가시지요?"

했다. 이에 가슴이 뜨끔해진 이 완용이 태연을 가장한 채 점잖은 목소리로

"아니 영감, 그게 대저 무슨 말씀이오까? 우리 보고 일본으로 이사를 가라니요?"

하고 월남의 말이 무슨 뜻인지 모르겠다는 듯 내전보살했다.

"내 말이 무슨 말인지 정녕 모르겠소이까? 허허, 이제 보니 대감께선 말귀가 어두우시구만. 그럼 가르쳐드려야지요."

월남은 주위를 천천히 한 번 돌아보고는 큰 소리로

"아, 대감들은 나라 망치는 천재들이시니 일본으로 이사를 가면 일본이 또 망할 게 아니오이까. 그러니 어서 일본으로 이사를 가세요!"

하고 마치 무슨 주문이라도 내려읽듯 소리쳤다. 그러자 이완용과 송병준의 얼굴이 사색이 된 채 새파랗게 지질렸고 통감 이토 히로부미를 비롯한 일본 관헌들은 눈이 휘둥그레져 자리에서 벌떡 일어났다. 이때 월남은 연민 어린 눈길로 국적들을 바라보며

"과시 주구웅견이로고! 오, 불쌍토다. 우수마발만도 못한

위인들이여. 매국노 될 자격이 충분하구나!"

이러고는 하늘을 쳐다보며 가가대소했다.

3

이와 같은 일화는 진작에도 있었다.

1905년.

외부대신 박 제순 학부대신 이 완용 등 이른바 을사오적들이 일본과 전대미문의 을사조약을 체결, 일본이 한국(조선)의 외교권을 빼앗으려하자 민영환이 통분 자결했다. 민영환은 을사조약의 부당함을 결사반대하고 조 병세 이하 백관百官을 인솔하고 궁궐에 나가 반대했으나 일본 헌병들의 강제 해산으로 실패, 대세가 이미 기울어짐을 알고 국민과 각국 공사에게 고하는 유서를 남기고 자결했나. 비분강개로 분사한 의분의 자결이었다.

민영환이 누구던가? 참정대신, 탁지부대신, 원수부 회계국 총장元帥府會計局總長, 장례원경掌禮院卿, 표훈원表勳院 총재, 헌병사령관 등에 임명돼 훈일등 태극장勳一等太極章을 받고 이어 내무 학부 대신을 지낸 뒤 대훈大勳과 이화장李花章을 받은 이가 아닌가. 그러다 친일의 각료들과 대립, 일본의 내정 간섭을 맹렬히 성토한 게 빌미가 돼 시종무관장侍從武官長의 한직으로 밀려난 당대 제일의 충절지사가 아니던가.

이런 민영환이 의분 자결하자 세상은 물 끓듯 끓어 팔도 여기저기서 나라 망한 맥수지탄을 한탄하고 자결하는 이가 속출했다. 계정桂庭 민영환閔泳煥을 필두로 산재山齋 조병세趙秉世, 호운湖雲 홍만식洪萬植 등이 그들이었다. 그리고 '나라로 하여금 자주의 권리를 회복하고 백성이 종자를 바꾸는 화를 면해야 된다使國復自主之權 民免易種之禍'면서 의병을 모집, 왜구와 싸우다 체포돼 쓰시마도對馬島에서 아사 순국한 면암勉庵 최익현崔益鉉이며, '내 나라는 한국뿐이요 내 민족도 한국뿐이다吾土韓國也 吾族韓族也'라고 외친 의암毅庵 유인석柳麟錫의 사상적 배경과 함께 '인간으로 태어나 식자인(선비) 노릇하기 힘들다難作人間識字人'는 절명사를 남기고 망국의 한을 자결로 마친 매천梅泉 황 현黃玹도 다 망국의 을사조약이 부른 자결이었다.

충정공 민영환이 의분 자결한 일 년 후, 전동典洞 민영환의 저택 뜰에는 희한한 일이 벌어졌다. 민영환이 자결한 그 자리에 혈죽血竹이 돋아 세인들을 놀라게 한다는 게 그것이었다. 사람들은 이 혈죽이 민충정공이 흘린 충의의 피가 혈죽으로 변했다며 화제가 분분했다. 그리고 이는 필시 하늘이 감동해 혈죽이 나게 했을 것이라 입을 모았다. 이런 소문이 꼬리에 꼬리를 물자 전동 민영환의 저택에는 날마다 구경꾼들이 백차일 치듯 모여들었다.

이러던 어느 날이었다.

이날 궁중에는 을사오적들이 한데 모여 민충정공의 혈죽

이야기를 화제로 삼고 있었다. 이 완용이

"거, 듣자하니 민영환이 죽은 자리에 혈죽이 났다는데, 우리들이 죽으면 무엇이 날꼬?"

했다. 마침 곁에 있던 의정부 참찬參贊 월남이 들었다 봤다하고

"대감들이 죽으면 신이화辛夷花가 나겠지요. 이 방에 신이화가 이리도 많이 만발했으니 아마 여러 송이가 필 것이외다!"

월남은 어디 한 번 들어보라며 큰 소리로 외쳤다.

"예?"

이 완용 등 국적들이 화들짝 놀라며 벌레 씹은 얼굴을 했다. 그도 그럴 것이 신이화란 '개나리'를 달리 부르는 이름이므로 신이화가 만발했다함은 개 같은 나리들이 많이 모였다는 뜻이었다.

"어흠!"

"으, 음"

국적들은 흙빛이 된 얼굴로 헛기침을 하며 자리를 일어났다. 월남은 이들의 등에다 대고 다시 일침을 가했다.

"대감들! 아직 모르고들 계셨소이까? 본시 의인이 순사殉死 연세捐世하시면 혈죽이 돋고, 비인非人 적도賊徒가 누사陋死하면 신이화가 핀다는 것을요."

월남은 껄껄 웃으며 천천히 몸을 일으켰다.

이런 월남은 풍자의 연속이어서 어느 한날 주구 대신들이

혼나지 않은 날이 없었다.

한 번은 이런 일도 있었다. 운양雲養 김윤식金允植의 장례 때였다. 김윤식이 죽자 박 영효朴泳孝 등이 중심이 돼 김윤식을 사회장으로 치르자했다. 이에 각 사회단체에서는 나라 망친 대신을 사회장으로 장례를 치른다함은 불가한 일이라며 반대가 빗발쳤다. 김윤식은 김홍집金弘集 내각 때 외무대신을 지낸 사람으로 민비 시해의 음모를 사전에 알면서도 방관했다는 죄로 탄핵을 받아 제주도로 종신 유배형에 처해 졌다가 얼마 후 지도智島로 이배移配, 1907년 특사로 풀려났다. 그런 다음 황실제도국 총재皇室制度局總裁, 중추원 의장中樞院議長 등 요직을 거쳐 1910년 대제학에 발탁됐다. 그리고 합방 후에는 일본정부로부터 중추원 부의장 자작子爵과 은사금 5만원(그 때 돈으로)을 받았고 이어 경학원經學院 대제학을 지낸바 있었다. 그런데 이런 김윤식에게 사회장으로 장례를 치르겠다니 반대가 맹렬할 수밖에 없었다. 뿐만이 아니었다. 장의 본부에는 매일같이 백성들의 투서가 날아왔고 그 투서에는 장의 위원들을 향해 '개 같은 놈들'이라며 노골적으로 분개해 욕을 해대기도 했다. 사태가 이럼에도 월남은 태연히

"그래도 대접을 했군!"

하며 냉소적인 웃음을 머금었다, 사람들이 의아해

"아니 그게 무슨 말씀이십니까? 개라고 한 것이 대접을

했다니요?”

하고 반문하자 월남은 숨을 한 번 크게 들이마시고는

“그래도 ‘개’는 주인을 알거든!”

했다. 이는 말할 나위도 없이 망국 대신亡國大臣들을 빗대어 개만도 못하다는 말이었다.

그제서야 사람들은

“아, 예.”

“딴은 그렇군요!”

하면서 고개를 끄덕였다. 이에 월남이 재빨리 덧붙였다.

“우리가 흔히 개 개 하며 인간 이하의 짓거리를 하는 위인들을 개에 비유하는데 이는 크게 잘못된 말이오. 왜 그런지 아시오?

“……”

“……”

“개한테는 우리 인간도 잘 못 지키는 오륜五倫이 있기 때문이오. 인간은 만물의 영장이라 뽐내며 삼강오륜을 들먹이면서도 이를 잘 실천 못하지만 개는 말도 못하는 미물 짐승이지만 오륜을 잘 지켜 우리 인간이 배워야 할 게 너무나 많소. 한 번 들어보시겠소?”

월남은 몇 번의 기침으로 목청을 가다듬고는 말을 이었다.

“첫째 개는 새끼가 애비의 털빛을 닮으니 이는 부색자색父色子色의 부자유친父子有親이요, 둘째 개는 주인한테 덤비지 않으니 이는 불범기주不犯其主의 군신유의君臣有義요, 셋째 개는 때가 아니면 절대 어울리지 않으니 이는 유시유정有時有情의 부부유별夫婦有別이며, 넷째 개는 작은 개가 큰 개한테 덤비지 않으니 이는 불범기장不犯其長의 장유유서長幼有序며, 다섯째 개는 한 마리가 짖으면 온 동네 개가 다 짖으니 이는 일폐군폐一吠群吠의 붕우유신朋友有信이요. 자, 어떠시오. 이래도 우리가 개 개 하고 개를 욕하겠소?"

사람들은 숙연히 고개를 떨구었다. 월남의 말이 하나도 틀리지 않아서였다. 아니 사람으로 개한테 배울 바가 하도 많고 또 인간이라는 게 너무 부끄러워서였다. 그런데 이때 까마귀 몇 마리가 머리 위로 날아가며 '까악까악' 울어댔다. 그러자 사람들이 까마귀를 쳐다보며

"에이, 저 망할 놈의 흉한 까마귀는 왜 하필 이럴 때 울고 야단이여."

"누가 아니래. 저승사자처럼 시커매가지고 재수 없게 울고 발광이여."

하며 공중에다 대고 침을 퉤퉤 뱉았다. 이를 물끄러미 바라보고 있던 월남이 정색을 하고 입을 열었다.

"무슨 소리들이요. 저 망할 놈의 흉한 까마귀라니. 저승사사처럼 시커매가지고 재수 없게 울고 발광이라니."

월남은 방금 말한 두 사람을 뚫어지게 쏘아보며 말을 이었다.

"잘들 들으시오. 우리 인간은 저 까마귀한테 배워야 하오. 그리고 절해야 하오. 왜 그런 줄 아시오? 인간들이 흉하다 침 뱉는 저 까마귀는 실상 부모에게 효도하는 효조孝鳥이기 때문이오. 이를 안 갚음이라 하고 그런 까마귀를 반포조反哺鳥 또는 반포지효反哺之孝라 하오. 우리 인간이 흉측하다 침 뱉는 저 까마귀는 부모를 정성껏 봉양하는 그런 효도새요. 그래서 중국의 유명한 시인 거이居易 백낙천白樂天은 '자오야제慈烏夜啼'란 시에서 자오부자오慈烏復慈烏 조중지증삼鳥中之曾參이라 했소. 이게 무슨 뜻이냐 하면 '까마귀여 까마귀여 새 중의 증삼이로다'란 뜻이요. 증삼은 증자曾子를 가리킴인데 증자는 효자 중의 효자로 대효大孝였소. 그러니 앞으로는 까마귀한테 절대로 욕하거나 침뱉지 마시오. 아시겠소들?"

월남은 말하고 사람들을 죽 훑어봤다.

"예!"

"알겠습니다!"

사람들은 읍을 하며 허리를 굽혔다. 어떤 사람은 송구스런 표정을 지으며 고개를 떨구었다.

4

슬픈 역사지만 유명한 아관파천俄館播遷은 1896년 2월 11일부터 1897년 2월 20일까지 친·러 세력에 의해 고종과 세자가 정동貞洞에 있는 아라사(러시아) 공사관으로 옮겨서 거처

한 사건을 말함이다.

이 사건은 일본 세력에 대한 친·러 세력의 반발로 일어난 사건이었다. 이 사건으로 말미암아 친일 내각이 붕괴됐고 각종 경제적 이권이 러시아로 넘어갔다. 때에 월남은 의정부 참찬으로 있었는데 하루는 황제(고종)를 알현하려고 참내를 했다. 그런데 나인內人들이 자줏빛 보자기에 싼 첩지帖紙를 들고 대전 앞에 서 있었다. 보나마나 매관매작 하는 첩지에 틀림없었다. 아니 이미 어느 대신들이 뇌물을 받아먹고 이에 걸맞은 벼슬을 주겠다 약속하고 이를 황제게 주청, 교지敎旨를 받으려는 수작에 틀림없었다.

당시는 매관매작이 공공연한 비밀로 벌어져 썩지 않은 벼슬아치가 별로 없었다. 그래 고관대작이나 권문세가에는 어느 한날 엽관배들이 뇌물을 바리바리 싣고 와 분경奔競하지 않는 날이 없었다. 그랬으므로 외직의 미관말직에서부터 내직의 높은 요직에 이르기까지 수백의 출사出仕길은 어떤 사람을 찾아가느냐에 따라 달랐고 무슨 뇌물을 바치느냐에 따라 달랐다. 가령 권문세가의 당상관 대신들과 연줄이 닿고 뇌물도 귀한 것으로 흡족하게 바치면 내직의 높은 벼슬에 기용됐고 그렇지 않고 별 권세 없는 당하관에 뇌물을 바쳐 분경을 하면 능陵지기나 원園지기의 종구품 참봉參奉 벼슬 같은 게 고작이었다.

이것만이 아니었다. 벼슬길에 있는 사람도 승관발재昇官發

財로 벼슬이 곧 재물이어서 벼슬이 높으면 재물도 그만큼 더 생겨 이도吏道가 썩을 대로 썩어 있었다. 이런 중에도 청백리는 있었지만 쌀의 뉘 만큼 귀해 보기가 어려웠다.

이 같은 부패상을 잘 아는 월남인지라, 그리고 대쪽 같은 성정과 대의멸친大義滅親 정신이 남다른 월남인지라 매관매작 하기 위해 싸들고 온 자줏빛 첩지를 그냥 두고 볼 수가 없었다. 월남은 나인들이 들고 대전으로 들어가려는 첩지를 모두 빼앗아 파이어 플레이스(벽에 달린 난로)에 집어넣고는

"상上께서 계시는 대전이 왜 이리 추운가?"

하고 소리쳤다. 첩지는 이내 불이 붙어 활활 타들어갔다. 나인들이 어쩔 줄 몰라 쩔쩔매며 소리쳤다.

"아이구 이걸 어쩝니까?"

"아이구 이거 큰일 났습니다!"

하며 발을 동동 구르는데도 월남은 태연히

"이놈들아, 어쩌긴 뭘 어째! 큰일은 무슨 큰일. 상께서 계시는 외국 공관에까지 와서 폐하를 욕되게 하려느냐? 이 천하에 죽일놈들!"

하고 대갈일성 꾸짖었다. 그런 다음 탑전에 들어 부복한 채 전후 상황을 아뢰고 대죄待罪했다.

"오, 그랬는고? 잘했도다, 잘했도다. 망국의 설움도 참녹해 열성조列聖朝를 뵐 면목이 없거늘 여기에 또 매관매작까지 횡행해 맥수지탄麥秀之嘆을 부채질하다니. 오호 가탄지사

로다 가탄지사!"

고종은 땅이 꺼지게 한숨을 토하며 어좌 깊숙이 고개를 묻었다.

5

때는 기미 3·1 운동의 다음 해인 1920년의 어느 봄날이었다. 때가 만물이 생동하고 온갖 새 우짖으며 기화요초 다투어 피는 양춘가절이라 햇살은 아침부터 눈이 부셨다. 월남은 창문을 열고 쪽 마당의 사철나무께로 눈을 보냈다. 사철나무는 본시 그 잎이 타원형으로 두껍고 반들반들하지만 찬란한 봄 햇살이 잎마다 내려앉아서인지 반짝반짝 빛나기까지 했다. 월남은 나뭇잎에 내리는 찬란한 햇살을 보고 나뭇가지에 깃들어 노래하는 새소리를 듣자 또 가슴이 덜컥 내려앉았다. 이런 증상은 오늘이 처음이 아니어서 시도 때도 없이 있었지만 그때마다 월남은 언젠가는 일제가 망하고 우리 조선이 독립된다는 확고한 신념으로 자위를 했다.

아, 햇살은 저리도 눈부시고 새들은 저리도 즐거이 노래하는데, 우리 근역 삼천리금수강산 조선 백성은 언제 밝은 세상 만나 즐거운 노랫소리 들으며 살 수 있을꼬.

월남은 하루 빨리 간악한 일제의 쇠사슬에서 풀려나 독립된 나라에서 살고 싶었다. 시화연풍 국태민안으로 그렇게 살고 싶었다. 자자손손 격양가 소리 드높은 강구연월의 태평성대에서 그렇게 살고 싶었다. 이는 일구월심 고소원이이 서 뇌리에서 오매불망 떠나지를 않았다.

이 날도 월남은 나라 망한 맥수지탄을 한탄하며 두보杜甫 의 시 '나라가 망하니 산하만 남고, 옛 성엔 봄 돌아와 풀나 무 핀다國破山河在, 城春草木深'는 '춘망春望'을 생각하고 있는데 누가 대문 밖에서

"이리 오너라!"

하고 부르는 소리가 들렸다. 월남은 누가 아침부터 상전 이 종 부르듯 이리 큰소리로 사람을 부르나 싶어

"오냐, 나간다!"

대답하고 밖으로 나왔다. 이때만 해도 반상의 구별이 뚜 렷하던 시절이라 지체가 조금만 높은 사람이면 으레 이리 오너라 소리쳐 하인을 불렀디. 그러나 하인이 없는 월남은 매번 부인이 아니면 월남이 직접 나가 대문을 열어줬다. 이 날도 월남이 밖으로 나가 대문을 따는데 웬 생면부지의 일 본 경부警部하나가 떡 버티고 서 있었다. 월남은 오라, 이놈 들이 또 사찰을 보냈구나 했다. 당국은 수시로 월남을 찾아 와 한참씩 머물다 갔다. 말은 좋아 문안 인사차 왔다했지만 이는 취적비취어取適非取魚로 문안 인사를 구실로 월남의 동 태를 살피러 온 것이었다. 일제가 월남한테야 감히 함부로 어쩌지 못했지만 웬만한 사람은 조금만 눈에 거슬리거나 비 위가 상해도 황은皇恩을 모르는 적자賊子니 불온사상의 불령

선인不逞鮮人이니 하며 눈에 불을 켠 채 닦달이 자심했다. 그런데 이 날 온 경부는 늘 오던 마스다松田 경부가 아니었다. 아마 그 사이 인사가 있었던 모양이었다. 그래도 놈들이 월남한테는 졸개 순사를 보내지 않고 간부급 경부를 보내는 것을 보면 월남을 크게 대우한 것에 틀림없었다. 한데도 이 자는 월남이 아직 어떤 사람인지 잘 모르는지 방약무인했다.

"왜 경관이 부르는데 해라를 하는가. 나는 마쓰다 후임 히라다平田 경부다!"

히라다란 자가 거만한 자세로 반말을 찍찍 갈기며 월남의 아래 위를 훑어봤다.

"오, 그러냐? 네가 이리 오너라 하고 부르니까 내가 오오냐 나간다 하고 나왔다. 그게 잘못이냐?"

월남이 점잖게 말하며 히라다의 어깨를 툭툭쳤다. 그런 다음 목청을 높여

"네 이노옴! 너희 나라 왜국에선 그렇게 배웠느냐? 아무리 본데없는 섬나라 오랑캐 쪽발이 놈이기로서니 애 어른도 몰라보다니. 이노옴! 당장 물라가라. 가서 사람 공부 좀 더 해 가지고 오너라!"

월남은 호통치고 대문 안으로 들어가 빗장을 굳게 걸어 잠갔다.

이러고 한 열흘 쯤 지난 어느 날. 일본의 유명한 당대 웅변가요 정치가인 오사키尾崎行雄가 민정 시찰차 서울에 왔다. 그

는 서울에 도착하자마자 조선의 지도적인 인물들과 만나기를 간절히 원해 박 영효 이하 많은 사람들과 만났다. 그런 그는 자기 마음에 드는 사람이 없었던지 꼭 한 번 월남을 만나보고 싶다 하고는 통역을 데리고 맹현孟峴(지금의 가회동)에 있는 월남의 집을 예방했다. 월남은 거무하居無何에

"귀빈이 오셨으니 응접실로 갑시다."

하며 마루에 깔려 있던 돗자리를 말아 들고 집을 나섰다. 퇴락한 삼간 두옥三間斗屋에 응접실이 있을 리 없으므로 일행은 의아한 채로 월남의 뒤를 따랐다. 월남은 집 너머에 있는 취운정翠雲亭이란 곳의 송림 속으로 오사키를 안내해 잔디위에 돗자리를 깔고 앉기를 권했다. 그러자 오사키가 마지못해 앉으며 불편한 심기를 드러내

"대일본제국과 반도 조선은 마치 부부외 같은 사이인데, 남편이 조금 잘못했다고 해서 아내가 들고 일어나서야 되겠습니까. 안 그렇습니까?"

하고 말을 꺼냈다. 이는 곧 일본은 남편이요 조선은 아내로 비유해서 3·1 독립 운동을 넌지시 비난한 말이었다. 월남은 오사키의 말이 떨어지자마자

"그것은 말도 안 되는 견강부회지요. 부부도 정당한 부부지간이라야 말이지, 폭력으로써 억지로 이루어진 부부라면 무슨 의미가 있겠소. 이래도 부부지간이라 할 수 있소?"

하자 오사키는 얼굴이 벌개져 아무 말도 못했다. 당대 일

본 제일의 웅변가요 정치가도 월남 앞에서는 꼼짝을 못했
다. 이런 오사키가 조선을 떠날 때

　“조선의 인물은 이 상재가 단연 으뜸이다.”

　라고 말하면서 경복해 마지않았다. 이 말은 두고 두고 인
구에 회자됐다.

　6

　조선군 사령관 우쓰노미야宇都宮란 자가 어느 날 조선 명
사들을 초대해 연회를 베푼 일이 있었다. 이는 말할 나위도
없이 조선인들을 살살 꾀고 회유해 자기들 편으로 만들기
위한 환심작전의 한 술책이었다. 이 술책을 누구보다 잘 아
는 월남은 우쓰노미야의 간교한 속내를 훤히 꿰뚫으면서도
짐짓 모른 척 내전보살하고 YMCA 대표로 연회에 참석했다.
이날 우쓰노미야는 인사말에서 감기가 들어 몸에 열이 나고
기침을 해서 미안하다 하자 월남은 대뜸

　“아니, 우쓰노미야 사령관, 감기는 대포로 못 고치오?”

　했다. 좌중은 삽시에 웃음판으로 변했다. 우쓰노미야는
당황해 어찌할 바를 몰랐다. 좌중은 통쾌한 월남의 말에

　“그 참 촌철살인이다, 촌철살인!”

　“역시 월남이다. 풍자의 백미다 백미!”

　하며 감탄했다. 월남의 말은 일제의 군국주의를 풍자 야
유한 대포보다 더 센 언포言砲였다.

이와 같은 해학과 풍자는 헤아릴 수 없이 많아 월남만 나
타났다 하면 일제와 그 하수인들은 벌벌 떨었다. 한 번은 이
런 일도 있었다. 세계적으로 유명한 미국의 스타 박사가 조
선의 독립운동을 조사하고 또 강의도 할 겸해서 서울에 온
일이 있었다. 그는 서울에 도착하자마자 고명한 월남을 만
나게 해 달라했다. 이때 YMCA청년회 간부로 있던 창주滄柱
현동완玄東完이 자전거를 타고 맹현에 있는 월남의 집까지
달려가 이 사실을 알렸다.
"그래요? 그럼 만나야지!"
월남이 의관을 정제하고 현동완을 따라 나섰다.
"아니, 스타 박사님! 이름이 혹시 잘못된 게 아닙니까? 대
낮에 스타(별)가 나타나다니요. 스타는 밤에 나타나는 것 아
닙니까?"
했다. 이 말을 들은 스타 박사는 손뼉을 치고 크게 웃으며
"맛습니다, 맞습니다. 별은 밤에만 나타나는 법이지요.
그렇고말고요."
스타 박사는 파안대소한 채 월남의 손을 덥석 그러잡았
다. 그리고는 이렇게 말했다.
"동양의 조선 이 조그마한 나라에 이렇게 큰 유머리스트
가 있다니요. 참으로 놀랍습니다!"
스타 박사는 감탄을 금치 못하겠다는 듯 월남의 손을 마
구 흔들어댔다.

이런 며칠 후였다. YMCA 회관에서 시국 강연회가 있어 월남이 연사로 나갔다. 월남이 연사로 나온다는 소문을 듣고 청중이 구름 같이 모여 강연장은 초만원을 이뤘다. 물론 종로 경찰서에서는 임검 경찰이 나왔는데 고등계 주임 미와三輪 경부가 정복 정모에 패검을 하고 단상 위에 높이 앉아 감시의 눈을 요리조리 굴리고 있었다. 이윽고 연단에 선 월남은 우선 기침부터 크게 한 번 하고는

"본론에 들어가기 전에 방금 내가 보고 온 이야기를 하나 하고 강의를 시작하겠습니다."

하더니 다음과 같이 말했다.

"에, 내가 지금 이 곳으로 오는 도중에 호떡 한 개를 가지고 두 아이가 서로 싸우고 있는 것을 보았습니다. 한 아이는 중학생이고 한 아이는 소학생인데 소학생이 가진 호떡을 중학생이 빼앗아서 처음에는 별떡을 만들어 준다면서 조금씩 먹기 시작했습니다. 이에 소학생이 울면서 앙탈을 하니까 중학생이 이번에는 달떡을 만들어 준다고 살살 꾀어 결국은 그 호떡을 다 먹어 버렸습니다. 소학생은 억울하고 기막혀서 엉엉 울고 있었습니다."

이 때 청중들의 박수소리가 우레처럼 들려왔다. 월남이 한 말이 무슨 뜻인지 알았기 때문이었다. 단상에 높이 앉아 감시의 눈을 요리조리 굴리던 미와 경부가 얼굴빛이 붉어지면서

"변사辯士 중지! 중지!"

하고 소리쳤다. 물론 이날의 강연회는 이것으로 끝이었
다. 그러나 이날 청중들이 우레처럼 친 박수는 조선을 호떡
으로, 소학생을 조선 사람으로, 중학생을 강도 일본으로 비
유해 1905년 을사보호조약을 체결, 조선을 보호해 준다하
고 마침내 조선을 송두리째 먹고 말았다는 것을 풍자한 데
대한 갈채였다.

7

그러나 월남의 해학은 정작 수주樹州 변영로卞榮魯에게서 극
치를 이뤘다. 변영로라면 훗날 시인으로 일세를 풍미한 당대
최고의 시인이었다. 그리고 역시 훗날 학자이자 정치가로 이
름 높아 외무부 장관과 국무총리를 지낸 바 있는 일석逸石 변
영태卞榮泰의 아우였다. 이런 변영로가 아직 어리던 소년시절
YMCA 회관에 영어를 배우러 다니던 때였다. 하루는 변영로
가 종로통을 걸어가는네 누가 뒤에서 큰 소리로
　"이것 보게. 변정상卞鼎相 씨, 변정상 씨!"
하고 자꾸 불러댔다. 변영로는 깜짝 놀라 뒤를 돌아봤다.
누가 감히 부친의 함자를 무람없이 함부로 불러대나 싶어
기분이 상했던 것이다.
　"아니 선생님께서?"
변영로는 머쓱한 자세로 허리를 굽혔다. 자기 부친 이름
을 부른 사람은 다름 아닌 월남이었기 때문이다.

“선생님! 정 자 상 자의 성함을 가지신 분은 제 부친이올시다. 헌데 어찌 선생님은 저희 부자를 혼동해 부르십니까?”

변영로는 자기를 희롱하는 월남이 원망스러워 힐문조로 말했다. 그러자 월남이 껄껄 웃으며

“야 이놈아. 네 놈이 변정상의 씨가 아니란 말이냐? 종자種子 씨 말이다”

“예?!”

“아니라면 아니라고 해 봐. 네 놈은 분명 변정상의 씨에 틀림없질 않느냐. 안 그러냐? 안 그러면 어디 안 그렇다고 해봐!”

“그렇긴 합니다만…”

“그럼 됐잖았느냐. 허, 그놈 참!”

월남은 우스갯소리가 재미있다는 듯 변영로의 머리에 주먹으로 가볍게 꿀밤을 먹였다.

“이놈아, 내가 어린 네 놈에게 농지거리 한 번 해봤다.”

월남은 이러며 변영로를 교자餃子집으로 데리고 가 만두를 주문했다.

“많이 먹어라. 돌도 삭일 한창 나이가 아니더냐.”

주문한 만두가 나오자 월남은 빙그레 웃으며 변영로를 바라봤다.

“선생님께서도 좀 잡수시지요.”

변영로는 조심스레 만두 하나를 집었다.

"나는 됐다. 너나 많이 먹어라. 나는 네 놈이 먹는 것만 봐도 배가 부르다. 아 참, 네 놈이 문재文才가 뛰어나 백일장에 나가 장원으로 휩쓴다지? 왜놈 아이들을 본때 있게 물리친다지? 암, 그래야지. 그래야하고말고. 우리가, 단군의 자손 우리 조선 아이들이 그깟 섬나라 오랑캐 그 쪽발이 놈들에게 질 수야 있나. 영로야. 너는 내 친구다. 그러니 우리 앞으로 친구 되자!"

월남은 환하게 웃으며 변영로의 머리를 쓰다듬었다.

이렇듯 어린 소년에게도 친구 되기를 원했던 월남은 항상 젊은이들과 노소동락을 했다. 그래서 월남은 일찍부터 노인 청년으로 자처하며 연설할 때마다 칠십 세의 청년 이 상재를 자주 들먹였다. 이는 만년에 이르러서도 한결같아 종로의 YMCA 회관에 나와 수많은 청년들과 더불어 시산을 보냈다. 그래서 청년과 함께 장기를 자주 두고 담소하기를 즐겼는데 이런 월남을 못마땅하게 생각한 한 친구가

"여보게 월남. 젊은 사람들하고 너무 허물없이 굴면 버릇이 없지 않겠나. 좀 삼가게."

하자 월남은 무슨 가당찮은 소리냐는 듯

"아니 그럼 내가 청년이 되어야지, 청년에게 노인이 되라고 할 수 있나. 내가 청년이 돼야 청년이 청년 노릇을 하는 걸세. 안 그런가?"

이런 월남은 생활도 검박해 의복에는 별 신경을 안 써 되

는 대로 입었다. 그랬으므로 늘 흰 무명 바지저고리에 흰 두루마기 차림이었다. 추운 겨울에는 재래의 남바위 위에다 중산모中山帽를 쓰고 다녔다. 어느 날 한 청년이 월남의 이런 옷차림을 보고

　"선생님. 중산모 아래에다 남바위를 쓰십니까?"

　하자 월남은 허허 웃으며

　"그럼 중산모 위에다가 남바위를 쓰랴?"

　했다. 청년이 겸연쩍어 변명을 했다.

　"선생님, 저는 그런 뜻이 아니옵고…다만…"

　"다만 뭐냐? 복장이 이러니 꼴사나우냐?"

　"아니올시다. 그건 절대로 아니올시다."

　"아니면 됐다. 내가 옷을 잘 입는다고 이 상재고 옷을 못 입는다고 이 상재가 아니냐?

　월남은 큰기침을 '어흠 어흠' 하고는 대로를 휘적휘적 걸어갔다.

제기랄! 내 복에 무슨

최 씨는 오늘도 또 허탕치고 용역시장을 허렁허렁 걸어
나왔다. 일자리가 없다고, 아니 나이가 많다고 퇴짜를 맞은
것이다. 오늘로 벌써 사흘째였다. 최 씨는 아직 날이 밝지
않은 어슴새벽을 죄라도 지은 듯 고개 숙여 걸었다. 어디로
걷는지, 어디로 걸어야할지 작정도 없이 그냥 걸었다. 최 씨
는 오소소 한기를 느껴 목을 자라처럼 힌껏 움츠렸나. 낮엔
햇볕이 따가워 땀이 나다가도 아침저녁으론 제법 쌀쌀해 코
끝이 서늘했다. 최 씨는 산매들린 듯 아무 데고 마구 걷다가
소주 한 병을 샀다. 마침 일찌감치 가게를 여는 슈퍼가 있어
서였다. 그리고 가까이 조그마한 근린공원이 눈에 띄었기
때문이었다. 최 씨는 소주를 들고 공원으로 가 벤치에 앉았
다. 그런 다음 소주를 병째 벌컥벌컥 들이켜며 허리를 쭈욱
펴 하늘을 쳐다봤다. 60평생을 새우처럼 허리 한번 못 펴고
살아온 최 씨였다. 배운 것 없어 무식하고 가진 것 없어 간
고하니 할 수 있는 일이란 만고에 막노동이 아니면 허투루

날품팔이었다. 그러느라 뱃속은 물알 지레 베어 풋바심해 먹은 창자처럼 늘 헛헛해 걸근거렸다. 버는 손은 바늘인데 먹는 입은 도끼이니 단솥에 물 붓기로 감당이 불감당이었던 것이다. 그래도 막노동 날품팔이를 나이 쉰까진 그럭저럭 할 수 있어 가까스로나마 조반석죽은 끓일 수 있었는데, 나이 예순 줄에 접어들어 이우는 해처럼 핏기가 엷어지자 일에 힘에 부쳐 감당할 수가 없었다. 설령 감당할 수 있다손 쳐도 일거리가 없었다. 아니 일거리가 없는 게 아니라 일자리가 없었다. 고용주는 물론 인력시장에서 나이가 많다며 받아주질 않았기 때문이다.

당연한 일이었다.

아무리 막노동 날품팔이로 잔뼈가 굵어 막일에 난든집이 된 최 씨라 할지라도 나이 예순이면 서산에 올라앉은 해여서 볼 장 다본 파장인데 누가 부둥가리로나마 쓰려하겠는가.

최 씨는 되알지지 못한 자신이 한스러웠다. 젊은 시절 부라퀴처럼 암팡지게 살고 악바리처럼 이악스레 살았던들 늙마에 이런 애옥살이는 없었을 것이었다. 한데 타고나길 부처님 가운데 토막처럼 용하디 용하게 타고나 야차나 악다귀 같은 데라곤 눈을 씻고 봐도 없으니 애옥살이는 어쩌면 당연한 일인지도 몰랐다. 그렇다고 사박스러운 데가 좀 있거나 강단진 데라도 혹여 있다면 또 모른다. 아니다. 이거다 싶게 아금받은 데가 있거나 언죽번죽 너울가지 좋고 재바르거나 애바른 후림대수작마저 없고 보니 포실한 살림 한번 못해본 채 하고 한날 나무 끝에 앉은 새처럼 위태위태한 고빗사위만 겪는 터수였다. 그렇다면 하다못해 든적스러운 데가 있거나 야지랑스러운 데라도 있어야 하는데 아무리 찾아봐도 그런 오달진 구석이라곤 없고 두남두는 사람마저 없는 형세니 발밭게 살기란 애당초 그른 일이어서 꺽짓손이나 얼렁수는 더 더욱이 바랄 수 없었다.

소주 한 병을 다 들이켜서인지 날씨가 쌀쌀한데도 얼굴이 확확 달아오르며 조숙조숙 잠이 왔다. 최 씨는 하품을 한번 하고 스르르 잠속으로 빠져들었다.

아내는 눈물을 펑펑 쏟으며 덩실덩실 춤을 추었다. 이제 고생은 끝이라며 덩실덩실 춤을 추었디. 나이가 서른이 되도록 시집도 못간 채 어린애처럼 보채기만 하는 다운증후군의 딸년도 제 에미를 따라 갈쌍갈쌍 눈물을 흘리며 춤을 추었다. 중학교밖에 못나와 군대도 못간 채 방위병으로 떨어진 아들 녀석도 함박웃음을 웃으며 우쭐우쭐 어깨춤을 추었다. 최 씨는 아내와 함께 두 아이들의 생게망게한 짓거리에 어안이 벙벙해 그만 넉장거리를 했다. 그도 그럴 것이 춤은 물론 웃음조차 없어 찬바람만 휑하니 불던 집안에 난데없는 짓거리가 벌어져 제출물로 어화둥둥 춤을 추니 별미쩍고 생급스러워 넉장거리를 하지 않을 수가 없었다.

"대, 대체 왜들 이래. 왜들 이러냐구?"

최 씨는 까무룩 흐린 정신으로 아내와 두 아이들을 번차례로 쳐다봤다.

"여보! 이제 됐어요. 이제 고생이 끝났어요!"

아내는 계속 펑펑 울며 말했다. 그런 아내는 제정신이 아닌 듯했다.

"그래요, 아부지! 이제 우린 고생 끝 행복 시작이예요!"

아들 녀석이 어깨춤에서 뜬금없이 브레이크댄싱을 추며 소리쳤다.

"아니 밑도 끝도 없이 고생 끝이라니 그게 대체 무슨 소리여?"

최 씨는 식구들이 미쳐도 단단히 미쳤구나 싶어 억장이 무너졌다. 못 먹어 탈기하고 기가 허해 허깨비가 아니면 곡두가 보여 저리 됐구나 싶자 야차 같은 그슨대가 원망스러웠다.

"아부지, 우리, 복권에 당첨됐어요. 그것도 자그마치 10억 원짜리예요. 그러니 고생 끝 행복 시작이지요."

아들이 벌떡 일어나며 최 씨를 얼싸 않았다.

"뭐? 뭐라구?"

최 씨가 이번엔 모들뜨기로 넘어지며 아내를 쳐다봤다.

"그래요. 10억 원짜리 복권에 당첨됐어요. 여보! 개도 딸 낳을 때가 있고 쥐구멍에도 볕들 날이 있다더니 우리를 두고 하는 말이예요. 아, 가슴이 터질 것 같애요"

아내가 눈물을 찔끔거리며 코를 훌쩍거렸다.

"아부지, 참 좋다. 그지? 아부지도 춤춰봐 이렇게"

딸아이가 최 씨의 손을 잡고 너울너울 춤을 추었다.

"그게 정말이냐? 정말 10억 원짜리 복권에 당첨이 됐어?"

최 씨는 믿기지 않는 표정으로 또 세 사람을 번차례로 쳐다봤다.

"그렇다니까요. 아, 하느님 부처님 천지신명님 고맙습니다. 고맙습니다."

아내가 합장을 한 채 사방에다 대고 꾸벅꾸벅 절을 했다. 이때 누군가가

"여보세요. 여보세요."

하고 최 씨를 흔들어 깨웠다. 최 씨는 화들짝 놀라 눈을 떴다. 꿈이었다. 최 씨를 깨운 사람은 아침운동을 하러 나온 사람이었다.

"여기서 술 마시고 주무시면 어떡합니까. 댁으로 들어 가세요"

최 씨는 억장이 무너져 가슴에서 돌 구르는 소리가 났다.

"제기랄! 그러면 그렇지. 내 복에 무슨 복권이 당첨 돼. 복이라곤 지지리도 없는 내가"

최 씨는 허허로이 하늘을 쳐다봤다. 하늘은 이제 막 눈부신 햇살이 찬란히 퍼지고 있었다.

그 밤의 수수께끼

프롤로그

이 사건 -이라기보다 이야기는 1983년 8월 12일 밤 열 시 십 분부터 다음 날 새벽 다섯 시 이십 분까지 장장 일곱 시간 십 분 동안 어느 미지의 여인이 내게 전화를 걸어와 주고받은 대화 내용을 간추린 것임을 밝혀둔다.

그날 밤.

1983년 8월 12일 밤 열시 십분. 나는 KBS가 매주 금요일 밤 열시 십오 분부터 시작하는 남북 이산가족 찾기 프로를 보기 위해 막 TV를 켜려는데 따르릉 전화가 왔다. 나는 누가 이 밤에 더욱이 이산가족 찾기 프로를 보려는데 트레바리 하듯 헤살부리나 싶어 좀은 못마땅한 심회로 송수화기를 집어 들었다. 온 나라가 이산가족 찾기 중계 시간이면 열 일 제쳐놓고 TV 앞에 앉아 삼십 수 년 만에 만나는 극적 장면을 보며 흑흑 느껴 울고 나도 또한 예외일 수 없어 이 시간만 되면 제백사 하고 TV 앞에 앉아 눈물을 찔끔거리며 매주 빠뜨리지 않고 애시청하는 프로였다. 그런데 이런 중요한 시간에 훼방 놓듯 전화가 걸려왔으니 어찌 심회가 못마땅하지 않겠는가. 하지만 어떡하겠는가. 누구인지 몰라도 나한테, 항하사처럼 많은 사람들 중에 나를 지목해 전화를 걸었으니 반갑게 그리고 성의껏 받지 않을 수가 없었다. 나는 내 장점 중의 하나가 누가 전화를 하건 반갑게 받고 성의를 다해 응대한다. 모모제인들처럼 귀찮고 성가셔서 마지못해 "그래서요", "그런데요" 식의 기분 나쁜 투로는 전화를 절대 받지 않는다. 그러므로 나는 언제 어디서 누가 전화를 걸든 무조건 반갑게 시원시원 대한다. 그러니 오늘이라고 예외일 수 있겠는가. 나는 목소리를 가다듬고 점잖게 그리고 반가운 소리로 전화를 받았다.

"여보세요?"

"저어, 거기가 소설가 박 헌 선생님 댁인가요?"

전화의 목소리는 의외로 젊은 여인이었다.

"그렇습니다만…"

"박 헌 선생님 계신가요?"

"아 예. 제가 박 헌입니다"

"예, 그러세요? 이거 참 행운이군요"

"예?"

"전 선생님께서 안 계실지도 모른다 싶어 에멜무지로 전활 걸었는데 계시니 말이에요”

“실례지만 누구신가요?”

나는 느닷없이 걸려온 한밤의 전화가 괴이쩍어 상대의 신분을 물었다.

“영광입니다. 선생님 같은 분이 저희 고장에 계시다니요. 전화로나마 이렇게 작가 선생님과 대화할 수 있어 행복합니다.”

여인은 내가 묻는 말엔 코대답도 않고 엉뚱한 말로 휘갑을 쳤다.

“여보세요. 죄송하지만 전화하시는 분이 누구신가요?”

나는 재차 여인의 신분을 물었다.

“지금 막 선생님의 장편소설 ‘척당불기倜儻不羈’를 다 읽었습니다. 그리고 바로 전화 드리는 겁니다. 근데 제목이 너무 어려워 국어대사전을 찾아봤더니 ‘무엇에도 구애되지 않음. 뜻이 크고 기개가 있어서 남에게 구속을 받거나 굽히지 아니함, 뭐 이렇게 돼 있더군요.”

“아, 예. 보잘것없는 글을 읽어주셔서 감사합니다.”

“겸손하시네요. 듣기론 도도하시다던데요. 지나친 겸손은 오만 아닌가요?”

“예?”

“선생님 말씀대로 보잘것없는 글이라면 뭣 때문에 그런 글을 쓰셨나요. 그건 사기 아닌가요? 독자를 우롱하는…”

여인은 거침없이 지껄여댔다. 방약무인이랄까 오만불손

이랄까 하여간 여인은 만무방을 연상시켰다.

"그렇지만 선생님의 글은 훌륭했습니다. 우선 해박한 지식과 풍부한 어휘에 놀랐으니까요. 선생님 아이큐는 대관절 얼마신가요?"

여인은 제멋대로였다. 그것은 마치 고삐 풀린 망아지 꼴이었다.

"이번에 읽은 '척당불기'는 제목도 어렵고 내용도 난해해 여간한 어휘 실력으론 땅띔도 할 수 없어 국어사전을 뒤져가며 읽었습니다. 그런데 선생님 글에는 사전에 없는 낱말도 많은데 이거이래도 되는 겁니까? 몇 년 전에 나온 단편집 '강아지 풀'에 수록된 '참꽃', '종달새', '윤슬', '꽃잠', '알밤', '꽃 멀미', '참외서리', '꽃 문둥이', '도깨비바늘', '황톳마루' 같은 일련의 작품들은 모두가 향토적이고 토속석이면서도 제목이 쉽고 예쁜 데다 글도 아름다워 동화의 나라를 연상시켰습니다. 선생님. 선생님의 최종 학력이 정말 국졸이신가요?"

여인의 질문은 좌충우돌이었다. 아니 무람하기 짝이 없는 만무방이었다.

그렇잖은가. 남의 집에 밤늦게 전화 거는 것도 여간 실레가 아닌데 여기에 아이큐가 얼마냐느니 최종 학력이 국졸이 맞느냐느니 하고 따지듯 물어대니 이런 마구발방이 어디 있는가. 이야말로 상식을 벗어난 몰상식 몰예의의 극치였다.

그래 나는 속으로 뭐 이런 여자가 다 있나싶어 당장 전화를 끊고 싶었지만 꾹꾹 눙쳐 참았다. 그래도 명색이 숙녀요 또 독자가 전화를 걸었는데 무람하고 브릇되게 군다고 원두한 이 쓴 외 보듯 함부로 네뚜리 할 수는 없었다.

"선생님은 전 학력이 국졸밖에 안 되신 걸로 알고 있는데, 그러시다면 선생님은 천재십니다. 저도 아이큐가 꽤 높은 편인데 선생님은 저보다 더 높으신 것 같아요. 얼마세요? 160? 170?"

여인은 갈수록 태산이었다. 나는 기가 차고 어이없어 전화를 끊어버릴까 하다가 알 수 없는 호기심이 발동해 눙쳐 참았다.

"여보세요. 지금 대체 무슨 말씀을 하시는 겁니까. 그리고 당신은 대관절 누구십니까?"

그러자 여인은 들었다봤다 하고

"저 지금 선생님의 최종 학력과 아이큐에 대해 묻고 있질 않습니까. 그리고 저는 젊은 독자로 불기무애不羈無礙한 대자유인입니다. 그러니까 저는 코스모폴리탄이기도 하죠"

했다. 여인은 점점 더 무람하고 거창하게 나왔다. 점입가경이었다. 여인이 '불기무애'를 알고 '코스모폴리탄'을 쓸 정도라면 한문과 영어도 꽤 알아 어느 수준에 이르렀음에 틀림없었다. 그런데도 나는 한문과 영어를 함부로 찍찍 갈겨대며 잘난 체 비쌔는 꼴이 하 뇌꼴스러워 그만 소리를 버럭 질렀다.

"여보세요. 쓸데없는 말장난질 하려거든 전화 끊읍시다. 당신이 뭔데 밤중에 전활 걸어 아이큐가 몇이냐느니 최종 학력이 국졸이 맞느냐느니 묻는 거요. 당신 혹시 사이코패스요?"

나의 느닷없는 공격성 질문에 여인이 잠시 흠칫하는가 하더니

"선생님. 무슨 말씀을 그렇게 하세요. 사이코패스라면 반사회적 인격 장애 행위자 아닌가요? 이건 저에 대한 인격 모독입니다. 사과하세요!"

여인도 목소리를 높였다. 나는 안 되겠다 싶어 아까보다 더 큰 소리로

"이것 보시오. 사과는 당신이 해야지 왜 내가 합니까. 밤중에 무례하게 전화 걸어 만무방으로 다짜고짜 시건방 다 떨어놓고 뭐가 이째요. 나보고 사과하라고?"

나는 화를 참을 수 없어 벽력 같이 소리쳤다. 본시 목소리 하나는 크게 타고나 마음먹고 소릴 지르면 놀라지 않는 이가 별로 없었다. 나는 웬만하면 여자가 칠월열쭝이처럼 수다 떨고 주책바가지처럼 되바라져 앉을 자리 설 자리를 모르고 이러나 싶어 왕배야 덕배야 하고 덮어버리고 싶었는데 못방치기 하는 여인이 홍이야황이야로 갖은 건방 다 떠는데 목낭청이처럼 이래도 '예', 저래도 '예', 하고 비나리하듯 만

수받이 할 수는 없었다. 배운 지식이나 지닌 재주가 짧거나 보잘것없어 게꽁지 만 하다면 모를까 말하는 깜냥이나 푼수로 봐 여인은 나름대로 상당한 수준(?)에 이른 듯했다. 이때 여인이 또 뚱딴지같은 질문을 했다.

"선생님은 제2의 무애无涯신가요? 그러신가요?"

"예?!"

"양 주동梁柱東 박사냐 그 말씀입니다"

"이것 보시오. 당신 보자보자 하니 가리산지리산이구만. 당신 만무방으로 씨양이질 하는 게 취미요? 왜 난데없이 양 주동 선생은 들먹이시오?"

"선생님이, 박 헌 작가 선생님께서 양 주동 박사처럼 해박하시니까 그렇죠."

"뭐라구요?"

"무불통지로 동서양을 넘나들잖아요. 무애 선생님처럼 현학적衒學的으로 피댄틱하게 말씀이죠"

"당신 정말 이러기요?"

"아닌가요? 무애 선생님은 고전과 현대는 물론 동서양을 종횡무진 넘나드셨잖아요"

여인은 연사질과 후림대수작에도 능해 묘한 말로 남의 말을 꾀어내는데 일가견을 가지고 있는 듯했다. 나는 이거 안 되겠다 싶어 마음을 누그러뜨렸다. 자칫 여인의 말장난에 휘말려들어 본말이 전도될 지도 모른다 싶어서였다.

“여보세요. 당신은 한결같이 자기 본위로만 말하는데, 내 글을 읽고 전화한다니 내 독자임엔 틀림없으나 그래도 자신이 누구라는 걸 밝히는 게 최소한의 예의 아닙니까? 당신 도대체 누구십니까?”

나는 이 오만방자한 여인이 누구인지 알고 싶었다.

“집요하시군요. 저는 한 번 안 한다면 안 합니다. 그러니 쓸데없는 말씀 마세요. 에너지 소모니까요. 아시겠어요?”

여인은 말마다 건방기와 무람함이 넘쳐났다.

“좋습니다. 그렇다면 가까운 날 다방에서 차라도 한 잔 하십시다. 그건 가능하겠지요?”

나는 어떻게 해서라도 여인의 정체를 알고 싶었다. 그리고 어떻게 생긴 여자인지 얼굴이라도 한 번 보고 싶었다.

“유도신문 하시는군요. 전 다 압니다. 신생님의 서의를. 선생님, 다혈질이시죠?”

여인이 내 속내를 빤히 들여다보듯 말했다.

“목소리로 봐서 올드미스인 것 같은데 당신 30대의 노처녀 히스테리군요”

나는 이렇게 말해놓고 얼른 여인의 반응을 기다렸다.

“성질이 무척 급하시군요. 술 드셨어요?”

“술이요?”

“아닙니다. 제가 말을 잘못했습니다.”

“당신 참 어려운 여자군요.”

“선생님은 글씨도 잘 쓰시고 노래도 잘부르신다죠? 서예도 하시나요?”

여인은 또 동문서답이었다.

“당신이란 여자 대중없는 여자로군. 당신 혹시 문어발 삼신이라도 걸렸소?”

“말씀을 함부로 하시는군요.”

“말은 누가 함부로 하는데 그러시오.”

“기가 막혀서.”

“기가 막히는 건 나요.”

“오해 마세요. 전 지극히 정상이에요.”

“정상? 하기야 미친 사람 치고 미쳤다 할 사람이 있겠소?”

“뻑사리가 취미신가요?”

“뻑사리라니?”

“뻑사리도 모르세요. 여자를 괴롭히는 사람 말에요. 어휘에 능한 분이 그걸 모르실 리 없을 텐데요.”

“당신 정말 이러기요? 당신 전화가 몇 번이요. 주소는 어디요?”

“또 유도질문 하시는군요. 전 그런 거 모릅니다. 전 두 달만 이 곳에 머뭅니다. 이제 한 달이 지났습니다. 그건 그렇고 선생님은 수석도 하셨다죠?”

“당신 말머리 돌리는데 명수로군.”

“1973년돈가 개인 수석전을 가지셨다죠? 73년도라면 수

석의 붐이 크게 일기 전인데 그렇다면 일찍 수석에 개안하
셨군요. 몇 년도부터 수석을 채집하셨나요?”
　“그건 왜 물으시죠?”
　“아. 네. 저도 실은 수석을 좋아하거든요.”
　여인의 질문은 도무지 종잡을 수가 없었다.

　건방지기 짝이 없는 여인의 마구발방에 나는 어안이 벙벙
해 쇠망치로 뒤통수를 얻어맞은 듯 정신이 멍했다. 많은 여
성 독자가 전화를 하고 편지를 하고 또 직접 찾아왔어도 이
여인 같은 독자는 거의 없었다. 아금받고 몽총하고 푼수기
가 있어 가즈럽을 떨거나 자발머리없이 촐랑대 좀 되바라지
다 싶은 독자는 더러 있었지만 거개는 요조하고 조신해 안
존한 여인들이었다. 그런데 이 여인은 소난 장에 말난 듯 유
별나 본데라고는 없어보였다. 요즘이야 전자매체 시대여서
인터넷이다 뭐다해서 책을 잘 안 읽고 설령 읽는다 해도 그냥
그것으로 그만이지만 80년대, 아니 90년대 초까지만 해도 활
자매체가 행세하던 때여서 새로 소설집이 출간되면 여기저
기서 한 동안 독자들이 전화를 걸고 편지를 하고 더러는 또
직접 찾아와 글 쓰는 보람이 있었다. 독자는 대개 2~30대가
주류였고 남자보다 여자, 여자 중에도 20대의 젊은 층이 많
아 신이 났다. 마음씨 곱고 난든집의 살림꾼 여인들은 내가
홀앗이로 사는 것을 알고 친정 오라비 대하듯 살갑게 소매를

걷어붙이고 청소며 설거지를 하고 장을 봐다가 김치를 비롯해 자반 멸치 볶음 장조림 장아찌 등의 밑반찬을 만들어 놓고 가기도 하고 편지를 여러 번 주고받은 독자는 꿀에 인삼을 쟁여가지고 부부가 함께 찾아와 부디 좋은 글 많이 써달라며 격려까지 하고 가기도 했다. 그러나 독자 중엔 손끝 하나 까딱 않고 오도카니 앉아 내가 끓여주는 커피를 받아 마시며 묻는 말만 대답하는 여성도 있고 혼자 사는 나를 경계해서인지 친구(독자 아닌)를 데리고 오는 독자도 있었다. 그리고 개중엔 또 해가 지고 어슴막이 되어도 가지 않아 밖에 데리고 나가 저녁까지 대접해서 여관에 재워 보낸 경우가 있고 드물게는 아예 자고 갈 요량으로 '선생님, 우리 밤새도록 얘기해요. 네?' 하는 여성 독자가 있는가 하면 '선생님! 저 하룻밤 재워주실래요?' 하며 넉살좋게 나오는 독자도 있었다.

뿐만이 아니었다. 어느 여고생 독자(여고 2학년이던가?)는 당돌하게 '선생님 우리 결혼해요. 제가 대학교 나올 때까지 기다려주실 수 있죠?'하고 나를 아주 당혹하게 만들기도 했다. 그 때 나는 이렇게 말했다.

"결혼? 그거 좋지. 그런데 조건이 있다!"

"조건이요? 뭔데요?"

"부모님께 여쭤보고 허락하시면 하자!"

"부모님께선 반대하실 텐데요."

"그럼 이놈아 안 되잖아. 결혼이 일시적 감정으로 되는 거야? 그리고 너 나하고 나이 차이가 도대체 얼마인 지나 아냐? 20년도 훨씬 넘어 이놈아!"

"결혼에 나이가 무슨 상관이에요. 사랑하면 되지."

"사랑? 이놈아! 너와 내가 지금 사랑하는 사이냐? 그리고 내가 어린 너를 어떻게 하려는 그런 파렴치한이냐?"

"선생님은 참 구닥다리세요. 소설가가 시대에 앞서야지 뭐 그렇게 시시해요. 고리타분하게."

"뭐라고?"

"그렇잖아요? 괴테는 나이 60에도 소녀 '민나'에게 열렬한 사랑을 바쳤고 74세 땐 19세의 소녀 '울리케'에게 멋지게 구혼까지 했잖아요. 하지만 어디 이뿐인가요? 괴테는 또 프랑크푸르트에서 하이델베르크까지 그 먼 길을 마차를 타고 가 '뷔르리카'라는 소녀를 만났어요. 근네 왜 우린 안 된다는 서쇼?'"

소녀는 막무가내로 나왔다. 나는 안 되겠다 싶어 무서운 표정을 지어 (얼마나 무서웠는지 모르지만) 말했다.

"너 자꾸 이럴래? 넌 신분이 학생이니까 공부가 농사야. 그러니 공부나 열심히 해. 네가 앞으로 대학을 나와 그 때까지 마음이 변치 않는다면 그 때 우리 결혼하자. 그 때까지 변치 않을 자신 있어?"

"있어요!"

"정말?"

"정말이에요."

"그럼 됐어! 열심히 공부해서 대학교 졸업한 다음에 만나자. 그 전엔 절대로 찾아오거나 편지를 해선 안 돼! 물론 전화도 금물이다. 약속할 수 있지?"

"……"

"왜 대답이 없어, 넌 학생이야. 학생은 공부가 본업이야. 만일 네가 앞으로 결혼 운운하면서 전화 걸고 편지하면 학교에 알리고 부모님께도 알린다? 그러니까 대학 졸업하고 어른이 될 때까지는 아무 생각 말고 공부나 열심히 해. 안 그러면 내가 가만있질 않을 거야!"

이렇게 혼꾸멍을 내 쫓아버린 학생은 그로부터 7~8년의 세월이 흐른 어느 날 결혼청첩장과 함께 다음과 같은 편지를 동봉해왔다.

'선생님! 철부지였던 그 때가 부끄럽기 짝이 없습니다. 그때 선생님께서 바르게 꾸짖어 주신 게 얼마나 고마운지요. 역시 선생님은 훌륭하십니다. 그 크신 은혜 평생을 두고 잊지 않겠습니다.'

독자들은 묘한 데가 있어 한두 권의 책을 읽고도 작가의 전부를 아는 양 신뢰하는 경향이 있다. 그래서 독자들은 처음 만나는 작가도 지기지우처럼 믿어버린다. 이는 아마도 작품이 곧 작가라는 등식논리 때문일 것이다. 그러므로 좋은 글이나 아름다운 문장에 매료되면 그 작가는 독자의 우상이 된다. 일종의 팬덤현상이자 아이들idol현상이다. 그래

나는 내 작품을 읽고 전화하는 독자나 편지를 하는 독자, 그
리고 찾아오는 독자는 최선을 다해 성심 성의껏 대한다. 설
혹 별종이다 싶은 독자에게도 말이다.

그런데 앞의 여인, 이 마구발방의 여인만은 최선은 물론
성심 성의껏 대할 수가 없다. 생각해 보라. 어지간해야 샌님
하고 하룻밤 벗을 한다고, 웬만해야 성심성의를 다 하지, 이
건 진펄에 개구리 뛰듯 마구 뛰고 고삐 풀린 망아지 닫듯 마
구 달으며 만무방으로 트레바리 하는 여인을 어찌 만수받이
할 수 있겠는가.

영도 철도 모르는 산짐승이 덫에 걸려 옴짝달싹 못하듯
이름도 성도 모르는 별난 여인한테 짓질려 건밤을 홀랑 새
운 나는 피곤하고 짜증스러워 뼛성이 절로 났다. 그러나 아
무리 뼛성이 나도 귀정을 내야했다. 무엇보다 여인이 누구
인지 그것만이라도 알아야 했기 때문이다. 이 때 여인이

"참 선생님, '문풍지소리'란 산문집도 내셨죠?"

하고 잊었던 말이 생각난 듯 물었다.

"그렇소!"

나는 경어체에서 하오체로 말을 바꿔 대답했다. 왠지 여
태까지 경어체를 쓴 게 억울하다는 생각이 들었다.

"그 책 좀 구할 수 없을까요? 꼭 읽어보고 싶은데요."

"그렇소? 그럼 주소와 이름을 대시오. 한 권 보내줄 테니."

“또 유도하시는군요?”

“유도? 당신 되놈처럼 웬 의심이 그리도 많아. 당하고만 살았소?”

“그럴밖에요. 주소와 이름을 대면 내가 누구라는 걸 아실 것 아닙니까.”

“당신 신분 밝혀 안 될 일이라도 있소? 왜 자꾸 감추시오.”

“그 책 주고 싶으시면 방법이 없는 건 아네요.”

“어떻게 말이오?”

“가령…”

여인은 여기서 말꼬리를 흐렸다. 내가 재빨리 토를 달았다.

“가령 이렇게 하면 되겠소? 당신이 주소 성명을 대기 싫으면 잘 가는 의상실이나 서점을 대시오. 그럼 그 곳에다 책을 갖다놓을 테니.”

“고단수시군요. 그게 그거 아닌가요? 하지만 그건 곤란해요. 전 바깥엘 잘 안 나가니까요.”

“당신 혹시 돈 여자 아니요?”

“무슨 말씀을 그렇게 하시죠. 전 지극히 정상이에요. 제가 누구인지 꼭 알고 싶으시면 지금 곧장 아파트 앞 광장으로 뛰어가세요. 거기 공중전화 부스가 있을 겁니다. 공중전화로 114에 물으세요. 지금 몇 국의 몇 번에 전화한 데가 몇 국의 몇 번 누구냐고요. 그럼 알려줄 겁니다. 아 참, 누구 집 아무개네가 몇 번인가는 가르쳐 줘도 몇 번이 누구네 집인가는 안 가르쳐 줄 지도 모르겠군요.”

“당신 정말 수수께끼 같은 여자로군. 난 이런 당신을 두 가지로 해석할 수밖에 없소.”

“그게 뭔데요.”

“하나는 당신은 제멋대로 파탈擺脫한 여자라는 점이고 또 하나는 신분을 감춰 이쪽의 호기심을 최대한 유발시켜 놓고 그것을 음미하듯 야금야금 즐기는 그런 잔인한 여자 말이오.”

“심리학도 하셨나요? 독심술에도 조예가 깊으세요?”

“당신 원격감지遠隔感知란 말 아시오”

“심리학에 나오는 투시透視말씀이신가요.”

“그렇소. 꼭 그럴 것 같다는 심적 가상이 현실적으로 들어맞는 경우말이오.”

“역시 많이 아시는군요.”

“비아냥대지 마시오.”

“천만에요. 왜 제가 선생님을 비아냥댑니까. 선생님은 독심술에도 능하세요?”

“당신 누굴 시험하는 거요?”

“천만에요. 신기해서 그렇습니다. 전 아직 해박한 말상대를 못 만났거든요.”

“그래서 지금 고기가 물이라도 만난 기분이오?”

“독심술에도 능하시냐니까요.”

“당신의 표정도 안 보고 어찌 독심술을 한단 말이오. 독심

술이란 얼굴의 표정이나 근육에 나타나는 미세한 운동을 통해 사념思念을 알아내는 거 아니오. 상대방의 손이나 이마를 만지면서 한 끈의 양 끝을 서로 마주 쥔 채 말이오. 한데 난 지금 당신을 보고 있지도 않고 이마를 만지고 있지도 않잖소.”

“만물박사시군요.”

“적어도 당신한테는…”

“왜죠?”

“당신이 너무 방약무인 시건방져서.”

“그런 선생님도 겸손하진 않으시던데요.”

“당신 대체 전화 건 목적이 뭐요? 독자로서 건 거요. 야차夜叉로서 건 거요?”

“야차라뇨?”

“두억시니 말이오.”

“몰예의 하시군요. 그런 실례의 폭언이 어딨어요. 숙녀한테.”

“똥 묻은 개가 겨 묻은 개 나무라는군. 그럼 당신은 신사한테 무례하게 시건방을 떨어도 되는 거요? 처음부터?”

“나 참 기가 막혀서”

“기가 막히는 건 나지 당신이 아니잖소.”

여인과 나는 말내기 하듯 끊임없이 입씨름을 하며 서로 한 치의 양보도 없었다. 그것은 소모적 언쟁에 비생산적 논쟁이어서 사박스런 건말질의 궤변에 불과했다. 그리고 끝내 승부가 나지 않는 두꺼비씨름 같은 것이어서 이쯤에서 그만

두는 게 좋을 성싶었다. 그래 나는 다 막설하고 제 자리로 돌아가자 했다. 우선 무엇보다 소모적 언쟁과 비생산적 논쟁이 별 의미가 없는 데다 찜부럭을 내는 여인이 피곤해 견딜 수가 없어서였다. 그런데 여인이

“선생님 좋은 소재素材 있는데 사세요.”

하고 히드라의 목처럼 집요하게 달라붙었다. 찰거머리 삼신이라도 덮어 씌인 모양이었다.

“뭐, 소재요?”

“예, 아주 기막힌 소재가 있거든요.”

“누가 말이오. 누구한테 말이오.”

“저한테요.”

“사양하겠소.”

“1억 원만 주세요. 선생님이라면 그 소재로 훌륭한 대작을 쓰실 수 있어요.”

“사양한다지 않소.”

“후회하실 텐데요.”

“후회아니라 참횔 해도 싫소. 하나를 보면 열을 아는 법이니까!”

“기가 막히는 데두요?”

나는 정말 기가 막혔다. 도대체 이 여인은 어떻게 직조된 여인인가. 미친 여인인가. 막된 여인인가. 미쳤다고 보기엔 그 말이 너무 엄청났고 막된 여인으로 보기엔 그 말이 너무

다양했다. 그리고 말이 비록 뒤죽박죽 좌충우돌 식으로 무람했지만 그 말들 속에는 논리 정연한 데가 있고 지식의 폭도 넓어 아는 것도 상당했다.

"어쩌실래요. 선생님. 사실래요, 안 사실래요."

여인의 독촉이 성화같았다.

"안 산다지 않소!"

"돈이 없으신 게로군요. 하기야 대한민국 작가 중에서 1억 원을 주고 소재를 살 만한 작가가 있을까요?"

"당신 소재 소재 하는데 대관절 그 소재라는 게 뭐요? 경천동지할 소재라도 된다는 거요?"

"왜, 공짜 헌팅이라도 하시게요?"

"공짜? 아, 예수가 재림해 논산훈련소에서 신병 훈련을 받다가 상사를 구타하고 탈영이라도 한 소재요, 아니면 석가가 환생해서 백주 대로에서 뭇 여성을 희롱하며 고성방가하다 질서사범으로 붙잡혀 가 곤욕이라도 치른다는 소재요. 뭐요 그 소재가?"

"불경하시군요."

"내 말에 대답이나 하시오!"

"명령인가요?"

"그렇소!"

"왜죠?"

"당신을 다스리기 위해서요."

"다스려요? 저를요? 웃기지 마세요. 다스림은 인仁이라 했는데 그런 스파르타식으로 절 다스려요?"

"당신 지금 공맹孔孟의 추로학鄒魯學을 얘기하자는 거요?"

"천만에요. 공맹 추로라면 선생님을 어찌 당합니까. 족탈 불급이죠."

"그런데 왜 자꾸 동에도 서에도 안 닿는 말로 종이금 금이종縱而擒檎而縱하는 거요?"

"소재 안 사시겠어요?"

"또 그 놈의 소재타령이오. 사겠소."

"1억 원 낼 자신 있으세요?"

"이것 보시오. 당웅비 대천하當雄飛大天下의 사나이 말이 돈 아니오. 현금만 돈이오?"

"좋아요. 얘기하쇼."

"정직하게 얘기해야 하오."

나는 이거 헛말 귀양 보내는 게 아닌가 싶어 좀은 후회했지만 내친걸음이니 한 번 들어나보자 했다.

"서울에 노신사 한 분이 계시죠. 로맨스그레이를 연상시킬 만큼 멋진 노신사죠. 그런데 이 분이…"

여인은 여기서 말을 그치고 뜸을 들였다.

"지금은 서도와 묵화를 치면서 소일하시지만 젊으셨을 땐 대단하셨죠."

"뭐가 말이오."

“풍운아 혁명아셨으니까요. 만주 벌판을 누비며 잃어버
린 조국을 찾겠노라 의혈이 충천하신 채로요.”

“독립운동을 했단 말이오”

“그렇죠. 말달리던 선구자처럼요. 그 분은 일찍이 연희
전문을 나오신 양반의 후예로 몰락한 사대부가의…”

“마지막 의혈남아라도 된다는 거요?”

“그래요. 그런데 그런 그 분께서 그만…”

“그만 뭐요?”

“독립이 돼 환국하셨지만…‘

“어찌 됐단 말이오.”

“그만 두겠어요.”

“그만 두겠다니. 여태껏 말하다 무슨 뚱딴지 같은 소리요.”

“그 분은 세상에 알려지길 절대 원하지 않는 분이니까요.”

“아, 잠깐. 지금 당신은 그 분이 세상에 알려지길 절대 원
하지 않는다고 했는데, 그렇다면 그런 그 분을 당신은 어찌
그리 잘 아시오?”

“딸이니까요!”

“딸?”

“아, 실언했어요.”

“실언? 할 말 다 하고 실언이라니.”

“천기누설이에요. 말하지 않아야 할 말을 했어요.”

“당신은 꼭 결정적인 데서 까탈을 부리는구만. 좋소! 말

하기 싫으면 관두시오. 나도 듣기 싫으니까!”

나는 이제야말로 정말 이 여인의 말이 듣기 싫어졌다. 가증스레 가즈럽을 떠는 것이라든지 궁따다로 능갈치며 든장질하는 수작이 문뱃내처럼 고약해 미간이 찌푸려졌다. 한데도 여인은 여행을 좋아하냐느니 계절은 언제가 좋으냐느니 하며 넉살좋게 물어왔다. 그러며 자기는 여행을 좋아하는데 별로 못 다녔고 계절은 가을이 좋고 눈보다는 비가 좋다고 했다. 그런가하면 또 우리나라 작가 중엔 누가 술을 제일 잘하고 노래는 누가 제일 잘 부르며 욕은 누가 제일 잘하느냐는 따위의 고리고 배린 질문까지 해댔다.

얼씨구. 이젠 군밤타령까지 하시는군.

나는 이 여인이 혹시 사고의 장애나 감정, 의지, 충동, 따위의 이상으로 생긴 그래서 인격 분열의 증상이 현실과의 접촉을 상실하고 정신의 황폐를 가져온 조발성치매早發性癡呆 같은 게 아닌가를 생각했다. 내가 이 여인을 이렇게 생각하는 데는 다음과 같은 질문도 한몫을 했다.

“작가 현진건은 사회가 술을 권해서 마셨다죠? 선생님은 욕도 잘 하시나요? 순수 타락은 해 보셨나요? ‘도둑일기’를 쓴 장쥬네나 ‘기아와 살륙’을 쓴 최학송은 타락했나요? 순수타락 말에요. 진정한 작가는 고뇌하고 절망하다 그 고뇌와 절망 속에서 죽어간다죠? 순수가 오염된 현실, 그 현실이 작가를 질식시키는 걸까요? 선생님은 타락해 보셨나요? 순수타락 말이에요. 선생님은 안 해 본 일이 없으시던데 취미신가요? 너무너무 어렵게 사셨어요. 왜 그렇게 바보처럼 사셨죠? 왜 돈을 못 벌고 출세하고 담을 쌓았죠? 지조 때문인가요? 강직 때문인가요? 현실은 각박하고 냉철한데 그런 식으로 어떻게 이 어려운 세상을 살죠? 오상고절인가요? 독야청청인가요? 선생님은 돈을 못 번 게 아니라 안 번겁니다. 문학에 바친 그 정열 그 노력을 돈 버는 쪽에 반의반만 바쳤어도 상항은 달라졌을 겁니다. 그렇게 사시는 게 이상인가요? 처세관인가요? 작가는 숙명적으로 가난해야 하나요? 불행해야 되나요? 선생님은 타락도 한 번 못해보셨죠? 오뚝이처럼 히드라처럼 끈질기게 끈질기게 되살아났으니까요. 그렇지만 돈은 있어야 합니다. 작가라고 반드시 가난해야 된다는 논리는 성립되지 않습니다. 가난은 작가의 전매특허가 아닙니다. 가난해야 글이 나온다구요? 선생님은 굶고도 글 쓰세요? 금강산도 식후경 아닌가요? 비단 옷도 한 끼 밥과 바꿔먹는 것 아닌가요?"

여인은 외워둔 글귀를 내려읽듯 막힘없이 지껄여댔다. 나는 어이가 없었지만 여인을 네뚜리하거나 부개비잡혀 허텅지거리하지 않았다. 여인의 말에 상당 부분 머리를 주억거릴 만한 대목이 있어서였다.

"선생님 제 말씀 듣고 계세요?"

내가 아무 대꾸가 없자 여인이 궁금했는지 빠른 말로 물었다.

"물론 듣고 있소"

"다행이군요. 그럼 한 가지 충고를 해도 될까요?"

"언제는 당신이 내 의사 물어보고 말했소?"

"그랬나요?"

"금과옥조의 충고라도 되오?"

"죄송합니다."

"죄송? 당신한테 죄송이란 말은 어울리질 않소. 하던 식대로 하시오!"

"절 예의 없는 여자로 보시는군요. 저, 사실은 그런 여자 아니에요."

"아니고 밖이고 어서 하시오. 돈 벌라는 충고요?"

"그래요. 인생관을 바꾸세요."

"뭐요?"

"악수를 하세요."

"악수?"

"그래요. 현실과 타협을 하시란 말예요. 세상에 독불장군 있나요?"

"당신 오지랖까지 넓구만. 거지가 도승지 불쌍타 한다더니 당신이야말로 그 격이군. 내 걱정 말고 당신 앞가림이나 잘 하시오!"

"현대는 경제시댑니다. 고도화 된 산업화시대에요. 자본주의는 돈이 곧 인격입니다. 선생님이 아무리 실력 있고 똑똑해도 돈 앞엔 무력합니다. 제 말이 틀렸나요? 돈을 버셔야 합니다.”

여인은 끊임없이 떠들어댔다. 나는 더는 들을 수가 없어

“닥치시오!”

하고 소리쳤다. 여인의 말에 일응 수긍이 가면서도 나도 몰래 뼛성이 났던 것이다.

“아까워서 그래요. 속이 상해 그래요. 누가 알아줍니까. 선생님 같은 분이 돈만 있으면 금상첨화 아닙니까. 하루 천리를 달리는 천리마도 이를 알아주는 백락伯樂이 없으면 한낱 소금수레나 끈다지 않습니까. 이를 염거지감鹽車之憾 이라 한다죠? 그릇은 그릇만큼 담아야 하고 재목은 적재적소에 쓰여야 합니다!”

여인은 내가 자닝스러운지 애처로운 어조로 말했다.

“생각해줘서 고맙소. 한데, 우리 여기서 전화 끊읍시다. 손에 쥐가 나고 머리에 혼동이 와서 더 이상 전화를 받을 수가 없소.”

나는 여기서 전화를 끊어버렸다.

이 여인과의 대화는 장장 일곱 시간 십 분 동안 이어졌다. 어젯밤 열 시 십 분부터 오늘 아침 다섯 시 이십 분까지 계속했으니 여간한 인내가 아니었다. 진기한 기록만을 싣는다

는 기네스북에 장시간 통화한 기록이 있는지 없는지 모르지만 만일 이런 항목이 있다면 이는 기네스북감이 될 지도 모를 일이었다.

에필로그

이러고 열흘 쯤 지난 어느 날. 나는 발신인의 주소 성명이 없는 편지 한 통을 받고 적이 의아했다. 그리고 편지의 사연을 읽고 깜짝 놀랐다. 편지에 이런 사연이 적혀 있었기 때문이었다.

'선생님!

저는 오늘 이곳을 떠나 캐나다로 갑니다. 십여 일 전 선생님과 일곱 시간 십 분 동안 통화를 하며 무람하게 선방을 떤여잡니다. 부디 그 때의 마구발방을 너그러이 용서해 주시고 선생님의 월장성구月章星句가 금성옥진金聲玉振으로 광풍제월光風霽月하시길 빕니다.

아, 참 잊을 뻔 했습니다. 마지막으로 제가 누구라는 걸 밝혀드리겠습니다. 저는 선생님의 아파트 바로 앞 1010호에 살던 올 해 33세의 목발 독신녀입니다.

그럼 건강하게 좋은 글 많이 쓰시고 안녕히 계십시오.

1983년 8월 22일 밤 10시 목발녀 K 올림'

　나는 편지를 다 읽자 그만 '아!' 하고 알 수 없는 탄성을
발했다. 그러며 이렇게 중얼거렸다.
　"아니 그럼 그 여인이 바로 엘리베이터에서 가끔 만나 말
없이 목례로만 인사를 주고받던 목발 짚은 그 여인이었단
말인가?!"

날난 세상
-시봉侍奉이 무너져 요계澆季가 되니-

사족

이 소설 '날난 세상 -시봉이 무너져 요계가 되니-'는 사실일 수도 있고 허구일 수도 있다. 그래서 알 만한 사람은 알고 모를 만한 사람은 모른다.

이 소설은 또 사람에 따라 치지도외 할 수도 있고 반대로 죄책감을 느껴 개과천선의 계기가 될 수도 있다. 뉘우침이란 그리고 깨달음이란 기실 엄청나거나 대단한 데 있지 않고 지극히 평범하거나 보잘것없는 데서 나오는 경우가 많기 때문이다. 이를 우리는 저 유명한 공자 천주孔子穿珠에서 찾을 수 있는데 공자가 어느 날 꼬불꼬불한 구슬 구멍에 실을 못 꿰어 쩔쩔매자 이를 본 여항의 어느 추녀醜女가

"선생님, 굽은 구슬 구멍에 실을 꿸 때는 이렇게 하셔야 합니다."

하더니 구슬구멍에 꿀을 바르고 개미허리에 실을 매달아 구슬 구멍으로 들여보냈다. 그러자 개미는 실을 매단 채 신

통하게도 구슬 밖으로 나왔다.

'아하. 그렇구나! 내가 이를 몰랐구나!'

천하의 공자도 여항의 추녀 촌부로부터 굽은 구슬에 실 꿰는 법을 배우고 크게 깨달아 무릎을 쳤다. 공자가 구절양 장의 구슬에 실을 꿴 고사는 또 하나 있는데, 공자가 광匡이 라는 나라에 갔을 때 광나라 사람들은 공자를 악정의 권력 자 양호陽虎로 오인했다. 공자는 자신이 양호가 아니라고 강 변했지만 소용없었다. 그래도 공자는 양호가 아니고 공자라 주장했다. 그러자 광나라 사람들이 그렇다면 성현의 '표적' 을 보이라 요구했다. 사람들은 아홉굽이 구멍이 뚫린 구슬 을 내놓으며 실로 구슬을 꿰어보라 했다. 이때 공자는 언젠 가 길을 가다 어느 추녀한테서 배운 묘책이 떠올랐다. 추녀 는 그때 아홉굽이 굽은 구곡주九曲珠에 꿀을 바르고 개미허 리에 실을 매달아 구슬을 통과시키지 않았던가. 공자가 그 때 그 추녀에게서 배운 글자는 밀蜜, 의蟻, 사絲 세 글자였다. 공자는 추녀가 적어준 밀, 의, 사의 세 글자를 보고 곧 그 뜻 을 깨달았다. 밀은 꿀이요 의는 개미요 사는 실이니 그 뜻이 금세 나왔던 것이다. 그래 공자는 구슬 구멍에 꿀을 넣고 개 미허리에 실을 맸다. 개미는 실을 달고 이쪽 구멍에서 저쪽 구멍으로 나왔다. 이렇게 해 공자는 추녀의 덕으로 성현의 표적을 보여줄 수 있었는데 이것이 공자의 또 하나의 유명 한 고사다.

이렇게 볼 때 진리나 깨달음은 큰 사람이나 이름 높은 대학자 밑에서가 아닌 한낱 이름 없는 필부에게서 나올 수 있고 작부나 범부에게서 깨달음을 얻어 무릎을 칠 수도 있다.

각설하고,

나는 이제 제발 더는 시봉이 무너져 요계가 되는 날난 세상이 되지 않기를 간절히 바라며 이 글을 쓴다.

사례 1

청안 댁은 추수를 하고 마당질이 끝나자 서둘러 고추를 빻고 김치를 담갔다. 메밀을 갈아 묵을 쑤고 녹두를 갈아 전도 붙였다. 노루가 아이를 업어가도 뒤돌아볼 새 없다는 바쁜 추수와 마당질이 끝나 한허리 펴자 서울에 있는 아들 봉구 생각이 났다. 봉구는 자아시로 김치를 잘 먹었고 녹두전과 메밀묵을 유난히 좋아했다. 지난 추석에 내려왔을 때 김치에 메밀묵이며 녹두부침개를 붙여주자 걸신들린 듯 먹어대던 봉구가 눈에 밟혔다. '어이구 저것이 녹두 적과 메밀묵이 얼마나 먹고 싶었으면 저리 아귀아귀 먹을까 그래.'

청안 댁은 볼이 미어지게 먹어대는 봉구가 불쌍해 콧날이 시큰했다. 그래 며느리한테

"에미야, 애비가 메밀묵과 녹두전 좋아하는 거 알지? 허니 좀 귀찮더라도 가끔 시장에 가 사다 먹여라."

했지만 며느리는 귓등으로 들어 코대답도 안 했다. 아니 오히려 트레바리 하듯

"어머니, 요즘 누가 녹두부침개와 메밀묵을 사다먹어요. 촌스럽게시리."

하며 불퉁스레 네뚜리했다. 청안 댁은 며느리가 괘씸하고 발칙해 속으로 고얀 것 같으니라고 했지만 겉으로 드러내진 않았다. 성내 돌부리 걷어차 봤자 제 발가락만 아프듯 자칫 며느리한테 밉보여 책이라도 잡히면 그 화가 배참으로 고스란히 아들 봉구한테 돌아감을 잘 알기 때문이었다. 해서 브릇되게 비쌔는 며느리가 밉살스러웠지만 꾹꾹 눙쳐 참았다. 이런 청안 댁은 먼젓번 추석 때 아들 봉구를 며느리 몰래 불러내

"에비야. 니가 메밀묵과 녹두전을 한량없이 좋아하잖나. 먹고 싶을 때 구메구메 사먹어라. 어이구, 가까이 살면 에미가 매일인들 못해 먹일까."

하고 조근조근 말했다. 이는 그러나 추석 때만이 아니었다. 봉구가 서울에서 안부 전화라도 걸어오면 이런 저런 말 끝에 청안 댁은 꼭 아 참 애비야, 너 돌아댕기다 메밀묵과 녹두전을 꼭 사 먹어라? 서울은 시장마다 천지로 있을 게 아니냐 했다.

"이보, 임자. 서울은 돈만 주면 뭐든지 다 배달해 준다는 데 왜 늙은이가 힘들여 만들구 그래. 그만둬요. 먹고 싶으면

저희들이 해 먹든지 사 먹든지 하겠지.”

청안 댁이 아침부터 메밀묵 쑤랴 녹두전 붙이랴 애면글면 바장이자 이를 지켜보던 박 영감이 안쓰러워 한마디 했다.

“아, 서울 시장에서 파는 거하고 집에서 에미가 만드는 거 하고 같어유?”

청안 댁이 답답하다는 듯 박 영감을 몰아세웠다.

“그건 그렇지. 하지만 늙은이가 한두 번도 아니고 일 년에 몇 번씩 구듭을 치니 하는 소리지.”

“일 년에 몇 번이 아니라 다달이 몇 번씩 구듭을 쳐도 괜찮아요. 아, 에미가 새끼 좋아하는 음식 해 먹이는데 이깐 구듭이 대수에요?”

청안 댁이 그런 소리 말라는 듯 손사래를 쳤다.

“하긴 임잔 자식상에 원체 유난하니까.”

박 영감이 고개를 주억이며 추임새를 넣었다.

“그런 소리 말아요. 자식상에 유난하지 않은 부모도 있답니까? 세상 부모는 내남직없이 다 같어요.”

하더니 말을 바꿔

“저, 영감. 나 내일 서울 가요. 음식 장만한 거 가지구요. 손자 놈도 보고 싶고 또…”

하며 말꼬리를 흐렸다.

“또 뭐요?”

박 영감이 청안 댁을 재우쳤다.

"올라간 김에 며느리 살림하는 거 좀 지켜보고 와야겠어요. 며칠 걸릴테니 그리 아시구랴. 반찬은 장만해 냉장고에 넣어뒀으니 쌀만 씻어 전기밥솥에 안치면 돼요."

"만든 음식 가지고 손자놈 보고 싶어 서울 간다는 건 이해하겠는데 며느리 살림하는 거 지켜본다는 건 이해가 안 되네. 괜히 며늘아이 심사 건드려 평지풍파 일으키지 말고 국으로 있다가 와요"

박 영감은 어린애 물가에 세워놓은 듯 청산 댁이 못미더웠다.

"무슨 소리에요. 아, 살림하는 여편네가 집안에 들어앉아 남편 시중들고 아이 보살피며 살림이나 해야지, 어디 허구한 날 뺄때추니처럼 짤짤거리며 아침에 나가 밤에 들어와요. 이러니 집안 꼴 살림 꼴이 되겠어요? 언젠가 한번은 며늘아이가 안 일어나 봉구가 아침을 못 먹고 출근합디다. 봉구가 입이 걸고 먹성이 좋아 고봉밥 한 그릇씩 뚝딱 비우던 아이 아니우. 그리고 또 언젠가는 우유 한 잔에 빵 한 조각 먹고 출근합디다. 이것뿐이라면 말도 안 해요. 작년 겨울 녹두전 부치고 메밀묵 쑤어가지고 갔을 땐 며늘아이가 밤중까지 안 들어와 먼저 잤더니 아, 글쎄 아침에 봉구가 주방에서 지 여편네 해장국을 끓입디다. 세상에 하도 기가 막혀 말도 안나웁디다. 그래 이게 살림하는 여편네가 가당키나 한 일이에요?"

청안 댁은 그때 일이 되살아나는지 숨소리가 거칠어졌다.

"부당하지. 부당하고말고. 그렇지만 임자, 너무 나쁘게만 생각하지 말아요. 지금 세상이 우리가 살던 옛날 세상과는 딴판 다른 세상아니오."

박 영감은 청안 댁의 말에 전적으로 동감하면서도 은근히 며느리 편을 들었다.

"어떻게 나쁘게 생각지 않을 수 있어요. 왜 속담에 여자와 사기그릇은 내돌리면 안된다 했겠어요. 여자는 집안에 있어야 편안하다 합디다. 여자가 집안에 들어앉아 있는 글자가 편안할 안자 아닌가요?"

청안 댁은 내친걸음이라 그런지 하는 말에 막힘이 없었다.

"임자, 우리 며칠 전 텔레비에서 일식이 이식이 삼식이 하는 코미디 보았잖소. 세상이 지금 그 지경에 이르렀어요."

박 영감이 말하고 얼른 청안 댁의 눈치부터 살폈다.

"그 왜 말 같지도 않은 소릴 꺼내고 그래요. 방송국도 참 한심하지. 어떻게 그런 걸 다 내보내는지. 말세야 말세."

며칠 전에 내보낸 일식이 이식이 삼식이는 이런 내용이었다. 남편이 밖에 나가지 않고 매일 들어앉아 집에서 하루 세 끼니의 삼식三食을 꼬박꼬박 먹으면 주변머리 없는 사내일 뿐 아니라 무능하기 짝이 없는 남편으로 아내로부터 경멸당하고, 아침저녁 두 끼 식사를 집에서 하는 이식이 남편도 아내로부터 무시를 당하는데 아침 한 끼만 달랑 집에서 먹고

점심 저녁은 밖에 나가서 먹는 남편은 유능해 환영을 받는
다 한다. 그리고 아침 점심 저녁의 세끼 식사를 밖에서 먹는
남편은 최고의 멋진 유능한 남편으로 짱이라는 내용이었다.

  청안 댁이 서울에 있는 아들 봉구한테 간 것은 다음 날 오
후였다. 봉구는 어머니가 상경한다는 전화를 받고 일찌감치
버스 터미널에 나와 어머니를 기다렸다. 짐이 있다는 어머
니 말에 봉구는 보나마나 또 김치를 포함한 메밀묵과 녹두
부침개일 것이라 했다.
  아니나 다를까. 어머니는 이번에도 억척스레 스티로폼 상
자 세 개를 버스 밑 수화물 칸에 싣고 상경했다.

  이날 밤
  봉구는 회사에서 정시 퇴근을 해 어머니와 저녁을 먹었
다. 저녁은 물론 어머니가 만들어 온 메밀묵과 녹두부침개
로 대신했다. 모자는 오랜만에 오붓하게 마주앉아 화기 애
애 저녁을 먹었다. 며느리는 어디를 갔는지 날이 어두워도
들어오지 않았다. 봉구 말로는 무슨 모임에 나갔다 하는데
알 수가 없었다. 하나 밖에 없는 중학생 외동 손자 철이도
학원에 가고 없어 집이 온통 휑뎅그렁했다. 청안 댁은 속이
있는 대로 뒤집혀 부글부글 끓었다. 오늘 시에미가 오는 것
을 번연히 알면서도 밖에 나가 여태껏 들어오지 않는 며느

리가 도무지 마뜩찮아 당장 되짚어 내려가고 싶었지만 봉구를 봐 능쳐 참았다.

며느리가 들어온 것은 밤이 꽤 이슥해서였다.

"오셨어요?"

며느리는 현관을 들어서며 거실에 있는 시어머니에게 고개만 까딱하더니 이내 방으로 들어갔다.

사단이 난 것은 다음 날 아침이었다. 시에미가 있어서인지 며느리는 할 수 없이 아침을 지어 봉구와 철이에게 먹였다. 그런 며느리는 방에 들어가 무엇을 하는지 코빼기 한 번 안 내비쳤다.

"어머니 저 출근합니다. 텔레비전 보시고 쉬세요. 일찍 오겠습니다."

아들 봉구가 어머니 청안 댁한테 출근 인사를 하자 손자 철이도

"할머니, 저는 학교에 다녀오겠습니다."

하고 굽벅 절을 하기 급하게 우당탕퉁탕 내달았다. 이러고 얼마 후, 청안 댁은 거실을 좀 훔칠 요량으로 마룻걸레를 찾는데 (아파트엔 진공청소기로 청소하기 때문에 마룻걸레가 없다) 안방에서 며느리의 전화 받는 소리가 들렸다. 안방은 마침 방문이 빨쏨히 열려 있어 전화 받는 소리가 또렷이 들렸다.

"응, 그래. 좀 늦을 것 같애. 열한 시에 거기서 만나. 열 시까지 나오라고? 안 돼. 어제 시골서 촌년이 올라왔거든. 그

래. 그러니까 열한 시에 만나. 응. 응. 오케이!"

　며느리는 뭐가 그리 좋은 지 목소리에 힘이 실렸다. 청안 댁은 가슴이 벌렁거려 얼른 소파로 돌아왔다. 가슴이 후당당거려 견딜 수가 없었다. 청안 댁은 혹여 잘 못 들은 건 아닌가 했지만 틀림없는 '시골 촌년'이었다.

　'아니야. 내가 잘못 들었어. 명색이 시에민데 시골 촌년이라니. 말도 안돼.'

　청안 댁은 애써 부정하고 또 자위하며 가슴을 쓸어내렸다. 그러나 이게 잘못 듣지 않은 사실로 밝혀진 것은 잠시 후 며느리가 나간 다음이었다. 청안 댁은 며느리가 나가자 주방에서 가계부 겸 비망노트에 적혀 있는 '시골 촌년 용돈 10만원'을 보았다. 용돈 보낸 날짜를 보니 닷새 전이었다. 닷새 전이면 지난 장날 아닌가. 그날 며느리는 용돈 10만원 보냈다고 전화했었지. 청안 댁은 가슴이 우르르 내려앉고 눈앞이 캄캄해졌다.

　'이런 천하에, 이런 천하에!'

　청안 댁은 숨을 고른 다음 전화로 급히 아들 봉구를 불렀다. 봉구는 무슨 일인가 싶어 헐레벌떡 달려왔다. 청안 댁은 아들이 달려오자 아까 며느리가 시골 촌년이라 한 전화 내용을 말하고 지난 읍내 장날 용돈 10만원 보낼 때 시골 촌년이라 적은 가계 비망 노트를 내밀었다.

　"아니 이런 죽일년이! 이런 죽일년이!"

청안 댁의 말을 듣고 가계 비망 노트까지 본 봉구는 성난 부사리처럼 식식거리더니

"어머니! 저 어디 급히 다녀올 데가 있어 갑니다. 그러니까 제가 올 때까지 가시지 말고 계세요. 아셨죠?"

봉구는 이 말과 함께 밖으로 뛰쳐나가 자동차에 올랐다. 처가는 서울서 두 시간 거리에 있었다.

"아니 장 서방, 자네가 웬일인가? 소식도 없이 갑자기"

장모는 사위가 바람처럼 불쑥 나타나자 어안이 벙벙한 지 눈이 휘둥그레졌다.

"예. 춘년 좀 보러왔습니다!"

봉구는 화를 누그러뜨리려고 이를 사려물었다.

"춘년 좀 보러 오다니. 아니 자네 그게 대체 무슨 소린가? 그리고 춘년은 또 누군가?"

장모는 이게 뭔가 잘못되었음을 직감하고 얼른 사위의 눈치부터 살폈다.

"누군 누구요. 바로 당신이지!"

"아니 장 서방!"

"당신의 잘난 딸이 우리 어머니한테 춘년이라 하니 나도 당신을 춘년이라 할 수밖에 없잖소. 이제 알겠소?"

봉구는 행짜 부리듯 말하고 황소숨을 쉬었다.

"아니 장 서방 이게 대체 무슨 소린가. 딸아이가 어머니

께 촌년이라 하다니.”

장모는 영문을 몰라 똥마려운 강아지 꼴을 했다. 그런데도 사위는

“그럼 촌년 나 이만 가오. 딸년 불러 촌년들끼리 잘해보시오!”

하고는 휑하니 발길을 돌렸다. 장모가 따라 나오며 손사래 쳤지만 사위는 뒤 한 번 돌아보지 않았다.

이로부터 사흘 후.

장모는 청안 댁을 찾아가 딸 잘못 가르친 죄를 용서해 달라며 비대발괄 빌었고 며느리는 시어머니 청안 댁 앞에 무릎 꿇고 사죄하며 효부가 되겠노라 맹세했다.

사례 2

태호 씨는 아들 민수한테 얹혀서 산다. 아들 민수가 아버지 태호 씨를 모시고 산다해야 이치에 맞는데 태호 씨는 굳이 아들 민수한테 얹혀산다고 한다.

태호 씨는 올해 일흔 일곱 희수로 홀아비다. 태호 씨는 평생을 교육자로 봉직하다 초등학교 교장으로 정년퇴직을 했다. 아내는 삼 년 전 뇌일혈로 먼저 갔지만 태호 씨는 희수에도 아직 건강한 편이어서 자리보전은 하지 않고 있다. 그러나 겨울 날씨 눅은 것하고 늙은이 근력 좋은 건 믿을 게 못 돼 언제 덜컥 몸져누울지 모르나 적어도 지금까지는 잔

병 몇 가지만 가지고 있을 뿐 이렇다 할 큰 병이 없어 여간 다행이 아니다. 한데도 태호 씨는 경제력이 없어 친구들과 소주 한 잔 할 형편이 못된다. 그래서 늘 죽지 빠진 새처럼 어깨가 축 쳐진 채 아들 눈치만 보고 있다. 아들이 혹여 용돈이라도 좀 줄까해서이다. 그러나 아들은 아버지의 이런 사정을 아는지 모르는지 용돈 줄 낌새조차 없다. 아들이 재벌 회사의 부장쯤 되니 적이나하면 한 달에 한 이십만 원씩 용돈을 줄만도 한데 아들은 내 알바 아니라는 듯 몽따기하기 일쑤이다. 아니 아들이 용돈을 아주 안 주는 건 아니어서 쇠코에 땀나듯 어쩌다 몇 만 원씩 주긴 준다. 하지만 이 돈으로는 매일 먹는 혈압약과 전립선 약값도 될 지 말 지해 손에 묻은 밥풀이다. 이런 옴나위없는 형편인지라 친구는 고사하고 혼자 나가 점심 한 끼 사 먹을 수도 없어 쇠털 같이 수많은 날 뒷방 늙은이 노릇을 할 수밖에 없다. 태호 씨가 나이에 비해 건강한 편이어서 자리보전한 일이 없다했지만 실은 아픈 데가 여러 군데 있다. 우선 눈이 침침해 잘 안보이고 단단한 음식은 잘 씹을 수 없어 개 머루 먹듯 우물우물 넘기며 오줌도 빈뇨에 시달려 한 시간에 몇 번씩 화장실에 가고 무릎노리는 시큰거려 계단을 오르내릴 때 쩔쩔매곤 한다. 여기다 걸핏하면 또 먹은 게 체해 소화가 잘 안되고 손발도 쑤시고 저려 고통을 겪는다. 그래도 태호 씨는 같은 나이의 다른 친구들에 비하면 고통을 덜 겪는 셈이다. 희수를

맞은 또래의 친구들 중엔 벌써 유명을 달리한 사람이 반나
마 되었고 유명을 달리하지 않았다 해도 위암이 아니면 폐
암 같은 큰 수술을 받은 사람이 한두 사람이 아니다. 어찌어
찌 운 좋게 큰 수술을 안 받은 친구들도 치매가 아니면 중
풍, 중풍이 아니면 당뇨에 걸려 마련이 아니다. 그러니 이런
친구들에 비하면 소소한 병은 병도 아니다 싶어 위안을 삼
는다. 하기야 나이 팔십이 코앞인데 몇 군데쯤 아픈 게 뭐
그리 대수이겠는가. 무쇠로 만든 기계도 팔십여 년 써먹으
면 탈나고 고장나 폐기할 일인데 항차나 사람이 그 오랜 세
월 동안 탈 안 나고 병 안 난다는 게 오히려 이상하다. 그런
데도 태호 씨는 나이가 한 십 년 젊어 육십 대 후반만 돼도
구청이나 동사무소에 가 사정해 길에 버려진 종이나 담배
꽁초 줍는 일이라도 해 용돈을 벌어보겠는데 팔십 나이가
곰비임비 마빡에 붙었으니 아무짝에도 쓸모없어 미랭시未冷
尸노릇만 하고 있다. 태호 씨 형편이 이 지경에 이르고 보니
허구한 날 천덕꾸러기가 돼 아들 며느리 눈치만 보고 산다.
그러자니 태호 씨는 자연 사타구니에 꼬리말아 끼우고 주인
눈치 보는 강아지 꼴이어서 기 한번 못 편 채 주눅 들어 산
다. 아들 며느리가 원두한이 쓴 외 보듯 태호 씨를 대하니
어찌 안 그렇겠는가. 사정이 이런지라 태호 씨는 밖에서 친
구들과 점심 한 번 할 수 없어 안타깝다. 친구들과 점심은
그만두고 그 좋아하는 삶은 돼지고기 한 번 먹을 수 없어 속

이 늘 헛헛해 소증素症이 일고 앉았다 일어나면 눈에서 별이 번쩍인다. 상황이 이럼에도 태호 씨는 외모 하나는 궁도령의 옥골선풍으로 잘 타고나 고량자제 저리 가라로 풍채가 좋다. 일종의 청승살이다. 풍년거지가 더 섧다고 몸이라도 들피져 궁기가 보이면 동정이라도 받으련만 외모가 개 죽사발 핥아 놓은 듯 희번드레해 누가 봐도 깔축없이 팔자 좋고 재력 있는 노인네로 본다.

이런 태호 씨는 그러나 처음부터 경제력이 없었던 건 아니어서 정년 때는 상당한 퇴직금이 있었다. 그랬는데 아들 민수가 사놓기만 하면 일 년 안에 열 배 이상 수지맞는 주식이 있다며 퇴직금 전액을 빌려달라 했다. 태호 씨는 한 마디로 구름 잡는 허욕이다 일축하고 일언지하에 거절했다. 그런데도 민수는 믿을 만한 선배가 권유하는 상품이라 땅 짚고 헤엄치기라면서 매일을 하도 졸라 할 수 없이 연금 신청을 포기하고 퇴직금을 일시불로 타 민수를 주었다. 그러나 그렇게 큰 소리치고 흰소리치던 주식이 처음 몇 달간은 수직 상승해 괜찮다 싶더니 웬걸 육 개월 후부터는 급전직하로 바닥을 쳐 대박 아닌 쪽박으로 깡통이 되고 말았다. 호박 씨 까서 한입에 털어 넣은 결과가 된 것이다.

오늘도 태호 씨는 죽은 말 지키듯 혼자 우두커니 뒷방에 앉아 있다 집을 나와 성남행 버스에 올랐다. 성남 공원묘지에 묻혀 있는 아내한테 가기 위해서였다. 마음이 심란하고 울적하거나 아내가 사무치게 그리워 못 견딜 지경이면 태호 씨는 처연한 마음으로 아내의 무덤을 찾아가 하루 종일 놀다 왔다. 어떤 날은 아내가 생전에 즐겨 부르던 '오빠 생각' 과 '메기의 추억'을 불렀고 어떤 날은 '여보, 나도 어서 당신 곁으로 데려가 주오 하고 몽니부리 듯 봉분을 쓸어않았다. 그러면 아내는 곡두로 나타나 배시시 웃었다. 결혼 초 신혼 생활 때의 웃음 그대로였다. 아내는 태호 씨가 사범학교를 졸업하고 고향의 면소재지 초등학교(그때는 국민학교)로 초임 발령 났을 때 시부모님을 모시고 살았다. 태호 씨는 십 리나 되는 면소재지 학교를 걸어서 출퇴근을 했고 아내는 시부모 님을 시봉侍奉하며 가녀린 새댁의 몸으로 그 힘든 농사일을 거들었다. 그러면서도 불평 한 마디 없이 시부모님을 받들 어 말끝마다 예 아버님, 예 어머님 하며 혀의 침처럼 사근사 근 부닐었다. 아내는 밭 매고 베 나르고 디딜방아에 보리 찧 어 대끼고 그 대낀 보리쌀을 곱삶아 삼 시 세 끼 더운밥을 지어내도 얼굴 색 한번 변하질 않았다. 태호 씨는 이런 아내 가 측은하고 자닝스러워 북두갈고리 같은 어덕더덕한 손을 매만지며 미안하다 할라치면 아내는 부모님 모시고 사는 게 자식 된 도리로 기쁜 일인데 당신은 참 별소릴 다 한다며 배 꽃처럼 웃었다. 그러면 태호 씨는 더욱 미안해 여보, 우리 부모님께 말씀드려 딴 살림날까? 하고 묻기라도 하면 아내는 큰일이라도 난 듯 화들짝 놀라며 그런 당치도 않은 소린 하지도 말라했다.

태호 씨는 아내의 무덤을 찾을 때마다 아내가 더욱 그리워 집으로 돌아오는 발길이 천 근 만 근 무거웠다. 집이 집이 아니라 유배지나 범의 덫 같아 돌아가기가 싫었다. 아침만 먹으면 휘지르고 나가 저녁이 돼야 들어오는 며느리와 회의다 술자리다 하며 자정이 넘어야 들어오는 민수. 여기에 대학 일학년의 손자와 여고 이학년의 손녀까지 밤이 늦어야 들어오니 집은 귀양살이 아닌 귀양살이어서 정나미가 떨어졌다. 하다못해 강아지라도 한 마리 곁에 있으면 정을 붙여 보겠는데 여우처럼 생긴 애완용 강아지는 며느리가 보물처럼 안고 다니며 물고 빨고 하니 집은 언제나 적막강산이다. 아들 민수나 며느리가 용돈이라도 쓸 만큼 준다면 어디 구경이라도 다니고 친구들 불러내 맛있는 음식이라도 사먹겠는데 돈이라고는 씨가 져 약에 쓰려 해도 없으니 죽으나 사나 집에 틀여박혀 있을 수밖에 없다. 손자와 손녀가 무엇 무엇에 필요하다면 돈을 십만 원이고 백만 원이고 아낌없이 척척 내주면서도 태호 씨한테는 다랍게 인식해 자린고비 저리 가라다. 이런 태호 씨는 어느 날 자신이 이 집에서 서열이 몇 번째 쯤 될까 따져보다 감작 놀랐다. 서열이 맨 꼴찌 여섯 번째였기 때문이다. 첫 번째는 손자요, 두 번째는 손녀였다. 그리고 세 번째는 아들 민수, 네 번째는 며느리,

다섯 번째는 애완용 강아지, 맨 끝 여섯 번째가 태호 씨 자신이었다.

'서열 여섯 번째, 서열 여섯 번째?'

태호 씨는 서열 여섯 번째를 몇 번이나 되뇌며 땅이 꺼지게 한숨을 토했다.

"아버지, 아버지 어디 계세요."

일요일에도 예외 없이 회사에 나가 밤늦게 들어오던 민수가 오늘은 웬일로 일찍 들어와 태호 씨를 찾았다. 며느리와 손자 손녀는 진작에 나가고 없었다.

"아버지, 아버지"

민수가 다시 태호 씨를 불렀다. 태호 씨는 그때서야

"왜 그러냐. 애비 여기 있다."

하고 마당가 개집에서 엉금엉금 기어나왔다.

"아니, 아버지! 왜 개집에서 나오세요?"

민수가 눈을 크게 뜨고 물었다.

"왜 개집에서 나오냐고?"

"예!"

"나도 개만큼이라도 대접 받고 싶어서 그런다. 왜, 잘못됐냐?"

"?!"

사례 3

　월산 댁은 손자 석이가 보고 싶어 상경을 했다. 눈에 넣어도 아프지 않을 손자 놈이 아장아장 걸으며 부리는 재롱이 눈에 밟혀 견딜 수가 없던 것이다. 월산 댁은 완구점에 들러 손자 놈이 갖고 놀 장난감 몇 개를 사가지고 부랴부랴 아들네 집으로 갔다. 미리 전화를 걸어서인지 며느리가 오늘은 집에 있었다. 아들네 아파트는 시외버스 터미널에서 그리 멀지 않은 곳에 있어 택시를 타면 금방이었다.

　"아이구, 어디 보자. 우리 강아지 잘 놀았쩌?"

　월산 댁이 벙긋거리며 아장대는 손자를 덥석 안으며 볼에 입을 맞추었다. 그러자 이 광경을 본 며느리가 기겁을 하며 손자 놈을 채뜨려 뺏었다. 월산 댁은 무연한 표정이 돼 머쓱하게 물러나 앉았다.

　"석이 볼에 뽀뽀는 하지 말고 그냥 안기만 하세요."

　며느리가 눈 꼬리를 치켜뜨며 샐쭉하게 말했다.

　"응, 알았다. 난 석이 놈이 하도 귀여워서…"

　월산 댁은 큰 잘못이라도 한 듯 눈 둘 곳을 몰랐다.

　"잘 아시겠지만 요즘 신종플루 때문에 비상이에요. 화장실에 가서 손부터 깨끗이 씻으세요"

　며느리가 냉랭하게 말하며 화장실을 턱짓했다.

　"응? 응 그러지 뭐. 이거 애비가 좋아하는 무시루떡이다.

이따 퇴근하거든 김칫국 끓여 먹여”

월산 댁이 말하고 시루떡 보따리를 며느리 앞으로 밀쳐놓았다.

“이런 건 뭣 하러 가져오세요. 누가 먹는다고”

며느리가 대수롭잖다는 듯 시루떡 보따리를 한쪽으로 밀어놓았다.

“누가 먹긴. 애비가 무시루떡을 얼마나 좋아하는데”

“그건 옛날 못살 때 얘기죠. 요새 누가 이런 걸”

“그래도 이따가 애비 오거든 줘”

월산 댁은 이 말과 함께 화장실로 가 손을 씻었다. 그런데도 영 마음이 개운치를 않고 꺼림직했다. 아니 분했다. 세상에 친할미가 친손자 볼에 입 한번 맞춘 게 무슨 큰 잘못이고 친에미가 친아들 좋아하는 무시루떡 해 가지고 온 건 또 무슨 큰 잘못이라고 그리 내박치는가. 신종풀루인가 친정풀루인가 하는 게 뭔지 잘 모르지만 명색이 시에미를 좁은 골에 돼지 몰 듯 몰팍스레 몰아붙여? 그리고 옛날 못살 때 얘기지 누가 요새 무시루떡을 먹느냐고?

월산 댁은 생각할수록 분하고 괘씸해 당장 집으로 내려가고 싶었지만 눙쳐 참았다. 벼르고 별러 큰마음 먹고 왔는데 아들 얼굴도 안 보고 갈 수는 없었다.

아들이 퇴근한 것은 밤이 꽤 이슥해서였다. 아들은 어머니 월산 댁을 보고도 그저

"어머니 오셨어요?"

할뿐 더는 말이 없었다. 그렇게도 살갑고 오사바사하던 아들이 왜 저리 됐을까 싶자 월산 댁은 억장이 무너졌다. 마땅히 아버지 안부를 묻고 고향 이야기며 농사 이야기, 시절 이야기며 세상 이야기를 무시루떡 먹어가며 두런두런 나눌 줄 알았는데 아들은 무슨 동티가 났는지 잠시 텔레비전을 보는가 하더니 생게망게하게 방으로 들어갔다. 월산 댁은 이런 아들을 도저히 이해할 수 없어 뭐가 잘못 돼도 크게 잘못 됐구나했다.

다음 날 날이 밝자 아들은 회사일이 바쁘다며 아침도 안 먹고 출근했고 며느리는 토스트에 잼을 발라 우유 한 컵과 함께 아침이랍시고 월산 댁 앞에 내놓았다. 그러더니.

"오늘 석이 잘 보고 계세요. 볼에 입대지 마시구요. 아셨죠? 오늘은 탁아소에 석이를 안 맡기니까 대신 할머니가 석이를 잘 보셔야 돼요. 그리구 우유 냉장고에 있으니까 알맞게 데워 서너 번 먹이세요. 손 깨끗이 씻어야 해요? 은행에 가 볼일보고 워크숍에 갔다가 세미나에 가려면 여간 바쁘질 않겠네. 아 참, 오늘 심포지엄도 있고 대학 동창 모임도 있네"

하며 정신없이 주워섬겼다. 월산 댁은 뭐가 뭔지 몰라 정신없이 주워섬기는 며느리 얼굴만 멍하니 쳐다봤다. 탁아소니 동창 모임이니 하는 말은 알겠는데 워크숍이니 세미나니 심포지엄이니 하는 말은 도무지 무슨 말이지 알 수가 없었다.

"아, 그리구요. 무슨 일 생기면 바로 전화하세요. 내 핸드폰 번호는 집 전화기 앞에 적어놨어요. 전화 걸 줄 아시죠?"

며느리는 이 말을 끝으로 석이를 번쩍 안고 볼에 무수히 뽀뽀를 하더니

"왕자님. 오늘 잘 놀아요. 아이구 예쁜 우리 왕자님!"

하고 궁둥이를 몇 번 쳤다.

"시에미가 무식한 촌무지렝이라고 전화도 못 걸 줄 알어? 내 참 기가 막혀서 원. 그리고 저는 새끼 볼에 뽀뽀하면서 왜 나는 손자 볼에 뽀뽀를 못하게 해. 내가 그렇게 더러워? 내가 무슨 몹쓸 병에라도 걸렸어?"

며느리가 나가자 월산 댁은 현관에다 대고 혼잣소리로 왜장을 쳤다. 분하고 속상하고 괘씸하고 서러워서 견딜 수가 없었다. 그런데도 월산 댁은 며느리 없는 공간에서 손자 석이와 단둘이 있다는 게 얼마나 좋은지 몰라 춤이라도 추고 싶었다. 월산 댁은 우선 손자를 보듬어 양 볼에 뽀뽀부터 실컷 하고 눈을 맞춰 연해 몇 번 까꿍을 했다. 그러자 손자가 까르르 까르르 웃으며 네 활개를 버둥거렸다.

"어이구 그렇지. 어이구 우리 강아지 웃기도 잘하지."

월산 댁이 이번에는 손자를 일으켜 세워 양쪽 겨드랑이를 붙들고 두 다리를 번갈아 흔드는 부라질을 시켰다. 손자는 뒤뚱뒤뚱 부라질을 따라했다.

"어이구 우리 강아지 부라질도 잘 하시네. 그럼 짝짜꿍도

한번 해볼까?"

월산 댁이 손자를 가까스레 앉혀놓고 두 손을 쥐었다 폈다 하는 죄암죄암 짝짜꿍과 왼손 바닥에 오른손 집게손가락을 댔다 뗐다 하는 곤지곤지 짝짜꿍을 해 보였다.

이렇게 손자와 얼마나 재미나게 놀았을까. 네 활개를 버둥대며 까르르 까르르 잘 놀던 손자가 갑자기 칭얼칭얼 보채기 시작했다. 녀석이 오줌을 쌌나? 월산 댁이 기저귀를 벗겨보니 기저귀는 똥오줌으로 매대기를 치다시피 했다.

"어이구 우리 강아지 기저귀 갈아달라고 울었쩌?"

월산 댁이 혀를 끌끌 차며 기저귀를 갈아 끼웠다. 그런데도 손자는 계속 울었다. 아, 이 녀석이 배가 고픈 게로군. 그럼 우유 데워 먹여야지.

월산 댁이 마악 일어나려는데 전화가 왔다. 며느리였다.

"석이 잘 놀아요? 기저귀 갈아 끼웠어요? 우유 먹였어요?"

며느리는 마치 심문하는 말투로 한꺼번에 여러 가지를 물어봤다. 월산 댁은 석이 잘 놀고 기저귀 갈아 끼우고 우유는 지금 먹이려 한다 하자

"알았어요. 석이 잘 보세요!"

하고 전화를 끊었다. 빈말이라도 어머님 소리 한번 없고 점심 진지 못해드려 죄송하다는 말이 없다. 월산 댁은 불현듯 큰 며느리와 둘째 며느리 생각이 났다. 큰 며느리는 보통학교(초등학교)만 졸업하고 중학교밖에 안나온 농투성이 큰

아들한테 시집 와 나이 쉰 줄에 든 지금까지 흙먼지 뒤집어
쓰고 봉두난발 농사지어도 월산 댁이 가면 큰절로 인사하고
힘든 기색 하나 없이 어머님 어머님 했고 중학교밖에 안나
온 둘째 며느리는 고등학교를 나와 고향 군청 농정과에 말
단으로 있는 둘째아들한테 시집 와 조그마한 아파트에 살면
서도 월산 댁이 가면 반색을 하고 며칠 푹 쉬셨다 가시라며
이것저것 맛있는 음식을 정성으로 만들어 대접했다. 그런데
막내아들과 막내며느리는 둘다 한다하는 대학교를 나와 아
들은 재벌회사에 공채로 뽑혀 장래가 반석처럼 보장돼 있고
며느리는 친정이 엄청난 부자여서 시집을 때 오십 평이나
되는 아파트와 고급 승용차를 가지고 왔는데도 어찌 된 영
문인지 월산 댁을 단 한번 어머님이라 부르지 않았다. 그래
월산 댁은 막내며느리 한테는 오고 싶지 않아 몸이 사려졌
지만 손자 석이 녀석이 눈에 밟혀 큰마음 먹고 온 것이다.

시간이 얼마나 흘렀는지 손자 석이가 한잠 자고 눈을 뜨
자 월산 댁은 두 번째 우유를 손자에게 먹였다. 그러다 벽시
계를 보니 한 시가 다 돼 있었다. 월산 댁은 시장기를 느껴
주방으로 갔다. 라면이라도 한 봉지 끓여 먹을까 해서였다.
찬밥이 있으면 매나니로나마 볼가심을 하겠는데 아침도 토
스트 몇 조각에 우유 한 컵만 달랑 내놓고 나간 며느리였으
니 밥이 있을 리 없었다.

나이 일흔에 내가 이게 무슨 꼴인가.

월산 댁은 라면을 끓여 식탁 위에 올려놓고 황소숨을 쉬었다. 이때 또 전화가 왔다. 보나마나 며느리일터였다

"석이 잘 놀아요?"

며느리가 쌀쌀맞게 말하며 따지듯 물었다.

"응. 조금 전 한잠 자고 나 우유 먹였어. 걱정말어."

월산 댁은 무슨 죄나 지은 듯 말꼬리를 사렸다. 그런데 바로 이때 뭐가 바닥에 툭하고 떨어지는 소리가 나는가하자 손자 석이가 자지러지게 울었다. 월산 댁은 가슴이 덜컥 내려앉아 석이한테로 쫓아갔다. 석이는 식탁 밑에서 자반뒤집기를 하고 있었다.

"아이구 석아! 이게 웬일이냐. 이게 대체 웬일이여!"

월산 댁은 석이를 부둥켜안고 울부짖었다. 전화 받는 사이 석이가 엉금엉금 기어와 식탁 다리를 잡고 일어서려다 라면 그릇이 떨어진 듯했다.

"왜 그래요? 무슨 일 있어요?"

며느리가 숨넘어가듯 다급히 소리쳤다. 그런데도 월산 댁은 석이를 끌어안고 어찌할 바를 몰라 찬물에 발을 담그고 간장을 떠다 발에 바르고 했다. 석이는 다행히 양쪽 발등만 덴 듯했다.

"아이구 석이야. 제발 무사하거라. 하느님 부처님 천지신명님, 제발 제발 우리 석이가 아무 탈 없게 아무 탈없게…"

　월산 댁은 석이를 붙안은 채 발을 동동 굴렀다. 송수화기에서는 며느리의 찢어질 듯 앙칼진 소리가 연해 흘러나왔다. 월산 댁은 그제서야 전화 생각이 났다.

　"에미야. 이를 어쩌냐. 석이가 글쎄 석이가…"

　월산 댁은 가슴이 떨려 말을 잇지 못했다.

　"석이가 왜요. 무슨 일이에요. 빨리 말하세요. 빨리!"

며느리의 재촉이 성화같았다. 월산 댁은 독하게 마음먹고 침을 꼴깍 삼켰다. 석이는 한결같이 울어댔다.

　"석이가, 내가 삶은 라면 그릇을 엎질러서 그만 발을, 발을…"

　"발을 어쨌어요? 데었어요? 그래요?"

　"그런가봐. 에미야 내가 잘못했다. 잘못했다."

　월산 댁은 그만 울음을 터뜨렸다.

　"아니 뭘 잘했다고 울어요. 얼른 찬물에 석이 덴 발부터 담궈요. 알았어요?"

　"알았어. 지금 그렇게 하고 있어. 아이구 석이야! 아이구 석이야!"

　월산 댁은 석이를 안고 깨벌레 나대듯 몸부림치다 큰 그릇에 찬물을 잔뜩 받아 석이 발을 담갔다. 그러며 석이가 제발 아무 탈 없기를 천지신명께 빌었다. 화상에 대해 아무것도 모르는 월산 댁은 석이가 물집만 생기는 일도 화상인지 피부가 익어서 갈색으로 변하는 이도 화상인지 아니면 피부가 숯덩이처럼 꺼멓게 되는 삼도 화상인지 몰라 가슴만 쥐어뜯었다. 그러나 석이는 월산 댁이 애태우는 그런 화상이 아니어서 수포만 생기는 경미한 화상이었다. 그래 빨리 병원에 가 치료만 받으면 낳을 수 있는 상태였다.

며느리가 달려온 것은 이때였다. 며느리는 날아오기라도 한 듯 금세 들이닥쳤다.

"이 무식한 늙은이야. 내가 애 잘보고 있으랬지 끓는 물에 애 발 데렸어. 앙?"

며느리가 월산 댁의 따귀를 불이 나게 올려붙였다.

"가요. 당장 가요. 꼴도 보기 싫으니까 당장 가요!"

며느리가 소파 곁에 놓여 있는 월산 댁의 손가방을 현관 쪽으로 집어던지며 소리쳤다. 흡사 광조병에라도 걸린 사람 같았다.

"에미야, 내가 잘못하긴 했다만 그렇다고 시에미 뺨을 때려?"

월산 댁이 얼얼한 뺨을 매만지며 힘담 없이 말했다. 시르죽은 소리였다. 이때 아들이 불난 산에 토끼처럼 후다닥 뛰어들어

"뭐, 우리 석이가 어쨌다구? 라면 국물에 발을 뎄다구? 그래, 어때? 얼마나 데었어?"

아들은 월산 댁을 할개눈으로 흘겨보고 며느리 품에 안겨 죽겠다고 우는 석이한테로 쫓아갔다. 석이는 양쪽 발등에

수포만 좀 생겨 있을 뿐 아들이 생각한 것만큼 대단치는 않았다. 라면 국물이 펄펄 끓는 물이 아니었던 모양이다. 아들은 우선 후유하고 안도의 한숨부터 쉬었다. 불행 중 다행으로 라면 국물이 쩔쩔 끓지 않은 국물이었으니 망정이지 만일 펄펄 끓는 국물이었다면 어쩔 뻔했는가. 그것도 얼굴에서 발까지 뒤집어 씌었다면…

아들은 생각할수록 끔찍해 모골이 송연했다.

"애비야, 내가 잘못했다. 내가 잘못했어. 용서해라. 응? 애비야!"

월산 댁은 아들한테 용서를 빌었다.

"이게 용서를 빌어 될 일이에요? 노인네가 국으로 집에나 있지 뭐 하러 와 애를 잡아요. 잡긴."

아들이 도끼눈을 뜨고 월산 댁을 쏘아봤다.

"내가 괜히 와서 천금 같은 우리 손자 발등 데게한 건 열 번 잘못했다만 며느리한테 귀때기 맞은 건 서럽고 분하다!"

월산 댁이 입술을 으깨물며 현관 앞에 내동댕이쳐진 손가방을 주워들었다.

"뭐라구요? 며느리한테 귀때기 맞은 게 서럽고 분하다구요?"

아들은 여전히 도끼눈을 한 채 월산 댁을 노려봤다.

"그래 서럽다! 분하다! 시에미가 아무리 잘못했기로서니 며느리가 시에미 따귀 때리는 게 세상천지 어느 하늘 아래

법이냐. 많이 배워 잘난 사람은 부모를 때려도 된다더냐?”

　월산 댁은 억장이 무너져 숨도 제대로 쉴 수가 없었다.

　“어머니가 따귀 맞을 짓을 했잖아요. 어서 내려가기나 해요.”

　“오냐 그래 간다 가. 있으라구 붙잡아도 안 있어!”

　월산 댁은 또 한번 이를 사려 물었다. 갑자기 큰 며느리와 둘째 며느리가 보고 싶었다.

　“석아! 할미가 잘못했다. 할미를 용서해라. 할미를 용서해라. 할미가 죄가 많다. 얼른 병원에 가 치료 받고 괜찮아야 한다? 꼭 괜찮아야 한다. 꼬옥?”

　월산 댁은 울음을 씹어 삼키며 현관문을 나섰다.

　‘내가 지 놈을 우떻게 키웠는데 지 여편네 편역을 들어. 막내라고 빚을 져가며 지 형들 못가는 대학교까지 공부시켜 어연번듯 성공시켜 놨는데 뭐하러 와 애를 잡느냐고? 그리고 또 뭐? 어머니가 맞을 짓을 해서 맞는다고? 아이구 이런 몹쓸 놈! 아이구 이런 고얀 놈!’

　아들네 집을 나와 뒤 한번 돌아보지 않고 시외버스 터미널로 달려온 월산 댁은 버스표를 끊자마자 버스 맨 뒤 구석 자리에 앉아 손수건으로 입을 막았다. 분함과 함께 복받치는 설움을 주체할 수 없어서였다.

　‘나쁜 놈! 내가 지 놈을 우떻게 가르쳤는데!’

월산 댁은 생각할수록 분하고 서러워 견딜 수가 없었다.

'오냐 그래. 이제 다시는 니 놈 집에 안 가마. 자식 하나 없는 심 치면 되지 뭐. 그렇더라도 이놈아, 앞으로는 그따우로 여편네 편들어 길들이지 마라!'

월산 댁은 남몰래 목울음을 울며 버스가 목적지에 닿을 때까지 연해 침만 꼴깍 꼴깍 삼켰다.

'그래, 자식 하나 없는 심 치자. 자식 하나 없는 심 치자!'

월산 댁은 버스에서 내려 강둑길을 따라 걸으며 이 말을 몇 번이나 되뇌었다. 읍내를 싸안고 질펀히 흐르는 강물은 오늘따라 더 고즈넉했다. 월산 댁은 강다리가 저만큼 바라보이는 강둑에 앉아 남편이 기다리고 있을 마을 쪽을 바라봤다. 저 강다리를 건너 십 리만 가면 스무 살에 시집와 남편과 함께 농사지으며 오십 여년을 살던 정든 집이 있다. 아들 삼 형제 딸 삼 자매 육 남매를 낳아 길러 시집 장가보낸 정든 집이 있다. 두 분 시부모님 모시고 아침저녁 혼성신성昏定晨省 문안드리던 정든 집이 있다. 나갈 때는 어디 다녀오겠습니다, 돌아와서는 어디 다녀왔습니다 하고 여쭙던 출필곡 반필면出必告 反必面의 정든 집이 있다.

뿐만이 아니다.

시아버지 시어머니 삼 년 상을 치르고 남편과 월산 댁이 환진갑과 고희를 치른 정든 집이 있다. 그리고 미구불원 숨을 거두게 될 정든 집이 있다. 월산 댁은 눈을 들어 갈뫼봉을 바라봤다. 갈뫼봉은 마악 지는 석양빛을 받아 살구빛 노을로 불타고 있었다.

"아이구 참 곱기도 하다!"

월산 댁이 노을을 바라보며 탄성을 발했다. 아닌게 아니라 노을은 살구빛으로 곱게 물들어 꿈을 꾸듯 아름다웠다.

"아이구, 강도 참 곱네! 강물에 반짝거리는 저 물비늘 좀 봐!"

월산 댁이 이번에는 강을 바라보며 말했다. 그랬다. 강은 바야흐로 석양빛을 받아 황금물결로 반짝였다. 윤슬이었다. 그리고 강은 또 석양빛을 받아 고기비늘처럼 번득였다. 까 치놀이었다.

나는 1985년 '강준희 선비론-지식인들이여 잠을 깨라-'를 출간한 이래 온전한 선비소설(가능하면 장편으로) 한 편 쓰고 싶었다. 강준희 선비론-지식인들이여 잠을 깨라-는 소설아닌 장편 사회 비평서였기 때문이다.

나는 이 선비론에서 선비란 무엇인가로부터 시작해 선비의 정의定義, 선비정신, 선비의 자세, 선비의 사상, 선비의 유형, 청명淸名사상, 안빈安貧철학, 선비의 역할과 사명 등에 대해 썼다. 그러자니 자연 선비의 덕목인 개결, 지조, 고뇌, 학문, 기개, 의분 조대措大(청렴결백한 선비), 경개耿介(절조를 굳게 지켜 세속과 구차하게 화합하지 않음), 강항령强項令(강직해 굴하지 않는 현령이라는 뜻으로, 성격이 올곧은 사람)을 주조로 쓸 수밖에 없었다.

지금 우리 사회는 선비가 드물다. 드물어도 너무 드물어 쌀의 뉘만큼 귀하다. 그러니 선비정신이 있을 리 없어 속기俗氣가 판을 치고 비인 소배非人少輩가 횡행 발호한다. 글줄이나 읽어 식자깨나 있다고 어찌 다 선비며 글줄이나 써서 책권이나 냈다고 어찌 다 선비이겠는가. 플라톤은 '이상국理想

國’에서 ‘비인 소배가 창궐해 세상을 망칠 때는 선비가 나서서 바로 잡아야 한다.’ 했고 존 스튜어트 밀은 ‘대의정치론代議政治論’에서 ‘신념 있는 한사람(선비)은 이익밖에 모르는 아흔 아홉 사람에 맞먹는 사회적 역량’이라 했다. 그런가하면 사마천은 ‘사기史記’에서 천인지낙낙 불여 일사지악악이라 千人之諾諾 不如 一士之諤諤 하여 ‘천 명이나 되는 많은 사람이 예예 하고 아첨하는 것은 뜻있는 선비 한사람의 올곧은 반대만 같이 못하다’ 했다.

바라건대 지금 우리는 올곧고 결바론 선비정신이 참으로 필요할 때다. 효도가 모든 행실의 근본이듯 곧고 바른 선비정신은 사회 정의의 근간이다. 혹자는 지금이 어느 시댄데 선비, 선비 하냐며 선비 얘기만 나오면 캐캐묵어 냄새나는 고루한 고릿적 얘기로 치부하고, 혹자는 또 지금은 지구가 한 블록의 글로벌 시대요 세계가 한 시민인 코스모폴리탄 시대에 그따위 고리고 배린 선비 얘기는 하지도 말라며 고개를 외로 꼬기 일쑤이다. 그러나 이는 얼마나 잘못된 생각인가.

지금 우리는 철학부재, 의식부재, 주체부재, 정체부재, 윤리부재, 신념부재, 지조부재, 청렴부재, 애국부재의 부재 혼돈 속에 살고 있다.

이는 무엇 때문인가.

지구가 한 블록의 글로벌시대가 됐기 때문이다. 세계가 한시민의 코스모폴리탄이 됐기 때문이다. 그래서 선비정신

선비의식이 없어졌기 때문이다. 지구가 한 블록의 글로벌 시대가 아니라 글로벌 할애비 시대라도 선비정신은 있어야 하고 세계가 한시민의 코스모폴리탄이 아니라 그 할애비라도 선비정신은 있어야 한다. 그래야 곧은 사회 바른 세상이 돼 위에서 열거한 부재 현상이 없어진다.

이 책 '선비를 찾아서'는 짤막한 선비 소설이다. 이 짧고 보잘것없는 소설이 읽는 이로 하여금 미립의 깨우침이라도 된다면 나는 더 이상 바랄 게 없어 그것으로 이 글을 쓴 보람으로 삼겠다.

선비!
선비가 없다.
선비!
선비가 있어야 한다.

2010년 4월

姜 晙 熙

저자 **강준희**는 충북 단양 출생으로 신동아에 <나는 엿장수외다>, 서울신문에 <하 오랜 이 아픔을> 당선 현대문학에 <하느님 전 상서> 등 추천으로 문단이 나왔으며, 작품집으로는 <하느님 전 상서>, <신 굿>, <하늘이여 하늘이여>, <미구꾼>, <개개비들의 사계>, <강준희 선비론-지식인들이여 잠을 깨라->, <염라대왕 사표 쓰다>, <아, 어머니>, <쌍놈열전>, <바람이 분다, 이젠 떠나야지>, <베로니카의 수건>, <지조여 절개여>, <절사열전>, <그리운 보릿고개(상, 하)>, <껍데기>, <이카로스의 날개는 녹지 않았다(상, 중, 하)>, <그리운 날의 삽화>, <사람 된 것이 부끄럽다>, <오늘의 신화-흙의 아들을 위하여->, <길>, <너무도 아름다워 눈물이 난다>, <아! 이제는 어쩔꼬?>, <누가 하늘이 있다하는가>, <강준희 문학전집(10권)>, <땔나무꾼 이야기>, <선비를 찾아서> 등

선비를 찾아서

초판 1쇄 인쇄일	2010년 4월 05일
초판 1쇄 발행일	2010년 4월 08일

지은이	강준희
펴낸이	정구형
총괄	박지연
편집 · 디자인	이솔잎 채지선 채지영
마케팅	정찬용
관리	한미애 강정수
인쇄처	태광
펴낸곳	**국학자료원**

등록일 2006 11 02 제2007-12호
서울시 강동구 성내동 447-11 현영빌딩 2층
Tel 442-4623 Fax 442-4625
www.kookhak.co.kr
kookhak2001@hanmail.net

ISBN	978-89-6137-494-1 *03800
가격	18,000원